Anika Mehner
Laufen musst du sowieso

Roman

Die zitierten Zeilen auf den Seiten 134 und 136 stammen aus dem Lied *We Are the People* aus dem Album *Walking on a Dream* von Empire of the Sun, erschienen 2009 bei EMI.

Bibliografische Information der Deutschen Nationalbibliothek: Die Deutsche Nationalbibliothek verzeichnet diese Publikation in der Deutschen Nationalbibliografie; detaillierte bibliografische Daten sind im Internet über http://dnb.dnb.de abrufbar.

© 2017 Anika Mehner
Herstellung und Verlag:
BoD - Books on Demand, Norderstedt

ISBN: 978-3-7431-8255-4

Inhalt

Vorwort **7**
Mirabellen **8**
Regen **20**
Erste Hilfe **30**
Roberts Anruf **51**
Wiedersehen **59**
Zaungespräche **69**
Im Armenhaus **87**
Gott und die Welt **113**
Gedichte **129**
Gastfreundschaft **140**
Tränen in der Stille **153**
Bad im Steinbruch **170**
Halbzeit **181**
Die lächelnde Muschel **188**
Kirchenlieder **200**
Urlaubsvertretung **207**
Ein guter Vater **214**
Loslassen **234**
Mensch auf Erden **253**
Des Anderen Last **265**
Erichs Bitte **285**
Honigwaffeln **294**
Gewitternacht **297**
Laufen musst du sowieso **305**
Durch den Wald **317**
Die letzte Etappe **326**
Abschied **330**
Epilog **331**

Vorwort

Dies ist keine wahre Geschichte. Aber eine Geschichte, die das Leben genauso hätte schreiben können. Sie spielt auf dem Ökumenischen Pilgerweg, der über 450 Kilometer durch Sachsen, Sachsen-Anhalt und Thüringen führt. Eine gelbe Muschel auf blauem Untergrund weist den Weg Richtung Westen. In einfachen, aber liebevoll eingerichteten Herbergen, können die Pilger übernachten.

Alle Schauplätze sind real und auch die meisten der Herbergen existieren in der Form, wie sie in diesem Buch beschrieben werden. Fiktiv sind nur die Akteure, wenngleich ich einigen von ihnen bewusst eine Ähnlichkeit mit tatsächlichen Herbergseltern und weiteren Menschen am Weg verliehen habe. Denn sie machen das Pilgern zu dem, was es ist. Ohne sie würde es die Geschichte von Laura und Katharina nicht geben.

Anika Mehner

Mirabellen

Mit Schwung stemmte sich Laura nach oben. Warum sollte sie auf die ersten Mirabellen des Jahres verzichten, nur weil sie in der obersten Krone hingen? Die Äste waren kräftig und Laura schlank, also tat sie, was eine Pilgerin ihrer Meinung nach tun musste: Den Weg und alles, was ihn umgab, mit allen Sinnen genießen.

Köstlich schmeckten die gelben Früchte. Die Steine der Mirabellen spuckte sie in das angrenzende Maisfeld. Nach dem reichhaltigen Frühstück bei Sonja war kaum eine Stunde vergangen, aber Obst passte immer.

Schließlich war Laura schon ein ganzes Stück gelaufen. Zuerst hatten ihre Füße sie von der Herberge bis zur Neiße getragen. Die erste Markierung klebte an einem Kilometerstein vor der Brücke, die den polnischen Teil von Görlitz mit dem deutschen verband. Dort, unter den Türmen der Peterskirche, hatte ihr Pilgerweg begonnen. Sie hatte sich fotografieren lassen, einen Stempel für ihren Pilgerausweis abgeholt und war einfach losgelaufen. Jeden der zahlreichen neugierigen Blicke hatte Laura mit einem freundlichen und selbstbewussten Lächeln erwidert. Die Strecke stadtauswärts hatte sich länger hingezogen als erwartet. Darum war Laura froh gewesen, als der Weg endlich auf ein Feld abgebogen war, und sie den Stra- ßenlärm hatte hinter sich lassen dürfen.

Hier roch die Luft nicht nach Abgasen. Die Zeit auf dem Land schien deutlich langsamer zu vergehen als in der Stadt. In der Natur leuchtete der Himmel blauer als über den Häusern. Die Wärme der Sonne staute sich nicht und wenn der Wind als leichte Brise wehte, rauschte es im hohen Mais. Passend dazu trällerte eine Goldammer ihr *Sri-sri-sri-sriii*.

Genauso hatte sich Laura das Pilgern vorgestellt. Obwohl erst wenige Kilometer hinter ihr lagen, fand sie es bereits jetzt wunderschön. So lange hatte sie davon geträumt, diesen Pilgerweg zu gehen. Nun durfte sie es endlich tun.

Eine weitere Mirabelle wanderte in ihren Mund.

Katharina dachte an ihren Bruder.

„Warum fährst du nicht mit uns in den Urlaub?", hatte er gefragt. „Was willst du denn auf diesem Weg? Und noch dazu ganz allein?"

Sie brauche mal ein bisschen Zeit für sich, hatte sie geantwortet. Sie müsse Abstand von allem gewinnen, den Kopf frei bekommen, zur Ruhe finden ... Eben all diese Floskeln, die sie in den Berichten gelesen hatte.

In Wahrheit wusste Katharina selbst nicht, was sie vom Pilgern erwartete.

Die lange Zugfahrt nach Görlitz hatte sie ermüdet. Dennoch hatte sie in der Nacht kaum schlafen können. Der Boden unter ihren Füßen war hart. Schwer drückte der Rucksack auf ihren Schultern. Sie hatte Mühe, an den Häusern und Straßenlaternen die kleinen Markierungen zu finden. Wie sie von den Bewohnern der Stadt angesehen wurde, war ihr unangenehm. Ständig zog sie ihr Handy aus der Tasche. In welcher Hoffnung? Dass irgendjemand sie anrufen und ihre Einsamkeit durchbrechen würde?

Eine Einsamkeit, die sich Katharina mit dieser Reise selbst gewählt hatte?

Es dauerte eine Weile, bis sie bemerkte, dass sie schon seit einer ganzen Zeit keine Muschel mehr gesehen hatte. Irgendwo musste sie einen Abzweig verpasst haben. Sie ärgerte sich, wieder bis dahin zurückgehen zu müssen, wo sie das letzte Zeichen gesehen hatte. Die Karte im Pilgerführer half ihr wenig. Sie war nett gezeichnet, gab aber keine Hinweise auf markante Punkte und Straßennamen. Erst als Katharina wieder auf dem richtigen Weg und das Ende der Stadt in Sicht war, atmete sie ein wenig auf. Laut Beschreibung würde sie ab jetzt nur noch über Felder und durch einen größeren Wald wandern. Lediglich zwei Dörfer, in denen sie nicht gerade viel Leben erwartete, lagen bis zum Tagesziel auf der Strecke. Und das war gut so.

Als sie jemanden rufen hörte, blickte Katharina auf.
„Huhu! Hallo Pilgerin!" Die Stimme kam von vorn. Im hohen Gras am Wegrand, einige Meter von ihr entfernt, entdeckte sie einen dunkelblauen Rucksack, nicht aber den dazugehörigen Träger.
„Hier oben bin ich! Im Mirabellenbaum." Es war eine junge Frau, fast noch ein Mädchen. Älter als zwanzig war sie auf keinen Fall. Ihr blonder Pferdeschwanz schaukelte, als sie Katharina freudig zuwinkte.
„Magst du auch? Warte, ich bringe dir ein paar runter!" Geschwind kletterte sie vom Baum und lief zu ihr. „Die an den unteren Ästen brauchen noch ein bisschen, aber die ganz oben sind reif und schmecken wirklich prima. Hier, nimm!" Sie hielt ihr eine Hand voll Mirabellen hin. „Ich heiße Laura. Wie heißt du?"
„Katharina", stellte sie sich zögernd vor. Ihr Gesicht war ernst und zeigte wenig Freundlichkeit.

„Magst du keine Mirabellen?", fragte Laura verwundert.

Das Reden schien Katharina Mühe zu kosten. „Nein, danke."

„Schade." Laura zuckte mit den Schultern. „Weißt du schon, in welche Herberge du heute gehen willst? Ich glaube, ich werde es nur bis Arnsdorf schaffen, wenn das mit dem Obst am Weg so weitergeht." Sie lachte. „Aber eigentlich will ich sowieso nicht mehr als zwanzig Kilometer am Tag laufen. Ich will es ganz ruhig angehen. Und du? Willst du auch bis nach Vacha pilgern?"

„Vielleicht", antwortete Katharina. Sie schaute auf die Mirabellen. „Du solltest sie waschen, bevor du sie isst." Dann zog sie weiter.

Laura wusste, dass sich viele Menschen auf den Pilgerweg begaben, weil es ihnen schlecht ging. Sie erinnerte sich an eine Pilgerin, die den Weg gegangen war, um den Tod ihres Vaters zu verarbeiten, und an einen Studenten, der nur wegen Prüfungsangst sein Studium nicht packte. Ein anderer Mann, der schon seit Jahren arbeitslos war, hatte sich auf Pilgerreise begeben, um sich nicht vollkommen nutzlos zu fühlen, und einer Seniorin war auf dem Weg schmerzlich bewusst geworden, dass sie ihr Leben lang nur für Haushalt und Familie gelebt und nie gewagt hatte, ihren eigenen Wünschen zu folgen. Sein mehr oder weniger großes Päckchen hatte jeder zu tragen. Aber musste man deswegen gleich so abweisend sein? Laura hatte nur freundlich sein wollen. Wenn vor einem der gleiche Weg lag, konnte man darüber ja ins Gespräch kommen und sich vielleicht sogar ein wenig anfreunden. Es war doch schön, bereits am ersten Tag Gleichgesinnten zu begegnen.

Sie schätzte Katharina auf Anfang Dreißig. Es gefiel ihr, wie sie ihr schönes braunes Haar zu einem Zopf geflochten hatte. Ob sie die Pilgerin in der Herberge wiedertreffen würde? Dann wollte Laura sie aber auf jeden Fall fragen, weshalb sie am Vormittag so kühl gewesen war.

An der Kirche in Ebersbach ließ sie ihre Wasserflasche auffüllen. Der Küster erzählte, dass er vor einer halben Stunde bereits eine Pilgerin habe durchkommen sehen und bot Laura an, die Kirche aufzuschließen. Gern wollte sie das Gotteshaus von innen besichtigen. Sie hatte keine Eile und wollte vom Pilgerweg ja so viel wie möglich mitnehmen. Auch in Liebstein gönnte sie sich eine längere Pause. Viele der Dorfbewohner hielten hier noch eigene Hühner, Gänse und Schweine. Laura machte ein paar Fotos, bat noch einmal um Wasser und wanderte schließlich zu den Königshainer Bergen.

Zuerst verlief der Weg durch den Wald verhältnismäßig eben, doch schon bald stieg er an. Ihre Beine begannen zu schmerzen. Auch der Rucksack drückte; auf den Hüftknochen tat es fast noch mehr weh als auf den Schultern. Es würde eine Weile dauern, bis sich Laura daran gewöhnen sollte. Sie machte einen Abstecher zum Totenstein, einem begehbaren Felsen am Ufer eines kleinen Sees voller Wasserlinsen und erreichte eine Viertelstunde später den Gipfel des kleinen Gebirges, den Hochstein. Der Empfehlung ihres Pilgerführers folgend, bestellte Laura im Gasthaus eine Suppe. Sie schmeckte wunderbar.

Nach dem Essen schrieb sie ein paar Zeilen in ihr Tagebuch. Beim Bezahlen erhielt sie einen weiteren Stempel in ihren Pilgerausweis. Der Wirt fragte, ob sie bereits auf dem Aussichtsturm gewesen sei. Als Laura erwiderte, dass sie sich diesen Gang für später aufgehoben hatte, schlug er ihr vor, solange auf ihren Rucksack aufzupassen. Dankend nahm sie seinen Vorschlag an.

Das Treppensteigen war eine günstige Gelegenheit, den Körper langsam wieder aufzuwärmen. Ein paar Kilometer erwarteten sie noch bis zum Tagesziel; da war es schön, den Endspurt mit einem weiten Blick über das Land einstimmen zu können. Während sie die Aussicht genoss, dachte sie an Katharina. Der Betreiber der Gaststätte hatte gesagt, Laura sei die einzige Pilgerin gewesen, die er an diesem Tag gesehen habe. Dann war Katharina jetzt vielleicht schon in der Herberge, vorausgesetzt, sie hatte sich ebenfalls Arnsdorf als Ziel gewählt.

Endlich verließ der Weg den Wald. Wenn die Zeichnung im Pilgerführer der Realität entsprach, blieben ihr maximal zwei Kilometer auf einem Feldweg. Katharina wollte nur noch duschen und schlafen, obwohl sie natürlich wusste, wie wichtig auch Essen war. Hoffentlich nahm ihr der Pfarrer nicht übel, dass sie so spät kam. Es war schon nach achtzehn Uhr und noch immer blieb die Kirche von Arnsdorf außer Sichtweite.

Erst als Katharina die zweite Feldkuppel überwunden hatte, tauchte die Kirchturmspitze auf. Ein Schild mit der Aufschrift *Pilgerstation Arnsdorf* ersparte ihr die Suche nach der Herberge. Für Dankbarkeit oder gar

Freude war sie jedoch zu erschöpft. Kaum mochte sie an ihren Anblick denken, als sie zögernd die Klingel am Pfarrhaus drückte. Niemand öffnete.

Katharina wollte ein zweites Mal klingeln, doch in diesem Moment hörte sie jemanden durch das kleine gegenüberliegende Gartentor in den Hof treten. „Guten Abend", rief der Mann freundlich. „Sind Sie die Pilgerin, die heute Nachmittag angerufen hat?"

Katharina drehte sich um. Sie bemühte sich um ein Lächeln. „Ja."

Der Pfarrer reichte ihr die Hand. „Sie sehen ja ganz schön müde aus. Aber so geht es vielen am ersten Tag. Die meisten sind untrainiert und wenn es dann gleich so steil bergauf geht..."

„Bitte entschuldigen Sie, dass ich erst jetzt komme. Ich habe mich hinter Liebstein verlaufen und musste alles wieder zurück."

Er winkte gelassen ab. „Kein Problem. Ich hatte schon Pilger, die erst im Dunkeln hier angekommen sind. Kommen Sie, ich zeige Ihnen die Herberge. Eine junge Frau hat sich schon eingefunden."

Sie liefen über den Vierseitenhof zu einer Scheune.

„Hier unten in der Klause gibt es eine Herdplatte und ein paar Töpfe. Die Schenke nutzen wir für Gemeindefeste und unsere Filmabende. Das Landkino befindet sich gegenüber. Leider kommen Sie einen Tag zu früh; die nächste Vorführung ist erst morgen. Hier haben Sie Dusche und WC. Und zum Schlafen geht es nebenan die Treppe hinauf. Brauchen Sie sonst noch etwas?"

Sie schüttelte den Kopf. „Vielen Dank. Kann ich gleich bei Ihnen bezahlen?"

Der Herbergsvater lächelte. „Immer mit der Ruhe. Die Spendendose und der Stempel liegen oben im Schlafraum. Klingeln Sie, wenn ich noch etwas für Sie tun kann."

Katharina bedankte sich ein weiteres Mal und stieg die schmalen Treppen empor. Den blauen Rucksack erkannte sie auf Anhieb wieder. Er lehnte an einem einfachen Bett am Fenster. Die dazugehörige Pilgerin war nicht zu sehen. Sie war froh darüber.

Nachdem sie ihren Rucksack abgesetzt hatte, massierte sie sich die schmerzenden Schultern. Am liebsten wollte sich Katharina sofort auf eines der anderen beiden Betten legen, doch dann würde das Aufstehen noch schwerer fallen. Sie suchte ihre Wasch- und Wechselsachen heraus und ging wieder hinunter zur Dusche. Die Fußsohlen hämmerten, aber von Blasen waren sie frei. Besonders auf dem Nacken tat das heiße Wasser gut. Die Haut an den Hüftknochen war ein wenig aufgerieben, doch sie hatte eine gute Salbe dabei. Hunger spürte sie nach wie vor nicht, darum stieg sie wieder hinauf zu ihrem Bett, wo sie sich endlich hinlegte und an die weiße Zimmerdecke starrte.

Laura war noch immer nicht zurück.

Katharina nahm ihr Handy. Sie wählte über die Schnellwahl eine Nummer, um im nächsten Augenblick gleich wieder den roten Hörer zu drücken. Seufzend legte sie das Telefon zur Seite. Es war still. Nur ein paar Vogelstimmen drangen durch das angekippte Fenster.

Laura war ein wenig enttäuscht gewesen, als sie die Pilgerin vom Vormittag in der Herberge nicht angetroffen hatte. Gleichzeitig war sie froh, endlich angekommen zu sein. Das letzte Stück hatte trotz der eingeschobenen Pausen geschlaucht. So lange Wandertouren mit schwerem Rucksack war Laura eben noch nicht gewöhnt.

Die Unterkunft auf dem Vierseitenhof gefiel ihr ausgezeichnet. Besonders schön fand sie die hohen Sonnenblumen und blechernen Froschfiguren, die zwischen den Blumenbeeten steckten. Ein Kinoabend auf dem Land wäre natürlich ebenso schön gewesen, aber sie hatte auch nichts dagegen, zeitig ins Bett zu gehen. Nach dem Duschen machte sie einen kleinen Spaziergang durch das Dorf und beschloss, am Abend unter freiem Himmel zu essen. Weil es Sonntag war, hatte ihr Sonja noch ein wenig Brot und Käse mitgegeben. Nach so einer anstrengenden Wanderung würde es Laura mit Sicherheit doppelt so gut schmecken.

Sie stieg die knarrenden Treppen hinauf.

„Katharina?" Wenn das keine Überraschung war! „Ich dachte, du wärst schon weiter gegangen. Aber schön, dich hier zu treffen! Wie war denn dein Tag? Tut dir auch alles weh?"

Katharina rappelte sich auf. Sie lehnte sich an die Wand und zog die Knie an ihre Brust. „Geht schon."

Laura machte es sich im Schneidersitz auf ihrem Bett bequem. „Also, als ich hier angekommen bin, habe ich geglaubt, ich kann mich keinen einzigen Meter mehr bewegen. Eine halbe Stunde habe ich einfach mal nur: dagelegen und nichts gemacht. Aber als ich dann duschen war und nicht mehr die harten Wanderschuhe und meinen Rucksack tragen musste, ging es schon wieder. Ich war sogar noch ein bisschen spazieren."

Sie wartete darauf, dass ihre Zimmergenossin etwas erwiderte. Doch Katharina blieb stumm.

„Hast du schon gegessen?"

„Nein. Ich habe keinen Hunger." Sie beugte sich zu ihrem Rucksack und zog einen grünen Schlafsack heraus.

„Du solltest aber etwas essen", beharrte Laura. „Du bist heute fast zwanzig Kilometer gewandert. Wenn du nichts hast, kann ich mit dir teilen..."

„Ich brauche nichts", unterbrach sie Katharina. Erst jetzt sah sie Laura in die Augen. Ihr Blick war kalt, beinahe schon böse.

Obwohl sie nicht wusste, weshalb eigentlich, entschuldigte sich Laura. „Ich wollte nur nett sein. Es geht dir nicht gut, was?"

„Ja." Mit ihrem Tonfall zeigte Katharina mehr als deutlich, dass die Unterhaltung für sie damit beendet war.

Nachdenklich sah Laura zu ihr hinüber. Schließlich zuckte sie mit den Schultern und suchte ihren Proviant und das Tagebuch heraus. „Dann lass ich dich mal in Ruhe. Ich wollte sowieso draußen essen. Bis später." Sie lächelte, während Katharina scheinbar noch immer damit beschäftigt war, ihren Schlafsack aufs Bett zu legen.

Obwohl es bereits dämmerte, war es noch immer warm. Laura klappte ihr Tagebuch zu, lehnte sich zurück und blickte zufrieden in den Himmel. Sie wurde müde, aber noch nicht so müde, um Zähne zu putzen und ins Bett zu gehen. Schließlich gab es keine Verpflichtungen, die sie daran hinderten, so lange hier draußen zu sitzen wie sie wollte und sich ihren Gedanken hinzugeben.

Huuu. Hu-hu-hu-huuu.

Mit einem Ruck richtete sich Laura auf.

Hu-hu-hu-huuu.

„Ein Waldkauz!" Sie lief zur Gartenmauer und spähte in die Richtung, aus der sie den Ruf kommen hörte. Obwohl sie den Vogel nicht entdecken konnte, machte ihr Herz vor Freude einen Sprung. Wie lange war es her, als sie das letzte Mal einen Waldkauz gehört hatte? Auf alle Fälle lang genug, um sich nicht mehr daran erinnern zu können.

Hu-hu-hu-huuu.

Sie drehte sich um und rannte zur Tür. So verdrossen Katharina auch sein mochte – den Vogel musste sie einfach hören. Hoffentlich schlief sie nicht schon!

Durch den Türspalt drang Licht. Laura drückte die Klinke. „Katharina?"

Sie saß auf ihrem Bett und las. „Was ist?"

„Komm schnell auf den Hof! Ich will dir etwas zeigen."

„Was willst du mir zeigen?"

„Etwas total Schönes. Wirklich! Komm schon. Bitte!"

Es interessierte Katharina nicht im Geringsten, was die Zimmergenossin sie sehen lassen wollte. Aber da sie sowieso noch einmal zum Waschraum musste, folgte sie ihr.

„Komm mit zur Mauer." Wieder schaute Laura hinüber zum Nachbargrundstück.

Mit vor der Brust verschränkten Armen lief Katharina ihr nach. „Und?"

„Es ist bestimmt gleich wieder da", versicherte Laura aufgeregt.

„Was?"

„Mann, jetzt hab doch mal ein bisschen Geduld. Sei einfach leise und warte!"

Nichts geschah. Katharina hob die Augenbrauen. Stumm zählte sie bis drei.

Huuu. Hu-hu-hu-huuu.

„Da! Hörst du? Ein Waldkauz!" Lauras Augen strahlten.

Hu-hu-hu-huuu.

„Ist das nicht wunderschön?"

Katharina sagte nichts. Aber sie ging auch nicht fort.

Hu-hu-hu-huuu.

Es wurde dunkel. Am Himmel begannen die ersten Sterne zu leuchten.

Kuwitt.

„War er das auch?"

Laura nickte. „Klingt wie *Komm mit*, nicht wahr? Aber ich gehe heute nirgendwo mehr hin. Außer ins Bett." Sie grinste.

Eine Weile lauschten sie schweigend dem abendlichen Rufen.

„Kennst du dich mit Sternbildern aus?", fragte Katharina plötzlich.

„Nicht sehr gut", entgegnete Laura. „Den Großen Wagen und Cassiopeia bekomme ich noch hin, aber das war's dann auch schon. Kennst du dich besser aus?"

Sie antwortete nicht gleich.

„Nein." Ihre Stimme war wieder hart geworden. Katharina drehte sich um und ließ Laura allein.

Regen

Drei Uhr Fünfundzwanzig. Mit einem leisen Stöhnen wälzte sich Katharina auf die andere Seite. Wann würde sie endlich wieder richtig schlafen können? Vom Nachbarbett war ruhiges, gleichmäßiges Atmen zu hören. Sie schloss die Augen.

Vier Uhr Zehn. Katharina tippte eine SMS. Als sie die Nummer des Empfängers eingeben sollte, löschte sie den Text. Ihre Zimmergenossin drehte sich um. Ihr Schlafsack raschelte.

Vier Uhr Neununddreißig. *Hör endlich auf zu grübeln und schlaf weiter!*

Fünf Uhr Zwölf. Der Morgen war still. Bald würde die Sonne aufgehen. Ein Geräusch durchbrach die Stille. Regen. Die Tropfen hämmerten auf das Dach. Es klang nicht so, als ob es bald aufhören würde. Kirchenglocken schlugen. Viermal kurz und siebenmal lang. Katharina grub ihren Kopf tief ins Kissen.

Leise suchte Laura ein paar Sachen zusammen und schlich aus dem Zimmer. Es wurde wieder still. Der Regen hatte aufgehört.

Katharina war müde, doch gab sie sich einen Ruck und stand ebenfalls auf. Ihre Wanderkleidung war über Nacht getrocknet. Schnell zog sie sich an, rollte ihren Schlafsack zusammen und packte ihn in den Rucksack.

„Guten Morgen!", grüßte Laura fröhlich.

„Morgen", brummte Katharina.

„Hast du gut geschlafen? Hast du mitbekommen, dass es über Nacht geregnet hat? Draußen ist alles nass. Und es sieht nicht so aus, als ob das schon alles war. Hast du dir mal den Himmel angesehen? Da kommt heute bestimmt noch eine ordentliche Ladung. Na ja, dafür wird wenigstens der Rucksack ein bisschen leichter. Wenn man seine Regenklamotten anzieht, muss man sie nicht auf dem Buckel schleppen, stimmt's?" Sie verstaute ihr Waschzeug und rollte ebenfalls ihren Schlafsack zusammen. „Ich geh erst mal runter frühstücken. Möchtest du auch einen Tee?"

„Nein, danke", entgegnete Katharina.

Laura suchte ihren Blick. „Und wie sieht's heute mit Essen aus? Wenn du schon gestern nichts mehr gegessen hast, bist du *jetzt* doch bestimmt hungrig, oder?"

„Ich kaufe mir später etwas beim Bäcker."

„Okay. Eine Bäckerei liegt direkt am Pilgerweg. Ich war ja gestern noch ein bisschen spazieren, da habe ich sie gesehen. Mein Essen reicht noch eine Weile, bis Weißenberg auf alle Fälle. Und dort gibt es laut Pilgerführer eine Einkaufsmöglichkeit. Mal sehen, ob ich gleich dort in der Herberge bleibe, oder noch ein Stück weitergehe. Zum Glück kommt ja alle paar Kilometer eine Herberge. Da kann man ganz spontan entscheiden, wo man hingeht. Klar, manche wollen natürlich, dass man sich vorher anmeldet. Meine Eltern..."

Schroff fiel ihr Katharina ins Wort. „Kannst du auch mal still sein?"

Für einen Augenblick verstummte Laura. „Sorry. Ich wusste nicht, dass du ein Morgenmuffel bist." Ihren Beutel mit dem Essen unter dem Arm, lief sie zur Tür. „Hab einen guten Weg heute. Vielleicht sehen wir uns ja später wieder."

Beim Frühstück ließ sie sich Zeit. Als sie wieder nach oben kam, war Katharina bereits aufgebrochen. Ins Gästebuch hatte sie nichts geschrieben. Dafür zog sich Lauras Eintrag über die ganze Seite. Sie bedankte sich für die herzliche Aufnahme und berichtete ausgiebig vom Waldkauz, den sie am Abend hatte rufen hören. Anschließend stempelte sie ihren Pilgerausweis, hinterließ eine Spende und brachte den Schlüssel ins Pfarrbüro. Sie war froh, dass sie die Herberge schon am Vortag großzügig fotografiert hatte, da sie nun unter dem grauen Himmel nicht mehr ganz so schön aussah und es zu nieseln begann. Mit dem achten Glockenschlag setzte sie ihre Wanderung fort.

Obwohl sich das Wetter nicht gerade von seiner schönsten Seite zeigte, genoss Laura das Laufen. Auf dem Land war der Morgen ruhig und friedlich. Wieder passierte sie Höfe, auf denen Hühner, Schafe oder Ziegen gehalten wurden. Auf einem Feld erblickte die Pilgerin zwei Störche.

Eine junge Mutter, die ihr Baby im Kinderwagen spazieren fuhr, begleitete Laura ein Stück. „Ich habe gerade meinen Großen zum Kindergarten gebracht", erzählte sie. „Der einzige im Umkreis von acht Kilometern. Wir können dankbar sein, hier zu wohnen. Die meisten müssen ihre Kinder mit dem Auto herbringen, bevor sie zur Arbeit fahren. Mein Mann redet auch schon seit Jahren davon, nach Bautzen zu ziehen, wo er seine Stelle hat. Aber ich will meine Eltern nicht allein lassen. Sie haben schon immer in ihrem Haus hier gelebt und brauchen oft unsere Hilfe. Außerdem wohne ich gern auf dem Land."

„Und für Ihre Kinder ist es bestimmt auch schöner, als in der Stadt zu leben."

Die Mutter nickte. „Zumindest solange sie noch so klein sind. Wenn sie in ein paar Jahren zur Schule gehen, wird das bestimmt auch wieder anders aussehen. Aber ach, wer weiß, was bis dahin sein wird."

„Stimmt. Darüber muss man sich jetzt wirklich noch nicht den Kopf zerbrechen." Laura schenkte ihrer Weggefährtin ein zuversichtliches Lächeln. Im Gegenzug dafür bekam sie eine kleine Packung Kekse geschenkt.

„Die kannst du als Pilgerin gut gebrauchen", sagte die Mutter mit einem Augenzwinkern. „Alles Gute für dich."

Das Nieseln war in leichten Regen übergegangen, doch trübte das Wetter ihre gute Laune keineswegs. Sie kam gern mit den Menschen am Weg ins Gespräch und freute sich, als Pilgerin so offen empfangen zu werden. Zwei Kekse aß sie sofort, den Rest hob sie für später auf. Bis zum nächsten Ort führte der Weg mehrere Kilometer über das Feld. Am Rand standen Windkrafträder, denen Namen gegeben worden waren. *Fridolin*, *Flotte Lotte* und *Drehrumbum* hießen sie. Wie im Spiel *Ich packe meinen Koffer* sagte sie sich die Namen immer wieder auf, um sie nicht zu vergessen. Der Regen war stärker geworden und machte es unmöglich, die Windräder zu fotografieren oder eine kurze Notiz in das Tagebuch zu schreiben.

Am Ende des Feldweges folgte ein Dorf. Unter dem Dach einer Bushaltestelle machte sie eine Pause. Sie trank ein wenig Wasser und aß drei Kekse, entschied sich aber bald zum Weitergehen. Ihre Regenbekleidung war von guter Qualität, dennoch wurde es schnell kalt, wenn sie sich nicht bewegte.

Es war wirklich schade, dass es so regnete. In Buchholz kam Laura an zwei Seen vorbei, von denen der größere einen Badestrand hatte. Selbst wenn es keine Badestelle gegeben hätte, hätte sie sich gern auf eine der einladenden Holzbänke gesetzt, die Enten beobachtet und Tagebuch geschrieben. Ohne ausgiebige Pausen, die sie am Vortag so häufig hatte einlegen können, kam sie viel zu schnell voran, was ihrer Ansicht nach dem Sinn des Pilgerns vollkommen widersprach. Außerdem ging es in die Beine, wenn sie ihnen so selten Ruhe gönnte.

Ob der Regen im Laufe des Tages wieder nachlassen würde? Laura beschloss, in der Herberge von Weißenberg eine längere Mittagsrast einzulegen. Wenn sich die Wolken lichteten, konnte sie am Nachmittag immer noch ein Stück weiter gehen. Und wenn nicht, dann blieb sie eben. Es war ja keine Schande, eine Tagesetappe schon nach fünfzehn Kilometern zu beenden.

Kurz nach zwölf erreichte sie die Stadt. Erleichtert huschte sie ins Pfarrhaus, schlug die Kapuze vom Kopf und klopfte an die Bürotür.

Die Sekretärin nahm Laura freundlich in der Pilgerherberge auf. „Ich glaube nicht, dass Sie heute noch weitergehen werden. Es soll bis zum Abend regnen. Das Pfefferkuchenmuseum hat heute leider geschlossen, aber es gibt ein paar Bücher im Gemeindesaal."

Laura nahm es gelassen hin. „Darf ich aber hoffen, dass das Wetter morgen besser wird?"

„Ja, ab morgen soll es nicht mehr regnen. Es soll sogar ziemlich warm werden." Die Sekretärin führte sie durch das Haus und zeigte ihr Küche, Dusche und den Schrank mit den Matratzen im Gemeindesaal. „Hier im Regal ist der Stempel für den Pilgerausweis und daneben die Spendendose. Morgen früh wird niemand im

Haus sein. Werfen Sie den Schlüssel einfach in den Briefkasten."

„Mach ich. Gibt es auch einen Wäscheständer?"

„Ja, natürlich. Der steht nur, glaube ich, noch im Pfarrgarten."

Laura grinste. „Dann hol ich ihn mal schnell. Nass bin ich ja sowieso schon."

Wieder im Trockenen goss sie sich eine Tasse Pfefferminztee auf. Danach ging sie unter die Dusche und wusch ihre Kleidung. Als sie alles aufgehangen hatte, schnappte sie sich ihre blaue Stofftasche und lief zum Markt. Der Regen hatte glücklicherweise ein wenig nachgelassen.

In einem chinesischen Imbiss bestellte sie sich einen Teller gebratene Nudeln und kaufte im nebenan liegenden Supermarkt Proviant für unterwegs: Ein halbes Brot, ein Stück Weichkäse, eine Gurke und zwei Bananen – eben nur so viel, wie sie bis zum nächsten Geschäft am Pilgerweg brauchte.

Zurück in der Herberge widmete sich Laura ihrem Tagebuch. Sie beschrieb die bisherigen Ereignisse des Tages und listete die Namen der Windräder auf. Im Bücherregal fand sie einen Roman, mit dem sie es sich auf ihrer Matratze bequem machte. Der Regen hatte wieder zugenommen und trommelte gegen die Fensterscheiben. Mit dem Entschluss, an diesem Tag nicht mehr weiterzulaufen, hatte sie eindeutig die richtige Wahl getroffen. Bei solchem Wetter hätte selbst Regenbekleidung nicht mehr viel geholfen und Pilgern alles andere als Spaß gemacht.

Am Nachmittag war die Hälfte des Buches gelesen. Noch immer schüttete es wie aus Kannen. Laura blätterte in ihrem Pilgerführer und dachte an Katharina. Wo sie wohl gerade war? Hoffentlich hatte sie bei diesem Sauwetter inzwischen auch eine Pilgerherberge gefunden. Vielleicht in Gröditz? Wenn sie eine Stunde vor ihr aufgebrochen war, musste sie ja weiter gegangen sein. Obwohl, hatte das Laura nicht auch schon am Vortag vermutet? Weshalb war Katharina so spät gekommen? Hatte sie sich etwa verlaufen? Sonst hätte Laura sie ja irgendwo überholen müssen. Aber wie konnte man hier vom Weg abkommen? Er war doch tadellos ausgeschildert. Schade, dass sie die Pilgerin aus den Augen verloren hatte. Selbst wenn Katharina so wortkarg und schlecht gelaunt war, war es doch trotzdem etwas anderes, die Herberge mit jemandem zu teilen und nicht vollkommen allein zu sein. Außerdem konnten sie sich ja nicht ewig anschweigen.

Es langweilte Laura, den Nachmittag nur lesend zu verbringen, obwohl sie extra weggefahren war, um sich zu bewegen. Sie stand auf und kochte sich einen weiteren Tee. Mit der warmen Tasse in der Hand lehnte sie sich ans Fenster und blickte sehnsüchtig nach draußen.

Katharina war nass bis auf die Haut. Sie bewegte sich zwar, aber die Nässe ließ sie trotzdem frieren. Das Ortseingangsschild von Weißenberg lag hinter ihr. Wenn sie bei diesem Mistwetter nur endlich die Herberge erreichte! Ein Wagen hielt neben ihr. Das Beifahrerfenster wurde heruntergelassen. Wer kam denn bei Katharinas Anblick auf die Idee, sie nach dem Weg zu fragen?

„Hallo! Wollen Sie ins Pfarrhaus? In die Herberge?"
„Ja", antwortete Katharina überrascht.

„Dann einfach noch eine Viertelstunde dem Pilgerweg folgen. Die Herberge liegt direkt auf der Strecke. Eine Pilgerin ist schon da. Sie kann Ihnen alles zeigen."

Katharina nickte.

„Kommen Sie schnell ins Trockene." Die Sekretärin grüßte und fuhr wieder los.

Sich eine nasse Haarsträhne aus dem Gesicht streichend zog sie weiter. Kaum hatte sie die Türklinke heruntergedrückt, stürmte ihr ein bekanntes Gesicht entgegen.

„Hallo Katharina!" Mitfühlend blickte Laura auf ihr Gegenüber. „Dich hat's ja wirklich voll erwischt! Komm rein, zum Schlafen geht es gleich hier nach rechts. Ich hol dir schon mal eine Matratze aus dem Schrank." Sie lief in den Gemeindesaal und platzierte die Matratze unweit von ihrer eigenen.

Vor der Tür zog Katharina ihre Schuhe aus.

Laura ging zu ihrem Rucksack, um den nassen Regenschutz abzunehmen.

„Lass", fuhr Katharina dazwischen und lockerte den Gummizug selbst. Sie öffnete den Reißverschluss ihrer Regenjacke und wollte sich aus ihr befreien. Weil aber sowohl die Jacke als auch das Shirt darunter durchnässt waren, blieben sie aneinander kleben. Katharina zog kräftiger.

„Warte, ich helfe dir." Erneut trat Laura zu ihr. Sie griff nach der Jacke.

Katharina wich zurück. „Es geht schon."

„Aber das kann doch kein Mensch mit ansehen."

„Lass mich in Ruhe!" Ihre Stimme hallte durch den Flur. Aus den Augen sprach Ärger. „Ich habe dir doch gesagt, dass ich zurecht komme."

Für einen Moment starrte Laura sie mit offenem Mund an. „Ich hab dir nur helfen wollen."

„Ich brauche deine Hilfe aber nicht! Lass mich endlich in Frieden!"

Verständnislos schüttelte Laura den Kopf. „Du bist echt ätzend, weißt du das?" Sie ging zurück in den Saal. Katharina hörte, wie sie ihre Matratze quer durch das Zimmer schob. Als sie durch die Tür trat, sah sie, wie Laura auch noch ihren Rucksack in die hinterste Ecke trug. Wortlos stellte sie den ihren am gegenüberliegenden Ende ab. Sie prüfte, ob die Nässe auch ins Innere des Rucksacks gezogen war und musste feststellen, dass das obere Fach mit dem Pilgerführer Wasser abbekommen hatte. Das Deckblatt und die Ränder waren feucht geworden. Katharina stieß einen leisen Fluch aus.

Laura packte ihre Tasche. Sie zog ihre noch klamme Jacke vom Wäscheständer und war im nächsten Augenblick verschwunden.

Seufzend ließ sich Katharina auf ihrer Matratze nieder. Sie sah in den Raum. Zu Lauras Schlafplatz. Zu dem Kreuz an der Wand. Sie zog ihr Handy aus der Tasche und starrte auf das Display. Dann legte sie es wieder zur Seite. Mit ihren kalten Händen fuhr sie sich über das Gesicht.

„Was tue ich hier eigentlich?"

Laura war in ein Café geflüchtet. Sie trank eine heiße Schokolade, schrieb Tagebuch, las den geliehenen Roman weiter und bestellte eine weitere Schokolade. Als sich der Hunger meldete, ging sie zurück zur Herberge.

Katharina hatte sich hingelegt und blätterte im Gästebuch.

Laura sprach sie nicht an. Sie nahm ihr Essen und ging in die Küche. Das Tagebuchschreiben hatte geholfen, reichte aber nicht, um den Abend schön zu finden oder gar zu genießen. Als sie zurück in den Pfarrsaal kam, war Katharina verschwunden. Ihre Jacke hing noch zum Trocknen über einem Stuhl, der Regen hatte aber auch aufgehört. Vermutlich war ihre Zimmergenossin einkaufen oder etwas essen gegangen. Sie überlegte, ihr einen Zettel zu schreiben, ließ es jedoch bleiben. Wenn Laura bei ihrer Rückkehr schon schlafen sollte, würde Katharina hoffentlich von allein daran denken, die Herberge abzuschließen.

Erste Hilfe

Am Morgen fühlte sich Laura ausgeschlafen und erholt. Sie hatte weder mitbekommen, dass es in der Nacht einen weiteren Wolkenbruch gegeben hatte, noch, wie lange Katharina wach gelegen hatte und dass sie zweimal aufgestanden war.

Sie lag mit dem Rücken zu ihr, die langen braunen Haare zerzaust auf einem mit ihrer Schlafsackhülle improvisierten Kopfkissen. Leise zog sich Laura an und schlich aus dem Raum.

Als sie vom Waschen und Frühstück zurück kam, schlief Katharina noch immer tief und fest. Sie hatte sich lediglich auf die andere Seite gedreht. Laura schaute sie an. Ihr Gesicht war blass und wirkte traurig. Welchen Kummer hatte sie nur auf ihren Weg mitgenommen? Sie tat ihr leid. Sicher war sie nicht gerade freundlich zu Laura gewesen. Sie verstand nicht, weshalb Katharina sie so angeblafft hatte, als sie ihr mit den nassen Kleidern helfen wollte. Hatte sie vielleicht einfach nur so böse reagiert, weil sie vollkommen durchnässt und erschöpft war?

Laura bereute es, am Abend gar nicht mehr mit ihr gesprochen zu haben. Wenigstens hätte sie ihr noch den Stempel und die Spendendose zeigen und das mit dem Schlüssel erklären können.

Nun musste ein Stück Papier die Aufgabe übernehmen. Vorsichtig riss sie eine Seite aus ihrem Tagebuch. Sie erschrak, weil das Geräusch in der Stille des Zimmers so laut erschien, aber auch davon wachte Katharina nicht auf. Sorgsam legte sie das Blatt auf ihren Rucksack.

Liebe Katharina,

ich wollte dich nicht wecken, deswegen schreibe ich dir diesen Zettel. Das Pfarrbüro ist geschlossen, es kommt heute also niemand mehr (außer vielleicht ein Pilger :)). Wenn du zugeschlossen hast, kannst du den Schlüssel einfach in den Briefkasten werfen.
Ich wünsche dir einen schönen Tag und ein angenehmes Pilgern!

Liebe Grüße,
Laura

Der Vormittag verlief ausgesprochen schön. Er begann nicht nur mit einem strahlend blauen Himmel und warmem Sonnenschein, sondern auch mit einer märchenhaften Wanderung durch die Gröditzer Skala. Auf einem Trampelpfad folgte Laura dem Löbauer Wasser, einem schmalen Fluss, durch den Wald. Sie genoss die Ruhe und das sommerliche Grün, legte immer wieder Pausen ein und fotografierte ohne Unterlass.

Heidelbeerbüsche ließen Laura jubeln. Über eine Stunde war sie mit Pflücken und Essen beschäftigt. Hände und Gesicht wusch sie mit dem klaren Wasser des Flusses. Das kühlende Nass fühlte sich so wunderbar an, dass die Pilgerin Schuhe und Socken auszog, zu einem Stein watete, die Füße eintauchte und mit den Zehen wackelte. Winzige Fische berührten die nackte Haut. Weil es sie kitzelte, begann Laura wie ein kleines Mädchen zu kichern. Es war ihr egal, wenn jemand sie so sah. Aber seit sie die kleine Stadt verlassen hatte, war ihr ohnehin noch niemand begegnet.

Als ihr das Wasser zu kalt wurde, zog sie sich wieder an. Der Weg führte nun bergauf. In einer Biegung erblickte sie zwischen den Bäumen das Gröditzer Schloss. Weiß leuchtete es über das Tal und Laura freute sich schon, es von nahem zu sehen. Der Anstieg war steil, lohnte sich aber. Oben angekommen wunderte sie sich, dass die Kirchturmuhr bereits die Mittagsstunde anzeigte. Sie hätte nicht gedacht, im Wald so viel Zeit verbracht zu haben. Im Schatten der Schlossmauer hielt sie eine längere Mittagsrast. Sie schaute in ihren Pilgerführer und stellte fest, dass sie die Hälfte der Tagesetappe bereits geschafft hatte.

Nach dem Mittagessen ließ der Nachtisch nicht lange auf sich warten. An einem Feldweg wuchsen Mirabellen, diesmal rote, die ebenso wunderbar schmeckten wie die gelben. Bei dieser Sorte waren auch die Früchte an den unteren Zweigen ausgereift, sodass es sich Laura ohne Kletteraktionen schmecken lassen konnte. Sie pflückte sich eine reichliche Portion in ihre Plastedose und setzte sich damit direkt an den Weg. Wie bei einem Wettbewerb versuchte sie, die Steine so weit wie möglich auszuspucken.

Ein Radfahrer fuhr an ihr vorbei. „Guten Appetit", wünschte er lachend.

„Danke! Und einen schönen Tag noch", rief Laura ihm nach.

Keine Minute später traf der Radfahrer die nächste Pilgerin. „Guten Tag, die Dame", grüßte er sie fröhlich. „Beeilen Sie sich, sonst ist bald nichts mehr von den Mirabellen übrig."

Katharina drehte sich nach ihm um, doch er war bereits pfeifend verschwunden. Müde setzte sie ihren Weg fort.

„Hallo Katharina!", rief Laura freudig. „Ist das nicht ein herrlicher Tag heute?"

„Hm", brummte sie im Gehen.

„Hast du meinen Zettel gelesen?"

„Ist alles zugeschlossen."

„Du warst gestern wirklich ganz schön fertig, was?"

Katharina zog weiter. Sie sah die Weggefährtin nicht an. „Ich wüsste nicht, was dich das angeht."

Laura wurde wütend. „Was bist du denn schon wieder so mies drauf? Kannst du das Pilgern auch mal schön finden? Und zu mir vielleicht mal nett sein?"

Katharina blieb stehen. Mit verärgertem Blick schaute sie Laura an. „Hast du schon einmal darüber nachgedacht, warum ich nicht nett zu dir bin?"

„Ja! Aber ich kapier's nicht. Was hast du denn gegen mich?"

„Du!" Katharina wurde laut. „Jedes Mal du! Ich kann mich nicht erinnern, dir das Du angeboten zu haben."

„Aber ..." Irritiert hob Laura die Augenbrauen. „Wir sind hier doch auf dem Pilgerweg. Wir sind doch beide Pilger. Warum soll ich denn Sie zu dir sagen?"

„Weil wir uns fremd sind und du deutlich jünger bist."

Laura brauchte einen Moment um zu begreifen, dass Katharina ihre Worte wirklich ernst meinte. „Aber hier ist das doch egal", widersprach sie entschieden. „Wenn man den gleichen Weg geht, dann verbindet einen das doch. Da muss man doch nicht auf irgendwelche Etiketten bestehen. Das ist ja gerade das Schöne am Pilgern! Dass keiner besser oder mehr wert ist als der andere, dass wir alle nur Menschen sind und dass die sozialen und sonstigen Grenzen zwischen uns überwunden werden! Was soll ich denn da mit Sie anfangen, bloß weil du ein paar Jahre älter bist als ich?"

„Weil es sich so gehört! Es ist eine Frage des Respekts."

„So ein Quatsch. Weißt du, wie viele Kulturen es gibt, in denen die Leute nur du zueinander sagen? Da gibt es überhaupt keine Form von Sie. Aber das heißt doch noch lange nicht, dass sie keinen Respekt voreinander haben."

„Wir sind hier aber in keiner anderen Kultur."

Laura fragte sich, ob das Rot in Katharinas Gesicht Folge des Wanderns oder ihrer Aufregung war. „Oh Mann, bist du vielleicht spießig!" Seufzend steckte sie sich eine Mirabelle in den Mund.

„Und du bist vorlaut!", schimpfte Katharina. „Überleg' dir mal, was du sagst, ja?" Zornig stapfte sie davon.

Laura schaute ihr hinterher, bis sie sie nicht mehr sehen konnte.

„Pilger, die sich siezen ... Die Frau hat echt Probleme!" Sie wusste nicht, ob sie über Katharinas Ansichten lachen oder wütend sein sollte. Es nicht so ernst zu nehmen, wäre sicherlich das Beste. Aber dass sie auf ihre freundlichen Annäherungsversuche jedes Mal so abweisend reagierte, nervte langsam wirklich. Wenn es Katharina nicht gut ging und sie lieber allein sein wollte, war das ja in Ordnung. Es wäre nur schön, wenn sie dies etwas netter kommunizieren würde. Ob sie heute noch bis Bautzen lief oder nur bis nach Neubelgern, wie Laura es beabsichtigte?

Sie setzte ihren Rucksack auf. Mirabellen hatte sie genug gegessen.

Der Weg endete an einer Straße, der Laura Richtung Süden folgte. Nach zweihundert Metern zeigte ein blauer Pfeil wieder nach rechts auf einen Feldweg. An einer Bank legte die Pilgerin eine Pause ein. Nachdem sie etwas getrunken hatte, zog sie ihr Tagebuch aus dem Rucksack und vertraute ihm ihre Gedanken an. Anschließend breitete sie im Gras ihre Isomatte aus und befreite ihre Füße von den schweren Wanderschuhen. Es war ein schöner Ort für eine längere Mittagspause, ruhig gelegen und mit Schatten spendenden Bäumen.

Eine reichliche halbe Stunde hatte Laura bereits geschlafen, als sie sich auf die andere Seite drehte. Plötzlich schrie sie auf. Etwas hatte sie in den Oberarm gestochen. Reflexartig schlug sie es von ihrer Haut. Es war eine Biene. Sie landete im Gras. Der Kampf mit dem Tod ließ sie wild zappeln. Mit ihrem Schuh erlöste Laura das Insekt von seinem Leid.

„So ein Mist!" Sie rieb sich die schmerzende Stelle, die bereits rot wurde und anschwoll. Laura zog ihr Handtuch aus dem Rucksack und tränkte es mit dem restlichen Wasser aus ihrer Flasche. Es war lächerlich, den Stich damit zu kühlen. Längst hatte die Flüssigkeit die Temperatur von außen angenommen. Trotzdem nahm sie das Tuch nicht ab. Rasch packte sie alles zusammen, setzte den Rucksack auf und lief weiter, diesmal jedoch wesentlich schneller als sonst. Nach einem Kilometer stieß Laura auf einen Bach. Sofort hielt sie das Handtuch in das kalte Wasser. Für einen kurzen

Augenblick wurde der Schmerz gelindert. Sie wiederholte die Anwendung einige Male, dann ging sie weiter. Durch den Pilgerführer wusste sie, dass das nächste Dorf nicht mehr weit entfernt sein und sie dort um Eiswürfel bitten konnte.

Katharina klingelte.

Das Gehen hatte ihre Wut gedämpft und ihre Müdigkeit zurückkehren lassen. Dabei hatte sie bis in den späten Vormittag geschlafen und nicht einmal zehn Kilometer geschafft. Sie fand es zu früh, die Strecke für heute schon zu beenden und bereits um eine Unterkunft zu bitten. Aber noch weniger wollte sie zu weit laufen. Die nächste Herberge lag erst im vierzehn Kilometer entfernten Bautzen. Selbst wenn sie sich unterwegs einmal nicht verirren sollte, würde sie am Ende wieder mit ihren Kräften am Ende sein.

Eine ältere Frau mit munteren Augen öffnete die Tür.

„Guten Tag", sagte die Pilgerin freundlich. „Mein Name ist Katharina Lihser. Wir haben heute Vormittag miteinander telefoniert, ob ich bei Ihnen übernachten kann."

Die Herbergsmutter lächelte und reichte ihr die Hand. „Herzlich willkommen, Katharina! Ich heiße Gerda. Magst du gleich hereinkommen oder dich erst ein wenig in den Garten setzen?"

Wortlos schaute Katharina sie an.

„Nimm erst mal deinen Rucksack ab." Gerda machte eine einladende Geste.

Verlegen nahm die Pilgerin ihr Gepäck von den Schultern.

„Von deinen Schuhen wirst du dich sicher auch gleich befreien wollen, was? Ist das nicht immer ein schönes Gefühl beim Ankommen?"

„Äh ... ja", hauchte Katharina überrumpelt. Sie bückte sich, um die Schnürsenkel aufzubinden. „Dann sollte ich vielleicht gleich hereinkommen?"

„Aber gern! Fühl dich wie zu Hause." Gerda führte ihren Gast in die Küche. „Setz dich. Ich gebe dir frisches Wasser." Sie stellte Katharina ein bis oben gefülltes Glas auf den Tisch. „Bitte schön."

„Danke." Das kühle Getränk tat gut. In wenigen Zügen trank sie aus.

„Noch etwas?", bot Gerda an.

„Wenn es Ihnen keine Umstände macht", entgegnete Katharina vorsichtig.

„Du", berichtigte sie die Großmutter. Ihre Stimme war mild, aber deutlich. „Sag du zu mir." Sie füllte das Glas erneut und setzte sich zu ihr. „Wir sind hier doch auf dem Pilgerweg."

Zum zweiten Mal verschlug es der Pilgerin die Sprache.

„Weißt du, was *peregre*, also Pilgern, bedeutet?", fragte Gerda mütterlich. „Es bedeutet *in der Fremde*. Meine Aufgabe als Herbergsmutter ist es, Pilgern für eine Nacht eine Heimat zu geben und dafür zu sorgen, dass sie sich nicht mehr fremd fühlen. Und das geht doch am besten, wenn wir uns mit du ansprechen, nicht wahr?" Sie lächelte. Wieder fielen Katharina ihre munteren Augen auf. „Wo bist du denn heute losgelaufen?"

„In Weißenberg."

„Dann gehst du lieber kürzere Etappen?"

Katharina schüttelte den Kopf. „Ich wollte schon gestern zu Ihnen ..." Sie berichtigte sich. „Ich meine zu dir kommen. Aber es hat fast den ganzen Tag geregnet und ich habe mich verlaufen."

„Ja, der Pilger, den ich gestern bei mir hatte, war ganz schön durchnässt."

Es war Katharina peinlich, gerade in diesem Augenblick gähnen zu müssen. Sie entschuldigte sich.

„Willst du dich hinlegen? Komm, ich zeige dir, wo du duschen und schlafen kannst."

Als Laura das Ortseingangsschild von Neubelgern und das erste Haus sah, atmete sie erleichtert auf. Es war die Nummer elf. Laura musste zur zehn. Doch hinter dem Grundstück wuchsen lediglich ein paar hohe Bäume. Der Rest des Dorfes lag noch einmal einen Kilometer entfernt.

Entgeistert schüttelte sie den Kopf. „Wer hat sich denn so was ausgedacht?"

Sie klingelte, aber es war niemand zu Hause, der sie mit einer neuen Packung zum Kühlen versorgen konnte. Also biss sie die Zähne zusammen und lief weiter.

Katharina hätte nicht gedacht, dass sie noch einmal so fest schlafen würde. Sie hatte nur die Augen schließen und ein wenig dösen wollen. Nun waren fast anderthalb Stunden vergangen, seit sie das letzte Mal auf die Uhr gesehen hatte. Eine Weile blieb sie noch liegen und schaute nachdenklich auf ihren Rucksack.

Schließlich stand sie auf. Es war kurz nach vier und der Nachmittag lud ein, sich nach draußen zu setzen. Vielleicht konnte sie der Herbergsmutter auch irgendwo zu Hand gehen. Ihre Haare waren getrocknet. Sie ließ sie offen. In ihren Flipflops stieg sie die Treppe hinunter. Es war schön, dass der Rücken und die Beine einmal nicht so sehr schmerzten.

„Hast du ein wenig schlafen können?", fragte Gerda mit einem freundlichen Lächeln.

„Ich habe sogar ziemlich viel schlafen können."

„Das ist schön. Es kommt beim Pilgern ja nicht nur auf das Laufen an, sondern auch darauf, zur Ruhe zu finden. Möchtest du Kaffee?"

„Ja, gern. Danke."

Die Herbergsmutter stellte eine Kanne, zwei Tassen, Milch, Zucker und eine kleine Packung Kekse auf ein Tablett. „Lass uns in den Garten gehen."

Katharina nahm ihr das Tablett ab und trug es zu dem Tisch unter dem Kirschbaum. Sie verteilten das Geschirr und setzten sich. Gerda schenkte Kaffee aus. „Es hat der Natur gut getan, dass es gestern geregnet hat. Aber es ist auch schön, beim Kaffeetrinken wieder draußen zu sitzen."

Katharina erinnerte sich an den durchnässten Mann, von dem ihre Gastgeberin bei ihrer Begrüßung erzählt hatte. „Kommen viele Pilger hierher?"

„Im letzten Jahr waren es 352."

„Das sind aber nicht gerade wenige."

„Ja, du hast Recht. In der Saison habe ich fast jeden Tag Pilger im Haus."

„Wird dir das nicht zu viel?"

Gerda schüttelte den Kopf. „Ich kümmere mich sehr gern um die Pilger. Außerdem vertraue ich darauf, dass Jesus mir nur so viele Pilger schickt, wie ich unterbringen kann."

„Also maximal vier. Laut Pilgerführer."

„Nicht unbedingt. Einmal hatte ich schon fünf Pilger bei mir einquartiert: jeweils zwei in den Pilgerzimmern und einen auf dem Wohnzimmersofa. Da haben kurz vor dem Abendessen noch einmal zwei Pilgerinnen an meine Tür geklopft. Hungrig und müde waren sie. Zuerst wollte ich sie wegschicken, denn es war einfach kein Platz mehr im Haus. Aber dann habe ich plötzlich an Josef und Maria denken müssen. Kannst du dir vorstellen, wie ich vor mir selbst erschrocken bin?"

„Du hast sie also aufgenommen?"

„Ja. Ich bin durch das Dorf gelaufen und habe gefragt, ob mir jemand ein Zelt ausleihen kann. Einen Tag später habe ich mir ein eigenes Zelt gekauft."

Katharina trank einen Schluck Kaffee. „Seit wann führst du die Herberge?"

„Seit Anfang an. In den ersten fünf Jahren zusammen mit meinem Mann. Nach seinem Tod allein, aber immer mit der Hilfe von Jesus." Gerda lächelte. „Du bist allein unterwegs?"

„Ja."

„Wie weit möchtest du gehen?"

Unsicher zuckte Katharina die Schultern. „Wahrscheinlich bis zum Schluss. Nach..." Sie verstummte.

„Was hast du?"

Ihr Blick war auf die Straße hinter dem Tor gerichtet. „Ich glaube, da kommt noch ein Pilger."

Gerda, die mit dem Rücken zur Einfahrt saß, drehte sich um. „Ja, tatsächlich. Das ist aber schön! Eine junge Frau, wie es aussieht. Entschuldigst du mich kurz? Ich möchte ihr gern entgegen gehen."

„Sicher."

Die Pilgerin war Laura. Katharina beobachtete, wie die Herbergsmutter sie auf ihr Grundstück führte. Worüber sie sich unterhielten, verstand sie nicht. Gerda wirkte sehr mitfühlend und schien beruhigend auf Laura einzureden. Als sie um die Ecke gebogen waren, schickte sie sie in den Garten und verschwand im Haus.

Ihre Blicke trafen sich.

Laura war anzusehen, dass sie sich über die Begegnung nicht gerade freute. Dennoch lief sie auf den Tisch zu und schnallte ihren Rucksack ab. Ihr „Hallo" klang müde und glich mehr einem Brummen als einem Gruß. Sie setzte sich und zog Schuhe und Socken aus. „Tut mir leid, dass du wieder mit mir in der Herberge –"

„Was ist mit deinem Arm?", unterbrach sie Katharina.

Laura schaute auf ihr Handtuch. „Mich hat vor Wurschen eine Biene gestochen."

„Bis du allergisch?"

Sie schüttelte den Kopf. „Es tut aber trotzdem weh. Ich habe die Stelle so oft es ging gekühlt. Ständig habe ich bei den Leuten geklingelt und nach Eiswürfeln gefragt. Gerda will mir auch gerade welche holen. Aber irgendwie wird es trotzdem nicht besser."

Katharina stand auf. „Lass mal sehen." Sie wickelte das Handtuch ab, hängte es über einen freien Stuhl, nahm Lauras Arm und konzentrierte sich auf die Schwellung.

Laura schaute über ihre Schulter. „Also eigentlich bin ich ja nicht so empfindlich bei – AU!" Sie fuhr zusammen.

Katharina ließ ihren Arm los und trat vor sie. „Da steckt noch ein Stück vom Stachel in deiner Haut."

„Ein Stück vom Stachel?" Laura verrenkte sich fast, um sich von der Diagnose selbst zu überzeugen. „Aber ich sehe da gar nichts."

„Weil er sehr tief sitzt und ringsherum alles geschwollen ist."

„Na toll", stöhnte Laura. „Da ist es ja kein Wunder, dass es nicht besser wird."

„Keine Sorge." Katharina lächelte. „Ich kümmere mich darum."

Mit einem Waschlappen voller Eiswürfel und einem Glas Wasser trat Gerda aus dem Haus. „Hier, bitte sehr."

Dankend nahm Laura das Glas entgegen und trank es in einem Zug leer. Den Waschlappen wollte sie auf ihren Arm drücken, doch Katharina nahm ihn ihr aus der Hand. „Nicht mit Eis kühlen." Sie schüttete die Würfel in Lauras Glas und legte lediglich den nassen Stoff auf die Schwellung. Gleich darauf wand sie sich an die Herbergsmutter. „Ich würde Laura jetzt gern die Dusche und unser Zimmer zeigen. Die Spitze des Stachels steckt noch in ihrem Arm. Ich will sie so früh wie möglich herausziehen."

„Natürlich", antwortete Gerda. „Brauchst du eine Pinzette?"

„Nein danke, eine Pinzette habe ich dabei. Komm mit, Laura."

Katharina führte ihre Weggefährtin die Treppe hinauf. „Ist es das erste Mal, dass dich eine Biene gestochen hat?"

„Nein. Als Kind bin ich mal auf eine drauf getreten. Ich bin barfuß über die Wiese gerannt und habe sie nicht gesehen. Mein Fuß war danach so geschwollen, dass ich einen Schuh von meiner Mutter anziehen musste."

„Hast du sonst noch Beschwerden? Kopfschmerzen, Übelkeit, irgendwelche Ausschläge?"

„Nein. Sonst ist alles gut."

Katharina wartete, bis Laura ihre Waschsachen und Wechselkleidung aus dem Rucksack geholt hatte. „Im Bereich der Schwellung verzichtest du auf Shampoo. Bevor du wieder zu mir kommst, hältst du deinen Arm noch einmal für eine Weile unter kaltes Wasser. Ich bereite solange alles vor."

Laura tat, was ihr gesagt wurde. Als sie wieder ins Zimmer kam, fiel ihr Blick als erstes auf eine große aufgeklappte Waschtasche mit Arzneien und Verbandsmaterial. „Ist das deine Reiseapotheke? Himmel, die wiegt doch mindestens anderthalb Kilo! Wenn nicht sogar zwei."

Sie schaute weiter zum Nachttisch, wo ihre Zimmergenossin Desinfektionsspray, Kompressen und eine lange Pinzette mit dünner Spitze zurechtgelegt hatte, und wurde blass. „Du willst mir doch nicht etwa damit in die Haut bohren?"

Katharina lächelte. „Womit denn sonst?" Sie setzte sich auf einen der beiden Stühle, die sie an das Fenster geschoben hatte. „Hab keine Angst. In einer Minute ist es vorbei."

„Ich hab keine Angst. Ich staune nur. Ich meine..."

„Komm, setz dich." Sie schlug mit der flachen Hand auf das Holz. Widerwillig folgte Laura ihrer Anweisung. „Entspann dich. Es wird alles gut." Katharina desinfizierte ihre Hände und die Einstichstelle an Lauras Arm. Anschließend ergriff sie ihre Pinzette.

Laura fixierte einen Punkt an der gegenüberliegenden Zimmerwand. Als der Schmerz einsetzte, hielt sie die Luft an. Sie drückte ihre Füße fest auf den Boden, als wollte sie im nächsten Moment aufspringen und fliehen. Bloß nicht schreien. *Bloß nicht schreien!* Zum Kuckuck, wie lange dauerte so eine Minute eigentlich?!

„Da ist er schon. Schau ihn dir an, den Übeltäter." Zufrieden hielt Katharina die Pinzette vor Lauras Gesicht.

„So winzig?"

„Ja. So winzig. Möchtest du ihn zur Erinnerung in dein Tagebuch kleben? Soll ich Gerda nach Klebeband fragen?"

„Nein, danke", antwortete Laura matt. Sie schluckte, denn in ihre Augen waren Tränen gestiegen.

„Alles in Ordnung?"

Laura nickte.

„Bleib noch kurz sitzen. Ich hole ein frisches nasses Tuch."

Schnell war Katharina wieder oben.

„Du bist echt ganz schön taff", meinte Laura, während die Pilgergefährtin ihren Arm verband.

„Ach ja? Ich dachte, ich bin spießig", erwiderte Katharina, halb belustigt, halb beleidigt.

Laura wurde rot. „Tut mir leid", sagte sie verlegen.

„Na ja, im Grunde genommen war ich gerade wirklich spießig." Katharina wies auf den Nachttisch mit ihrer Pinzette.

Laura grinste. „Stimmt. Danke, dass du mir geholfen hast."

„Schon gut. Wie ist es passiert, dass dich die Biene gestochen hat?"

Laura erzählte von ihrer Mittagspause.

Katharina machte ein zweifelndes Gesicht. „Kannst du dich wirklich einfach so an den Wegrand legen und schlafen?"

„Klar. An der frischen Luft ist es doch am schönsten."

„Und was machst du mit deinem Rucksack? Hast du nicht Angst um deine Wertsachen?"

„Nö. Es kommt ja kaum einer vorbei. Da passiert schon nichts."

„Du bist nicht zum ersten Mal auf diesem Weg, oder?"

„Doch. Aber ich habe schon eine Menge Pilger kennengelernt. Unser Haus ist nämlich auch eine Pilgerherberge", verkündete Laura stolz.

„Ihr habt selber eine Herberge?"

„Ja. Vor vier Jahren haben meine Eltern unser Gästezimmer zum Pilgerquartier erklärt. Wir stehen aber nur auf der Ergänzungsliste. Warte, ich zeige es dir." Laura zog aus ihrem Rucksack ein gefaltetes Blatt und suchte die entsprechende Stelle. „Hier: *In Naumburg bietet Familie Wildner in der Brückenstraße 8 eine Unterkunft für zwei Pilger.* Das sind wir."

Katharina nahm den Zettel in die Hand.

„Ich wollte immer, dass wir richtig im Pilgerführer stehen. Aber meine Mutter ist dagegen. Sie will nur ab und zu Pilger aufnehmen, weil meine Eltern ja beide mit ihrer Arbeit genug um die Ohren haben. Sie hat sich auch immer Sorgen gemacht, dass ich die Schule vernachlässige, wenn ständig Pilger im Haus sind. Aber jetzt, wo ich mein Abi habe, überlegt sie es sich vielleicht noch einmal anders."

„Was machen deine Eltern beruflich?"

„Meine Mutter ist Versicherungskauffrau. Und mein Vater Innenarchitekt."

„Hast du noch Geschwister?"

„Nein. Leider nicht."

Katharina gab ihr die Liste zurück. „Wenn das Tuch nicht mehr kühlt, sagst du mir Bescheid. Dann bekommst du einen neuen Verband."

Zum Abendessen gingen sie in den Garten. Außer einer Suppe mit Bohnen und Zucchini aus eigener Ernte gab es Brot, Käse, Wurst und Salat. Gerda zündete eine Kerze an und sprach das Tischgebet.

Laura schloss sich dem Amen an.

Katharina sagte nichts.

Gerda wünschte guten Appetit. „Greift tüchtig zu. Wer viel wandert, muss auch gut essen." Sie teilte für jeden Suppe aus.

Es schmeckte großartig.

„Ist es nicht wunderbar, dass Jesus ausgerechnet an dem Tag, an dem eine Pilgerin medizinische Hilfe braucht, die Ärztin gleich im Voraus schickt?" Die Ereignisse des Nachmittags hatten Gerda tief beeindruckt.

Laura stimmte ihr zu. „Oh ja! Selber hätte ich den Stachel nicht rausbekommen. Ich wusste ja nicht mal, dass ein Stück davon noch drinsteckt."

Katharina sah es gelassen. „Dann wärst du morgen eben zu einem Arzt gegangen."

„Ja, aber bis dahin hätte es ja trotzdem noch weh getan. Und ich sage dir, das hat heute echt keinen Spaß gemacht, mit den Schmerzen zu pilgern. Außerdem will ich wandern und nicht stundenlang im Wartezimmer hocken."

„Es ist also schon besser geworden?", erkundigte sich die Herbergsmutter.

Laura nickte. „Die Schwellung ist fast weg. Darf ich den restlichen Salat aufessen?"

„Wenn Katharina nicht noch etwas mag?"

„Ich habe genug, danke."

„Woher kommt ihr eigentlich?", wollte Gerda wissen.

„Ich komme aus Naumburg", antwortete Laura. Sie berichtete von der Pilgerherberge ihrer Eltern.

Interessiert hörte die Gastgeberin zu. „Dann haben wir uns vielleicht sogar schon einmal bei einem Herbergselterntreffen gesehen?"

„Leider nein. Wir haben es noch kein einziges Mal geschafft, zu so einem Treffen zu kommen. Deswegen ist es umso schöner, dass ich den Weg jetzt endlich gehen kann. Es war immer schrecklich zu hören, wie alle vom Pilgern erzählen, und selber nicht pilgern zu dürfen, bloß weil ich noch nicht achtzehn war."

„Das kann ich gut verstehen", meinte Gerda. Sie wandte sich ihrem anderen Gast zu. „Woher kommst du, Katharina?"

„Ich komme aus Vechta. Aus der Nähe von Bremen."

„Da hattest du aber eine lange Fahrt bis nach Görlitz", bemerkte Laura. „Wie hast du vom Pilgerweg erfahren?"

„Mir hat eine Patientin davon erzählt."

„Ist sie auch den Weg gegangen?"

„Ja."

„Wann?", fragte Laura weiter.

„Im April." Katharina nahm sich noch etwas Wasser. „Übrigens ist Vechta die Stadt, in der ein Esel beschlossen hat, Bremer Stadtmusikant zu werden."

Laura machte große Augen. „Echt?"

„Es gibt da ein winziges Schild an einem Fachwerkhaus, von dem kaum jemand weiß. Dort steht es geschrieben."

Gerda schlug vor, den Tisch abzuräumen. Katharina und Laura halfen, alles in die Küche zu tragen.

„Der Ort, aus dem der Esel von den Bremer Stadtmusikanten kam", murmelte Laura nachdenklich vor sich hin. „Aber sind die vier Tiere nicht in dem Räuberhaus im Wald geblieben? Dann waren es doch eigentlich gar keine Bremer Stadtmusikanten."

„Als Bronzefiguren stehen sie trotzdem vor dem Rathaus in Bremen", sagte Katharina.

„Ist Bremen eine schöne Stadt?"

„Ja. Mir gefällt sie gut. Am schönsten ist es an der Weser und im Schnoor."

„Im Schnoor?"

„Ein Viertel mit schmalen Straßen und alten Häusern. Viel Kunsthandwerk, viele kleine Geschäfte, nette Kneipen und natürlich eine Menge Touristen."

„Dann ist das Schnoor in Bremen wohl so etwas wie die Krämerbrücke in Erfurt."

„Das weiß ich nicht. Ich war noch nie in Erfurt."

„Aber bald wirst du in Erfurt sein. Der Pilgerweg geht ja direkt durch die Stadt."

Sie räumten den Geschirrspüler ein. Gerda stellte die übrig gebliebenen Lebensmittel in den Kühlschrank.

Katharina nahm den Lappen von der Spüle, um draußen den Tisch abzuwischen. Als sie zurück kam und sich die Hände gewaschen hatte, trat Gerda mit einem ihrer Gästebücher auf sie zu. „Jetzt muss ich dich mal etwas fragen." Sie schlug das Buch auf und stellte sich damit neben sie. „Kommt dir das Gesicht vielleicht bekannt vor?"

Zu den Dankesworten ihrer Pilger hatte die Herbergsmutter Fotos geklebt. Auf der Doppelseite waren ein älteres Paar und darunter eine Frau mit schwarzen Haaren zu sehen. Die dazugehörigen Einträge waren mit dem zehnten und elften April 2012 datiert. „Ist das die Patientin, die dir vom Pilgern erzählt hat?"

Für einen Moment war Katharina sprachlos. „Ja. Das ist sie."

Gerda lächelte. „Schön, wie uns der Weg miteinander verbindet, nicht wahr?"

„Was schaut ihr euch an?" Laura, die für einen kurzen Moment im Badezimmer verschwunden war, trat neugierig hinzu. Ihr Blick wanderte in das Gästebuch. „Das ist ja Adele!" Überrascht sah sie zu Katharina. „Sag bloß, das ist die Patientin, von der du gerade erzählt hast?"

„Du kennst sie?"

„Ja! Sie war auch bei uns in der Herberge. Im April, ganz genau. Dann bist du also Hautärztin. Ich werd' verrückt! Da war der Stich ja genau dein Spezialgebiet. Also jetzt glaube ich wirklich, dass da jemand seine Hände im Spiel hatte. Ich meine, solche Geschichten werden ja oft vom Pilgern erzählt, aber dass ich selber so etwas erlebe und noch dazu in der ersten Woche, ist wirklich ein Ding."

Katharina zuckte die Schultern. „Deine Eltern haben eine Herberge und nun bist du selbst auf dem Weg. Ich halte das für kein Wunder."

„Ich schon. Adele hätte ja auch in andere Herbergen gehen können. Und wenn sie dir nicht vom Pilgern erzählt hätte, wärst du jetzt wahrscheinlich gar nicht hier und dann hätte ich dich auch nicht getroffen. Sie hat sogar von dir erzählt. Sie hat gesagt, dass sie bei einer jungen und sehr freundlichen Ärztin in Behandlung ist und sich wirklich gut bei ihr aufgehoben fühlt. Sie hatte doch solche Probleme mit…"

„Ja, genau", unterbrach sie Katharina. „Darf ich dich daran erinnern, dass ich zum Schweigen verpflichtet bin?"

„Oh. Natürlich." Laura errötete. „Aber von mir grüßen darfst du sie, oder?"

„Ja. Das darf ich."

„Dann grüße sie bitte auch ganz herzlich von mir", bat Gerda ebenfalls.

Katharina versicherte, es zu tun.

„Habt ihr Lust, noch ein Glas Wein trinken?", fragte die Herbergsmutter.

„Aber gern!", sagte Laura begeistert.

„Und du, Katharina?"

Sie zögerte.

„Wenn du nicht möchtest, ist das in Ordnung", beteuerte Gerda.

„Dann denke ich, dass ich nach oben gehen werde", meinte Katharina. „Trotzdem vielen Dank für die Einladung."

Roberts Anruf

Katharina war als erstes wach. Sie ließ Laura schlafen und ging allein ins Wohnzimmer. Am großzügig gedeckten Frühstückstisch schenkte Gerda Kaffee ein. Sie erzählte über ihr Leben als Herbergsmutter und von ihren Pilgern. Mit großem Eifer lobte sie den Verein, die Wegbetreuer und andere Herbergseltern, die den Weg überhaupt erst gehbar machten. „Aber hast du gestern nicht erzählt, dass du dich bei Weißenberg verlaufen hast?", fragte sie Katharina.

Sie seufzte. „Nicht nur dort."

„Wo denn noch?"

„In Görlitz. Und vor den Königshainer Bergen."

„Wo genau hast du dich verlaufen?"

„Ich weiß es nicht. Bei den grob gezeichneten Karten lässt sich das schwer feststellen." Katharina zuckte die Schultern. „Ich muss ein paar Abzweige übersehen haben. Als ich es schließlich bemerkt habe, war ich meistens schon so weit gelaufen, dass ich gleich noch bis zum nächsten Ort weitergegangen bin, um mich wieder orientieren zu können. Das Problem war nur, dass die Orte oftmals genau in der entgegengesetzten Richtung lagen oder gar nicht mehr auf den Karten abgebildet waren."

„Und du hast niemanden getroffen, den du nach dem Weg hättest fragen können?"

„Nein. Nicht auf den Straßen."

„Laura findet, dass der Pilgerweg eigentlich sehr gut ausgeschildert ist."

„Bei Laura scheint das Pilgern auch im Blut zu liegen."

„Aber dich hat der Weg genauso gerufen."

„Ich hatte nicht vor, Pilgerin zu werden. Bevor mir meine Patientin davon erzählt hat, wusste ich nicht einmal, dass es diesen Weg gibt."

„Aber nur wenige Wochen später hast du beschlossen, ihn zu gehen." Gerda schaute Katharina so liebevoll und gütig an, dass ihr Tränen in die Augen stiegen. *Wenn du reden möchtest, höre ich dir gern zu*, schien ihr Blick zu sagen.

Katharina schluckte. Sie wollte nicht die Fassung verlieren. Nicht jetzt. Und nicht hier. Tief atmete sie durch. „Wahrscheinlich habe ich mich nur verlaufen, weil ich mit den Gedanken ständig woanders bin. Ich muss einfach besser aufpassen, dann wird das schon."

Gerda nickte. „Manchmal braucht man einfach ein bisschen Zeit, um sich an die Markierung zu gewöhnen. Bestimmt geht es schon bald besser."

Die Pilgerin bemühte sich um ein zuversichtliches Lächeln. „Ich denke, ich werde so langsam aufbrechen."

„Aber sicher. Wenn es für dich an der Zeit ist. Darf ich vorher noch ein Foto von dir machen?"

Katharina wurde rot. „Ich habe mich gar nicht im Gästebuch eingetragen", meinte sie ausweichend.

„Das musst du auch nicht, wenn du nicht möchtest. Ich werde dich auch so in guter Erinnerung behalten. Es war wirklich schön, dich kennengelernt zu haben, Katharina. Gibt es noch etwas, was ich für dich tun kann?"

„Nein, vielen Dank. Du hast schon so viel für mich getan."

Sie hörten, wie Laura die Treppe herunter kam. „Guten Morgen!", grüßte sie fröhlich.

„Guten Morgen. Möchtest du dich setzen und frühstücken?", fragte Gerda.

„Oh ja!" Laura nahm Platz. „Du bist wohl schon fertig, Katharina?"

„Ich packe noch meinen Rucksack, dann laufe ich weiter. Wie geht es deinem Arm?"

„Also weh tut er nicht mehr. Dafür juckt es jetzt ganz furchtbar."

„Das ist ein gutes Zeichen." Katharina schaute sich den Stich an. „Hör auf, dich zu kratzen. Ich gebe dir eine Salbe, die gegen den Juckreiz hilft. Die kannst du auch bei Mückenstichen anwenden. Ich bin gleich wieder da."

Gerda leistete Laura beim Frühstück Gesellschaft. Der Morgen war mild und sonnig. Es versprach, ein schöner Wandertag zu werden.

Katharina legte eine kleine weiße Tube auf den Tisch. „Bitteschön."

„Danke."

Katharina streckte die Hand aus. „Alles Gute für dich."

„Für dich auch!"

Sie sahen sich an. Ihre Hände lösten sich.

„Wollen wir nicht ein Stück zusammen laufen? Ich bin bald fertig mit dem Essen."

Katharina entschuldigte sich. „Ich denke, es ist besser, wenn ich allein gehe."

„Okay", erwiderte Laura verständnisvoll. „Dann einen schönen Weg dir."

Über Dorfstraßen und Feldwege erreichte Katharina am frühen Nachmittag Bautzen. In einer einfachen

Herberge mit drei Doppelstockbetten, Dusche und einer kleinen Kochnische fand sie Unterkunft. Nachdem sie sich ein wenig ausgeruht, geduscht und ihre Kleidung gewaschen hatte, bummelte sie durch die Stadt. Sie füllte die Lücke in ihrer Reiseapotheke, kaufte sich etwas zu essen und war vor dem sechsten Glockenschlag zurück in der Herberge. Niemand war gekommen. Katharina würde die Nacht allein verbringen.

Sie setzte sich auf ihr Bett und schaute aus dem Fenster. Der Tag war heiß gewesen, jedoch nicht so, dass es unerträglich war. Ein idealer Abend, um ihn mit Freunden draußen auf der Terrasse oder in einem gemütlichen Lokal zu verbringen. Oder ... Nein. Bloß nicht daran denken.

Es gab keine Bücher, also blätterte Katharina durch den Pilgerführer. Gelegentlich las sie ein paar Zeilen: Hinweise auf Sehenswürdigkeiten, Informationen zu möglichen Varianten oder Bibelworte, mit denen sie jedoch nicht viel anfangen konnte.

Plötzlich klingelte ihr Handy. Katharina schaute auf das Display und lächelte. „Hallo Bruderherz! Schön, dass du anrufst."

„Ja, wirklich schön, dass ich anrufe", echote Robert am anderen Ende. „Hast du nicht gesagt, dass du dich melden willst? Wir haben uns schon gefragt, ob du überhaupt noch lebst und nicht irgendwo im fernen Osten verschollen bist."

„Jetzt übertreib mal nicht. Wir haben doch erst am Sonntag telefoniert."

„*Telefoniert* nennst du das? *Ich bin gut angekommen, das Hotel ist in Ordnung, ich melde mich bald wieder* – ist das *Telefonieren*?"

Katharina schüttelte nachsichtig den Kopf. „Mach dir nicht immer so viele Sorgen."

„Ich mache mir Sorgen, wie ich will! Du magst so gut wie deine eigene Praxis haben, aber du bist immer noch meine kleine Schwester. Und die wirst du auch dein Leben lang bleiben."

„Ja, ja, schon gut."

Robert beruhigte sich. „Wie ist sie denn nun, deine Wallfahrt? Wie geht es dir?"

„Es geht schon."

„Wie, *es geht schon*?"

„Wie soll es schon gehen? Ich laufe, komme an und am nächsten Tag laufe ich weiter."

„Und du übernachtest jedes Mal in Jugendherbergen?", fragte Robert skeptisch.

„Nein, es sind keine Jugendherbergen. Die Unterkünfte sind verschieden. Zweimal habe ich in einem Pfarrhaus übernachtet und gestern bei einer älteren Frau."

„Dann gibt es tatsächlich Leute, die Fremde bei sich zu Hause schlafen lassen?"

„Es sieht ganz so aus."

„Haben die keine Angst, dass sie nachts ausgeraubt werden?"

„Keine Ahnung. Wir haben nicht darüber gesprochen."

„Na, solange es nur ein Großmütterchen gewesen ist ...", murmelte Robert. „Schau dir die Leute vorher bloß richtig an, bevor du dich bei ihnen einquartierst. Wenn du schon so etwas Verrücktes unternehmen musst."

„Ich pass schon auf. Ich bin kein Kind mehr."

„Ja, ja. Sind da wenigstens auch andere ... *Pilger*?"
„Bisher habe ich nur eine Abiturientin getroffen."
„Lauft ihr zusammen?"
„Nein. Wir haben uns nur in den Herbergen gesehen."
„Heute auch?"
„Nein. Sie scheint woanders untergekommen zu sein."
„Hm."
Für eine Weile herrschte Schweigen.
„Vielleicht sehen wir uns morgen wieder", sagte Katharina, um die unangenehme Stille zu durchbrechen.
„Tja", erwiderte Robert. „Immerhin habt ihr den selben Weg. Aber sag, Katja, macht dir dieses Pilgern wirklich Spaß?"
„Ich gehe diesen Weg nicht, um Spaß zu haben."
„Warum dann?"
„Das habe ich dir doch schon erklärt."
Er brummte. „Sicher, das hast du. Ich verstehe es nur nicht. Hör mal, warum kommst du nicht zurück und fährst mit uns nach Amsterdam? Dort hast du eine schöne Ferienwohnung, die Kinder, kannst dir die Stadt ansehen, einkaufen gehen, ein Wellness-Programm mitmachen, Fahrrad fahren..."
„Robert", unterbrach sie ihn in bittendem Ton, „darüber haben wir so oft geredet."
„Ja, ja!"
„Erzähl mir lieber, wie es euch geht."
„Ach, bei uns ist soweit alles gut. Karen hat am Wochenende angefangen, ein paar Sachen auszusortieren. Eine ganze Menge alten Kram haben wir schon wegge-

schmissen. Du weißt ja selbst, wie es ist." Er verstummte.

Katharina nahm es tapfer hin. „Solange du es nicht Mutti sagst."

„Nein, ganz bestimmt nicht. Hast du dich eigentlich schon bei den Eltern gemeldet?"

„Ich werde ihnen bei Gelegenheit eine Karte schreiben. Grüß sie bis dahin bitte ganz lieb von mir, ja?"

Robert versicherte, es zu tun. „Und was machst du heute Abend noch so? Wo steckst du eigentlich gerade?"

„In Bautzen."

„Ist das nicht die Stadt, wo der Senf herkommt?"

„Ja. Senfläden habe ich heute einige gesehen."

„Und was gibt es da sonst noch?"

„Die Altstadt ist ganz nett. Mehr habe ich gar nicht gesehen. Ich war den halben Tag unterwegs, da ist abends nicht mehr viel los. Ein bisschen lesen, noch eine Kleinigkeit essen, Zähneputzen und ab ins Bett."

„Du meinst in den Schlafsack."

„Ist doch gemütlich. Haben wir als Kinder beim Zelten auch immer gemacht."

„Als Kinder haben wir uns auch gern in Matschpfützen gewälzt." Robert seufzte merklich. „Also schön, geh schlafen und morgen weiter auf deinem Weg. Melde dich aber bald wieder, ja?"

„Ich melde mich schon", beruhigte Katharina ihren Bruder.

„Aber nicht erst, wenn du am Ziel angekommen bist! Es würde ja auch schon reichen, wenn du einfach mal eine SMS schreibst."

„Schon gut. Richte bitte allen liebe Grüße aus."

„Mach ich. Pass auf dich auf, Katja!"

„Und hab du noch eine angenehme Woche. Bis bald!"

„Tschüss!" Robert legte auf.

Katharina steckte das Handy zurück in den Rucksack. Sie hatte ihre Einsamkeit selbst gewählt. Darum würde sie jetzt unter keinen Umständen in Tränen ausbrechen.

Wiedersehen

Ausgeschlafen und gut gelaunt wanderte Laura stadtauswärts. An diesem Tag führte der Großteil der Strecke über Asphalt, doch davon wollte sie sich nicht die Laune verderben lassen. Immerhin waren es nur Dorfstraßen mit weitgehend wenig Verkehr. Weil sie mit ihren Herbergseltern noch lange gefrühstückt hatte, war sie erst spät losgekommen. Wenn auch nicht heiß, so schien die Sonne bereits sehr warm und schnell war die Pilgerin ins Schwitzen gekommen. In jedem Dorf ließ sie ihre Wasserflasche wieder auffüllen.

Eine Frau aus Oberuhna schenkte ihr eine Schale Himbeeren aus dem Garten. „Vor drei Jahren war ich selber pilgern", erzählte sie. „Auf dem Jakobsweg in Spanien. Seitdem möchte ich jedem Pilger, den ich hier vorbeikommen sehe, etwas schenken."

Laura strahlte vor Dankbarkeit. „Die Beeren sind jetzt genau richtig." Sie probierte und seufzte genießerisch: „Lecker!"

„Wohin soll es denn heute gehen?"

„Nach Crostwitz."

„Und dann weiter bis Vacha?"

„Ja. Irgendwann will ich auch den spanischen Jakobsweg nach Santiago gehen. Diesen Sommer habe ich leider nicht genügend Zeit. Ab September fange ich nämlich an zu arbeiten."

Mit der steigenden Sonne nahm die Mittagshitze zu. Heiß brannte sie auf den Asphalt und Laura sehnte sich nach einem kühlen Bach oder wenigstens ein bisschen Schatten. Der Weg am Rand der Straße zog sich und wollte kein Ende nehmen. Um sich die Zeit des eintönigen und langweiligen Wanderns ein wenig angenehmer zu gestalten, beschloss sie, Gedichte auswendig zu lernen. Eine Pilgerin, die im vergangenen Jahr bei ihnen zu Gast gewesen war, hatte sich eine kleine Sammlung ihrer Lieblingsgedichte auf den Weg mitgenommen. Die Idee hatte Laura so gut gefallen, dass sie ebenfalls ein wenig Lyrik in das Tagebuch geklebt hatte. Sie wählte die Ballade *John Maynard*, deren Text sie sich so lange vorsagte, bis sie ihn frei rezitieren konnte. Begeistert, wie leicht ihr das Laufen auf diese Weise fiel und wie schnell die Kilometer unter ihren Füßen dahin flossen, näherte sie sich ihrem Etappenziel.

Der Pfeil unter der gelben Muschel wies nach links auf einen Feldweg. Wenig später erblickte die Pilgerin das Herbergszeichen. Es war an ein braunes Brett genagelt, das aus dem Gras ragte und noch ein paar Worte in gelber Schrift auf sich trug, welche Laura aus der Entfernung jedoch nicht entziffern konnte.

Pilgeroase. Rast. Kaffee. Tee. Gebäck. Obst.

Katharina war noch nicht am Ziel, aber sie brauchte dringend eine Pause. Ihr Kopf fühlte sich matt und leer an, ihr Rücken schmerzte und die Füße brannten. Sie hatte keine Ahnung, was sie sich unter jener Pilgeroase vorstellen sollte. Vielleicht ein nettes Café oder einen kleinen Kiosk. Zwei Äpfel trug sie zwar noch bei sich, aber über einen Kaffee würde sie sich jetzt wirklich freuen. Müde, doch hoffnungsvoll bog sie nach rechts auf den Trampelpfad, der über das Gras direkt Richtung Dorfkirche führte. Sie folgte der Markierung und fand die besagte Pilgeroase im Garten eines kleinen Hauses.

Das Tor war weit geöffnet. Auf der überdachten Terrasse stand ein Tisch mit fünf Stühlen. Auf der grünblau karierten Tischdecke warteten zwei Thermoskannen, eine Keksdose und ein Korb mit Äpfeln und Bananen förmlich darauf, dass man sich an ihnen bediente. Am Zaun blühten Stockrosen und Ringelblumen. Es war zweifellos eine Oase und darüber hinaus die Herberge des Ortes, wie Katharina mit Hilfe ihres Pilgerführers feststellte. Schade, dass sie sich bereits im nächsten Dorf angemeldet hatte.

Weil sie es nicht wagte, das Grundstück einfach so zu betreten, lief sie um das Haus und fand an der Straßenseite den Haupteingang mit zwei Klingeln. Es war ihr unangenehm, aber wenn sie nun schon einmal hierher gekommen war ... Sie fasste sich ein Herz und läutete. Im nächsten Augenblick hörte sie Schritte.

Eine Frau Mitte fünfzig öffnete die Tür. „Oh, eine Pilgerin!" Sie lächelte erfreut. „Herzlich willkommen!"

„Guten Tag", grüßte Katharina schüchtern. „Ich habe am Weg das Schild gesehen und Ihren schönen Garten..."

„Ach, bei mir braucht man nicht zu klingeln, wenn man Pilger ist", winkte die Herbergsmutter freimütig ab. „Dafür lasse ich das Tor doch extra offen. Aber wollen wir nicht du zueinander sagen? Ich bin Martha."

Wieder hatte sie Schwierigkeiten mit dem schnellen Duzen. „Katharina."

„Komm herein, Katharina! Wir können gleich durch das Haus in den Garten gehen. Magst du lieber Kaffee oder Tee?"

„Kaffee." Dankbar nahm die Pilgerin Platz.

„Möchtest du heute bei mir übernachten?"

„Nein, danke. Ich habe mich schon in dem Kloster angemeldet."

„Gut. Dann genießt du einfach eine schöne Rast bei mir. Ich habe heute frei und leiste dir Gesellschaft, wenn du magst."

„Gern."

Martha goss ihrem Gast eine Tasse Kaffee ein. „Ich will bloß noch schnell den Computer ausschalten. Ich komme gleich wieder." Sie ging zurück ins Haus.

Katharina steckte ein wenig Kleingeld in das mit *Spende* beschriftete Holzkästchen, das sie auf dem Tisch entdeckt hatte. Woher nahmen die Herbergseltern nur dieses Vertrauen? In ihrer Heimat wäre so etwas undenkbar. Sie trank einen Schluck Kaffee. Er schmeckte wirklich gut.

„Katharina!" Eine bekannte Stimme ließ sie zum Tor schauen. Fröhlich winkend trat Laura in den Garten. Sie schnallte ihren Rucksack ab, lehnte ihn an einen Stuhl und schloss Katharina kurzerhand in die Arme. „Du glaubst nicht, wie ich mich freue, dich zu sehen! Ich hatte gehofft, dich irgendwo unterwegs oder spätestens in Bautzen zu treffen. Ich wollte dir nämlich als Dankeschön für deine Salbe ein Eis spendieren. Die ist ja so super! Hier, schau, von dem Stich ist fast nichts mehr zu sehen." Zur Bekräftigung ihrer Aussage zeigte Laura auf die Stelle, an der die Biene sie gestochen hatte. „Bei meinen hundert Mückenstichen hilft sie genauso gut. Wie du gesagt hast."

„Ich weiß", entgegnete Katharina, die von der herzlichen Begrüßung sichtlich überrascht war.

Laura setzte sich an den Tisch. „Bist du schon lange hier?"

„Eine Viertelstunde."

„Dann warst du ja die ganze Zeit kurz vor mir. Wie geht es dir? In welcher Herberge warst du gestern?"

„Im Jakobszimmer der Kirchgemeinde."

„War es schön dort?"

„Es war sehr ruhig."

„Angenehm ruhig oder eher unangenehm?"

„Ich denke beides." Katharina nahm einen weiteren Schluck Kaffee. „Möchtest du auch etwas trinken?"

„Ja, aber erst mal schnappe mir was zu futtern." Mit einem verschmitzten Grinsen zog Laura einen Butterkeks aus der Dose. „Ist das wieder eine schöne Herberge hier!"

„Vielen Dank für das Kompliment." Mit einem freundlichen Lächeln erschien Martha auf der Terrasse.

Laura sprang auf und reichte ihr die Hand. „Hallo! Ich bin Laura. Kann ich heute hier übernachten?"

„Natürlich. Ich heiße Martha. Kann ich dir etwas zu trinken anbieten? Kaffee oder Tee? Ich habe auch Saft und Wasser."

„Dann hätte ich gern Wasser, bitte."

Die Herbergsmutter schenkte Laura ein Glas Wasser ein und setzte sich zu den Pilgerinnen. „Kennt ihr beiden euch schon?"

„Ja, ein bisschen. Bis auf gestern waren wir immer in den selben Herbergen", antwortete Laura.

„Wo warst du gestern?", fragte Katharina.

„Ich bin bei einem netten Ehepaar untergekommen. Sie haben für mich ihr Wohnzimmersofa aufgeklappt und beim Abendbrot über die DDR und die Wende erzählt. Das war wie Geschichtsunterricht, nur viel spannender, weil sie die Zeit ja richtig miterlebt haben.

Wir hatten einen echt schönen Abend. Auch den Weg nach Bautzen fand ich super. Auf den Feldwegen hat das Laufen richtig Spaß gemacht. Ganz im Gegenteil zu heute."

„Über die Straßen haben sich schon viele Pilger beschwert", erzählte die Herbergsmutter. „Aber morgen wird der Weg wieder besser. Beziehungsweise später."

Laura schaute zu Katharina. „Heißt das, du willst heute noch weiter? Du schläfst nicht hier in Crostwitz?"

„Nein. Ich gehe nach Panschwitz-Kuckau."

„Oh. Schade!" Die Pilgerin war sichtlich enttäuscht. „Ich habe mich so gefreut, dich wiederzutreffen."

„Ich habe mich schon angemeldet."

Laura fand, dass sich ihre Worte wie eine Entschuldigung anhörten. „Also ich bleibe definitiv hier. Ich bin genug für heute gelaufen und außerdem gefällt es mir hier."

„Mir gefällt es hier auch sehr gut", sagte Katharina. „Wenn ich vorher gewusst hätte, wie schön diese Herberge ist, hätte ich nicht im Kloster angerufen."

„Dann melde dich doch einfach wieder ab und bleibe hier", schlug ihre Weggefährtin vor.

„Aber das geht doch nicht."

„Sicher geht das", widersprach Martha mit ruhiger Stimme. „Ich hatte schon oft Pilger, die eigentlich nur eine Pause machen und später weiterlaufen wollten, sich dann aber doch nicht dazu aufraffen konnten."

„Oder wenn Pilger feststellen, dass sie sich zu viel vorgenommen haben und es nicht mehr bis zur geplanten Herberge schaffen, dann müssen sie sich auch wieder abmelden", fügte Laura hinzu.

„Also, ich weiß nicht…"

„Machst du dir etwa Sorgen, dass die Ordensschwestern böse auf dich sein könnten?" Bei dem Gedanken musste Laura fast lachen. „Da musst du ganz bestimmt keine Angst haben. Du bist doch Pilgerin und keine Touristin."

„Da hat Laura allerdings recht", pflichtete Martha ihr bei. „Außerdem bin ich mit einigen der Schwestern sehr gut befreundet. Es ist wirklich kein Problem, dich wieder abzumelden, wenn du lieber bei mir bleiben möchtest."

Unsicher blickte Katharina zwischen den Frauen hin und her. „Ich kann ja mal versuchen, ob ich noch jemanden erreiche", sagte sie zögerlich.

„Ja, tu das", ermunterte sie Laura.

Katharina zog ihr Handy aus dem Rucksack und lief damit zum Tor. Von ihren Plätzen aus beobachteten die Herbergsmutter und ihr Gast, wie sie telefonierte. Als die Pilgerin wieder zum Tisch zurückkehrte, wirkte sie erleichtert. „Es hat geklappt."

Laura zuckte die Schultern. „Hab ich doch gleich gesagt."

Wieder gab es Wein. Martha hatte die beiden Pilgerinnen zum Abendessen in ihr Wohnzimmer eingeladen und ihnen angeboten, noch eine Weile gemütlich beisammen zu sitzen. Dieses Mal hatte Katharina das Angebot nicht abgelehnt.

„Ich weiß nicht, was ich mir überhaupt unter Pilgern vorgestellt habe. So eine selbstverständliche Gastfreundschaft und so eine Herzlichkeit jedenfalls nicht. Und erst recht nicht so eine gute Bewirtung", gestand sie sich vor Martha und Laura ein. „Für mich klang Pilgern immer wie Entbehrung."

„Wie staubige Wege, wunde Füße, karge Mahlzeiten und harte Strohlager?" Martha schmunzelte. „Früher war es tatsächlich so."

„Aber heute zum Glück nicht mehr. Heute kann man das Pilgern genießen und sich in den Herbergen manchmal sogar richtig verwöhnen lassen", fand Laura.

Katharina musterte sie mit zwar nicht neidischem, aber verständnislosem Blick. „Du scheinst den Weg wirklich zu lieben."

„Nein, das nun auch wieder nicht. Heute fand ich zum Beispiel den vielen Asphalt total nervig. Das Laufen auf den Straßen geht so in die Knie. Man sehnt sich nur noch nach dem Ankommen und will gar nicht mehr unterwegs sein. Ich habe mich auch immer noch nicht so richtig an meinen Rucksack gewöhnt, obwohl ich wirklich nur das Notwendigste eingepackt habe. Besonders auf den Hüftknochen drückt es. Wenn ich den Rucksack nach einer Pause wieder anschnalle, möchte ich in den ersten Minuten am liebsten heulen."

„Rückenschmerzen habe ich auch", murmelte Katharina.

„Aber eigentlich sind das alles doch nur kleine Wehwehchen", erzählte Laura weiter. „Wenn ich daran denke, wie schön der Weg trotzdem ist, wie herrlich die Gegend, die wir durchwandern, wie nett und hilfsbereit die Leute hier sind und wie viele tolle Sachen ich schon erlebt habe, kann ich doch eigentlich nur dankbar sein."

Martha reichte Salzstangen und Nüsse. „Das Pilgern hat wirklich eine ganz wunderbare Kraft. Ganz egal, ob man den Weg aus Abenteuerlust geht oder weil man gerade in einer Krise steckt."

Durch ihre Worte fühlten sich beide Pilgerinnen angesprochen.

„Abenteuerlich ist es wirklich, diesen Weg zu gehen", bestätigte Laura. „Man weiß nie, was einen erwartet. Und immer wieder gibt es Überraschungen. Bei Gerda haben wir zum Beispiel festgestellt, dass wir eine gemeinsame Bekannte haben. Erst war sie bei ihr in der Herberge, später bei uns und als sie wieder in ihrer Heimat war, hat sie Katharina vom Pilgern erzählt. Und nun geht Katharina selbst den Weg. Und ist genau dann zur richtigen Stelle, wenn man sie braucht. Vorgestern hat mich nämlich eine Biene gestochen. Das war total blöd, weil ein Stück vom Stachel noch in meiner Haut gesteckt hat. Katharina hat ihn mit einer riesigen Pinzette rausgezogen. Das war ganz schön gruselig und hat furchtbar weh getan. Aber danach ging es mir besser."

„Ich habe nur meine Pflicht getan."

„Aber es hat dir Spaß gemacht."

„Warum auch nicht? Ich mag meinen Beruf." Katharina trank einen Schluck Wein. „Was willst du eigentlich nach dem Abi machen?"

„Ein FÖJ auf einem Ziegenhof", antwortete Laura.

„Ein Freiwilliges Ökologisches Jahr?", hakte Martha nach.

„Genau. Ich freue mich schon riesig darauf. Ich werde lernen, Ziegen zu melken und Käse herzustellen. Jeden Sommer fahre ich zum Hoffest. Ein bisschen kenne ich die Leute dort also schon. Sie sind alle super nett und locker und haben wirklich Ahnung von dem, was sie machen. Der Hof ist wunderschön, er hat einen großen Garten mit massig Beerensträuchern und die Ziegen können auf den besten Wiesen grasen. Da ist alles Bio und das sieht man auch. Und vor allem schmeckt man es. In dem Käse könnte man glattweg baden, so lecker ist der."

„Das hört sich wirklich vielversprechend an", schmunzelte Martha.

„Und ob!", versicherte Laura. „Das Pilgern genieße ich, das tue ich wirklich. Aber ich kann es auch kaum erwarten, wenn es im September endlich losgeht."

„Und wie soll es nach dem Jahr weitergehen?", fragte Katharina.

Laura zuckte die Schultern. „Keine Ahnung. Ich würde gern studieren, weiß aber nicht so richtig was. Mein Abidurchschnitt ist nicht gerade berauschend. Ich hab Mathe verrissen und in Deutsch war ich auch ziemlich schlecht. In Fremdsprachen und Geografie war ich besser. Vielleicht finde ich ja in dieser Richtung etwas." Sie grinste. „Ich kann ja mal die Ziegen fragen, ob sie eine Idee haben. Oder ich bekomme durch das Pilgern noch eine Eingebung. Stacheln aus der Haut ziehen und Leberflecke rausschneiden will ich jedenfalls nicht."

Zaungespräche

Am Abend hatte sich Laura bereit erklärt, für das Frühstück Brötchen zu holen. Die Bäckerei lag nur wenige Häuser von der Herberge entfernt. So war das Gebäck, als es auf dem Tisch im Korb landete, noch herrlich warm.

„Und da wir gestern erst das Thema Überraschungen hatten, habe ich noch etwas Besonderes mitgebracht." Feierlich legte sie Katharina ein kleines, in extra Papier gewickeltes Päckchen auf den Teller.

„Bienenstich?"

„Och menno!" Enttäuscht setzte sich Laura neben ihre Zimmergenossin. „Wie hast du das so leicht erraten?"

„Du hast von einem Ohr zum anderen gegrinst."

„Freust du dich trotzdem?"

„Natürlich. Danke!" Katharina zog den Kuchen aus der Verpackung und teilte ihn in drei Stücke.

Martha schenkte Kaffee aus und für Laura Tee. „Lasst es euch schmecken!"

Nach dem Essen verewigte sich Laura im Gästebuch. Sie lachte über sich selber, dass sie wieder einen gefühlten Roman schrieb.

Zu Katharina, die gerade ihren Rucksack packte, sagte sie: „Drei Pilger sind mindestens vor uns. Genau einen Tag. Erich ist allein unterwegs und Elisabeth und Rüdiger pilgern zusammen. In Neubelgern und in Weißenberg war nur Erich und in Bautzen und Görlitz waren nur Elisabeth und Rüdiger. Aber in Arnsdorf und hier waren alle zusammen. Ich glaube, Erich ist schon ein bisschen älter."

„Aha." Katharina schob eine bis zum Deckel gefüllte Anderthalb-Liter-Flasche in den Rucksack. Eine zweite, ebenso große und volle, steckte sie in die Außentasche und befestigte sie mit den dafür vorgesehenen Riemen.

Mit weit aufgerissenen Augen starrte Laura sie an. „Sag mal, schleppst du das alles etwa mit? Da ist es ja kein Wunder, wenn du Rückenschmerzen bekommst."

Ein wenig verärgert entgegnete Katharina: „Ich bin den ganzen Tag in Bewegung. Also muss ich genügend trinken."

„Aber doch nicht alles auf einmal. Da nimmt man doch nur eine kleine Flasche mit, die man unterwegs wieder auffüllen lässt. Schau, ich habe diese zwei Flaschen, in die immer nur ein halber Liter reinpasst. Wenn die Abstände zwischen den Dörfern zu groß sind, lasse ich beide auffüllen, ansonsten nur eine."

„Und wo?"

„Na, immer dort, wo ich es brauche und wo gerade jemand zu Hause ist. Meistens frage ich gleich die Leute, die ich draußen in ihren Gärten sehe. Ich habe aber auch schon oft geklingelt."

„Du bittest wirklich bei wildfremden Menschen um Wasser?"

„Klar."

„Ist dir das nicht unangenehm?"

„Nö, wieso? Ich mache es sogar gern. Die meisten sind richtig nett und unterhalten sich immer noch eine Weile mit mir. Manche geben auch noch Obst oder Gemüse aus dem Garten mit. Frag doch mal Martha, ob sie vielleicht noch eine kleine Flasche im Haus hat."

„Nein, ist schon gut. Ich sorge lieber für mich selbst."

Laura sah ihre Zimmergenossin fragend an. „Also das verstehe ich nicht. Als Ärztin hilfst du jeden Tag mehr oder weniger Fremden. Warum kannst du nicht selber Hilfe annehmen? Bei Gerda hast du mir deine Salbe geschenkt, aber als du in Weißenberg so durchnässt warst, durfte ich dir nicht helfen."

Katharina schwieg. Plötzlich wirkte sie sehr müde, obwohl der Tag eben erst begonnen hatte. Sie schloss die letzte Schnalle an ihrem Rucksack.

Laura klappte das Gästebuch zu. „Wollen wir vielleicht heute ein Stück zusammen gehen?"

Eine Weile dachte sie nach. Schließlich gab sie mit einem „Okay" ihr Einverständnis.

Martha behielt Recht. Hinter Crostwitz wurde das Pilgern wieder angenehmer. Fernab von den Straßen führte der Weg über weite Felder, an deren Rändern zahlreiche Bäume Schatten spendeten.

„Was hattest du am Anfang eigentlich für ein Problem mit mir?", fragte Laura, nachdem sie eine Weile schweigend nebeneinander gegangen waren.

„Ich bin mit deiner Offenheit nicht zurechtgekommen", antwortete Katharina. „Ich fand es taktlos und unverschämt, mit welcher Selbstverständlichkeit du mir gegenüber getreten bist. Du hast dich verhalten, als ob wir uns schon jahrelang kennen würden. Als ob ich eine gute Freundin von dir wäre. Und dann diese Diskussion über das Duzen. Deine Ansichten darüber haben mich wirklich aufgeregt."

„Oh ja, das habe ich gemerkt. Aber dann muss irgendwas passiert sein, wodurch du deine Meinung über mich geändert hast, oder?"

„Ja. Es hat in dem Moment begonnen, als ich Gerda kennengelernt habe. Sie hat mich so selbstverständlich in ihr Haus eingelassen, mir sofort das Du angeboten und sich um mich wie um eine Enkelin gekümmert, obwohl ich ihr vollkommen fremd war. Ihre Herzlichkeit hat mich sprachlos gemacht. Gerda hat fast haargenau dasselbe gesagt und getan, was du gesagt hast und tun wolltest. Zwei Stunden später bist du in die Herberge gekommen und hast meine Hilfe gebraucht. Es hat mir gut getan, mich um dich zu kümmern. Entscheidend war aber, was du mir im Anschluss erzählt hast: Dass deine Eltern ebenfalls eine Herberge führen. Seit vier Jahren habt ihr regelmäßig Pilger im Haus. Ihr lasst sie in eure Wohnung, obwohl ihr sie gar nicht kennt. Ihr vertraut ihnen, esst mit ihnen, kommt mit ihnen ins Gespräch." Mit versöhnlichen Augen schaute Katharina zu ihrer Weggefährtin. „Es hat wirklich nichts mit Respektlosigkeit zu tun, wenn du Pilger wie Freunde behandelst. Es ist das, was dir deine Eltern vorgelebt haben."

„Das hast du aber schön gesagt", fand Laura.

Katharina zuckte die Schultern. „Wenn du meinst." Plötzlich blieb sie stehen und streckte ihre Hand aus. „Entschuldige bitte, dass ich so unfreundlich zu dir gewesen bin. Das ist sonst wirklich nicht meine Art."

Laura lächelte und schlug ein. „Entschuldigung angenommen!"

Sie liefen weiter.

„Eigentlich hatte ich schon viel eher vor, mich bei dir zu entschuldigen", sagte Katharina nach einer Weile. „Nach dem Abendessen bei Gerda wollte ich noch ein Stück mit dir spazieren gehen. Aber gerade in dem

Augenblick, als ich nach dir fragen wollte, hat mir Gerda das Foto meiner Patientin gezeigt."

„Adele. Ja, das war wirklich eine tolle Überraschung!", erinnerte sich Laura.

„Mich hat es durcheinander gebracht. Die unerwartete Gastfreundschaft, das Nachdenken über dich und dann auf einmal diese wundersame Geschichte vom Pilgerweg – ich habe es nicht ausgehalten."

„Ein bisschen verstört hast du wirklich gewirkt", bestätigte Laura. „Wolltest du deswegen an dem Abend lieber allein sein und auch am Morgen danach allein laufen?"

„Ja, zu einem gewissen Teil durchaus. Aber auch wegen anderen Dingen. Ich musste erst einmal in Ruhe über alles nachdenken."

„Und bist du inzwischen zu einem Ergebnis gekommen? Außer dem, was Gerdas Gastfreundschaft und mich betrifft?"

Resigniert schüttelte Katharina den Kopf. „Nein", antwortete sie leise. „Ich weiß nicht einmal andeutungsweise, was ich auf diesem Pilgerweg verloren habe. Du kannst mich gern fragen, wie oft ich schon zum nächsten Bahnhof laufen und wieder in den Zug nach Hause steigen wollte. Pro Tag."

„Ach, mach dir deswegen mal keine Gedanken", tröstete Laura. „So geht es vielen Pilgern. Aber wirklich abbrechen tun nur die allerwenigsten. Wahrscheinlich sagen sie sich: Ob zur nächsten Herberge oder zum Bahnhof – laufen musst du sowieso, also kannst du auch gleich auf dem Weg bleiben. Und wenn sie auf diese Weise schließlich am Ziel ankommen, merken sie auf einmal, dass der Weg etwas mit ihnen gemacht hat.

Selbst wenn sie nicht direkt sagen können, was eigentlich. Dann sind sie dankbar und froh, dass sie nicht aufgegeben haben."

Ihre Worte überzeugten Katharina nicht im Geringsten.

„Doch, doch, du wirst schon sehen", beharrte Laura. „Vieles hat sich ja schon verbessert. Du bist gestern bei uns in der Herberge geblieben und nicht weiter nach Sankt Marienstern gegangen. Du hast dich mit Martha und mir unterhalten und heute laufen wir sogar ein Stück zusammen. Das sind doch gute Fortschritte."

„Du sprichst ganz schön freimütig für eine Achtzehnjährige", bemerkte Katharina. „Ist dir bewusst, dass ich fast doppelt so alt bin wie du?"

„Sicher. Aber deswegen muss ich vor dir doch nicht wie eine Schildkröte den Kopf einziehen. Ich kann doch offen sagen, was ich denke. Wäre ich als Patientin in deiner Praxis, würde ich natürlich nicht so mit dir reden. Aber hier auf dem Pilgerweg ist das doch okay."

Durch den Klosterpark gelangten die Pilgerinnen nach Panschwitz-Kuckau. Im Innenhof der Klosteranlage legten sie eine Pause ein. Laura fotografierte ausgiebig die in der Sonne erstrahlenden Gebäude und bat neben Wasser um einen Stempel für ihren Pilgerausweis.

„Sammelt man die Stempel nicht nur von den Herbergen, in denen man übernachtet hat?", fragte Katharina verwundert.

„Doch, schon. Man kann seinen Pilgerausweis aber auch jederzeit dazwischen stempeln lassen. Erinnerungen hat man ja auch an die Stationen, wo man nicht geschlafen hat." Laura steckte den Pilgerführer samt

Ausweis zurück in den Rucksack. „Die Schwester hat übrigens gefragt, ob ich die Pilgerin bin, die gestern Abend kommen wollte und sich dann doch wieder abgemeldet hat. Sie hat mir auch den Wetterbericht durchgegeben. Heute und morgen soll es so trocken und heiß werden wie an den letzten Tagen. Morgen Abend dann aber Gewitter und dadurch wieder ein bisschen kühler."

Auf einem Feldweg ließen sie die Ortschaft hinter sich. Am Himmel zog ein Mäusebussard seine Kreise. An der nächsten Kreuzung schaute Laura in ihren Pilgerführer. „Hier ist der Abzweig nach Dürrwicknitz. Ich brauche neues Wasser. Kommst du mit?"

Katharina erklärte sich einverstanden. Bis zum Dorf waren es nur wenige Hundert Meter.

Bereits am Ortseingang erblickte Laura einen Mann, der einen Rasenmäher zu reparieren schien. „Guten Morgen!", rief sie freundlich über den Zaun.

Er schaute auf und lächelte. „Einen kleinen Moment, ich bin gleich da." Nachdem er sich die Hände an den Arbeitshosen abgewischt hatte, trat er an die Straße.

Laura winkte mit ihrer leeren Flasche. „Hätten Sie vielleicht etwas Wasser für mich?"

„Natürlich. Für Sie auch?", wandte er sich an Katharina.

Sie schüttelte den Kopf. „Danke, ich habe noch."

„Mit Sprudel oder ohne?"

„Gern mal wieder mit Sprudel." Laura reichte ihm die Flasche über den Zaun.

Nach wenigen Minuten kehrte er zu den Frauen zurück. „Bitteschön!"

„Vielen Dank!"

„Waren Sie im Kloster?"

„Nein, in Crostwitz. Aber im Kloster haben wir eine schöne Rast gemacht."

„Hier im Ort gibt es auch eine Pilgerherberge. Im Mai waren zwei junge Männer da. An dem Tag habe ich gerade den Gartenzaun gestrichen. Da sind sie zu mir gekommen und haben mir kurzerhand bei der Arbeit geholfen. Zum Dank habe ich sie abends auf ein Bier eingeladen. Das waren zwei tüchtige Burschen! Bis nach Santiago wollten sie."

„Dann sind sie jetzt bestimmt schon in Frankreich", meinte Laura. „Nächstes Jahr schaffe ich es vielleicht auch dorthin. Aber zuerst will ich meine Heimat besser kennenlernen."

„Wo kommen Sie denn her?"

„Aus Naumburg. Ich wohne also auch direkt am Pilgerweg."

„Und woher kommen Sie?", fragte der Mann Katharina.

„Aus der Nähe von Bremen."

„Und Sie beide wollen nach Vacha?"

„Genau. Aber heute nur bis Kamenz", antwortete Laura.

„Na, da haben Sie es ja nicht mehr weit. Ist sicher auch angenehmer so, bei der Hitze, wie wir sie schon wieder haben. Ich wünsche Ihnen noch einen schönen Tag und alles Gute."

„Danke! Alles Gute auch für Sie", grüßte Laura zum Abschied.

„Auf Wiedersehen", fügte Katharina hinzu.

Schnell befanden sie sich wieder auf ihrem Weg.

„So sind sie also, deine besagten Zaungespräche?"

Laura lächelte zufrieden. „Schön, nicht? Wenn ich in den Herbergen die Gästebücher durchblättere, werde ich nach den Pilgern vom Mai Ausschau halten."

„Glaubst du, dass du sie unter den Einträgen finden wirst?"

„Klar! Irgendwo werden sie sich bestimmt eingeschrieben haben."

Eine Weile liefen sie wortlos nebeneinander her.

Mit einem freudigen Ausruf durchbrach Laura die Stille. „Kirschen! Super!" Sofort verdoppelte sie ihre Geschwindigkeit. Am Baum schnallte sie ihren Rucksack ab. Die unteren Zweige waren bereits abgeerntet, doch Laura war eine gute Kletterin. Geschickt schwang sie sich nach oben, bis sie die ersten Früchte zu fassen bekam. Sie kostete. „Mmmh, lecker! Soll ich dir ein paar runter werfen, Katharina?"

Inzwischen war auch die zweite Pilgerin hinzugekommen. Mit Bedenken schaute sie in die Baumkrone. „Du weißt schon, was du gerade alles mit isst, oder?"

„Ach, das bisschen Staub von den Wegen schadet nicht." Unbeirrt pflückte Laura weiter. „Und das Zeug, das bis vor ein paar Wochen hier wahrscheinlich noch gespritzt worden ist, steckt sowieso überall. Da hilft Waschen auch nicht viel. Außerdem macht direkt vom Baum futtern immer am meisten Spaß." In hohem Bogen spuckte sie die Steine über den Weg. „So ein Glück, dass hier noch ein paar Kirschen hängen! Eigentlich ist die Saison ja schon vorbei. Und du magst wirklich nicht?"

„Nein, danke. Wie lange hast du denn noch vor, hier zu bleiben?"

„Oh, das kann dauern. Ich habe ja gerade erst angefangen. Geh ruhig weiter, wenn du nicht warten magst. In Kamenz sehen wir uns ja wieder."

„Verdirb dir nicht den Magen."

„Keine Sorge. Der ist einiges gewöhnt."

Unruhig blickte sie auf die Uhr. Viertel vor Sechs. So lange konnte Laura doch nicht unterwegs sein! Katharina war mit einem ruhigen Wandertempo und mehreren Pausen kurz nach halb zwei angekommen. Selbst mit Kirschen, Zaungesprächen und einer ausgedehnten Mittagsruhe hätte Laura gegen vier, maximal um fünf Uhr die Herberge erreichen müssen. Ob ihr vielleicht etwas zugestoßen war? Sie hätten ihre Handynummern austauschen sollen, bevor sie sich getrennt hatten. Erneut wanderte ihr Blick zur Uhr. Noch zehn Minuten. Bis zum Glockenschlag wartete Katharina. Als der letzte Ton in der Ferne verhallt und Laura noch immer nicht da war, zog sie sich ihre Schuhe an und schloss die Herberge ab.

Sie trafen sich am Fuß des Berges.

„Hallo!", rief Laura freudig überrascht. „Willst du nochmal in die Stadt?"

„Nein. Ich wollte sehen, ob du irgendwo verloren gegangen bist. Du kommst wirklich spät."

Den Vorwurf in ihrer Stimme bemerkte Laura nicht. „Das finde ich aber schön, dass du mir entgegen kommst. Ist es noch weit bis zur Herberge?"

„Eine Viertelstunde", antwortete Katharina. „Immer steil bergauf."

„Das macht nichts. Durch dich habe ich ja Gesellschaft, da läuft es sich besser."

Der Weg führte durch einen Park voller Rhododendronbüsche. Zahlreiche Bäume spendeten Schatten in der immer noch warmen Abendsonne.

Unbekümmert begann Laura von ihrem Tag zu erzählen. „Es war wirklich ein tolles Pilgern heute. Ich habe Kirschen gegessen, bis ich fast vom Baum gefallen wäre. Die größten hängen natürlich immer da, wo man nicht rankommt. Als ich in Nebelschütz angekommen bin, war es schon Mittag. Essen wollte ich nach dem vielen Obst nicht mehr, aber schlafen. Hast du den kleinen Park bei der gelben Skulptur gesehen? Da habe ich mich hingelegt und eine ganze Weile gedöst.

Den Weg nach Kamenz fand ich nicht so schön, weil er ja die ganze Zeit auf Asphalt parallel zur Straße ging. Der Stadtpark hat mich aber wieder versöhnt. Hehe, ein richtiger Parktag war das heute. Ich habe dort ein paar Jugendliche gesehen: vier Mädels und drei Jungs. Sie haben *Kubb* gespielt und weil ich das Spiel selber so mag, habe ich gefragt, ob ich mitspielen darf. Sie waren ein bisschen erstaunt, nicht weil sie eine Pilgerin gesehen haben, denn dass der Weg durch Kamenz verläuft, wussten sie alle. Sie waren überrascht, dass ich mitspielen wollte. Ich musste eine ganze Menge über das Pilgern erzählen, was gar nicht so leicht war, weil ich mich ja auch auf das Spiel konzentrieren wollte. Kekse hatten sie auch dabei. Und so sind wieder zwei Stunden vergangen. Sie wollten gern, dass ich noch länger bei ihnen bleibe, aber ich wollte ja auch mal in der Herberge ankommen und duschen und natürlich etwas Ordentliches essen.

Auf dem Markt habe ich beschlossen, mir gleich einen Döner zu holen, weil ich mir dachte, dass ich nachher bestimmt keine Lust habe, nochmal runter in die Stadt zu gehen. Wie ich soeben feststelle, war das wirklich eine gute Entscheidung. Hier auf dem Hutberg kommt man ja ganz schön außer Puste. Hast du schon gegessen?"

„Ja."

„Und wie war dein Tag sonst so?"

„Nichts Besonderes", murmelte Katharina.

„Ist die Herberge schön?"

„Sie ist in Ordnung. Drei Matratzen, eine Dusche, ein Wasserkocher – das Übliche eben."

„Prima, auf die Dusche freue ich mich gerade am meisten. Obwohl ich es natürlich schade finde, dass die Frau aus der anderen Herberge gerade im Urlaub ist. Ich habe mal auf dem Stadtplan nachgeschaut. Die Straße wäre ganz nah am Zentrum gewesen."

Die Unterkunft befand sich in einem kleinen Haus neben einer Gaststätte und einem Aussichtsturm. Katharina zog den Schlüssel aus ihrer Tasche und schloss auf. Nachdem sie die Pilgerin mit allem vertraut gemacht hatte, nahm Laura sogleich frische Kleidung und ihr Handtuch und verschwand damit in dem kleinen Badezimmer. Sie duschte, wusch ihre Wäsche und hängte sie draußen auf. „Ich glaube, deine Sachen sind schon trocken", rief sie in die Herberge, wo Katharina in einem schmalen blauen Buch blätterte.

Sie trat hinaus. Mit einem zustimmenden Brummen nahm sie ihre Kleider ab.

„Wollen wir uns noch ein bisschen raus setzen?"

Katharina hob verständnislos die Augenbrauen. „Waren wir heute nicht schon den ganzen Tag draußen?"

„Sicher. Aber es ist doch so schön."

„Mach, was du willst." Sie drehte ihr den Rücken zu und ging ins Haus.

Verwundert sah Laura hinterher. „Warum ist sie denn schon wieder so grummelig?" Sie hängte das Handtuch über die Leine und folgte ihr.

Katharina saß im Schneidesitz auf ihrer Matratze und hatte sich wieder in ihre Lektüre vertieft.

„Was liest du da?"

„Einen Pilgerbericht."

Laura warf einen neugierigen Blick auf den Umschlag. „*Geschichten vom Pilgern.* Ist das nicht das Buch, wo ein Rucksack über den Weg berichtet?"

„Kennst du es?"

„Ich habe davon gehört, es aber noch nicht gelesen. Wie findest du es?" Laura ließ sich ebenfalls auf ihrer Schlafstätte nieder.

„Ich finde es albern."

„Weil es aus der Sicht eines Rucksacks erzählt wird? Ist doch lustig! Darf ich mal kurz reinschauen?"

Gleichgültig klappte Katharina das Buch zu und reichte es Laura.

Sie schlug die Seiten auf und las ein paar Zeilen. „Also ich find's gut", meinte sie mit einem überzeugten Lächeln. „Ist mal was anderes."

Sie wollte es Katharina zurückgeben, doch diese schüttelte den Kopf. „Stell es wieder in das Regal, wenn du mit Lesen fertig bist."

„Ich hatte nicht vor, es zu lesen. Zumindest nicht jetzt. Ich dachte eher, wir quatschen noch ein bisschen."

„Und worüber?" Ihre Stimme klang gereizt.

Laura hielt ihren Kopf schief. „Vielleicht darüber, warum du gerade so sauer bist?"

„Ich bin nicht sauer."

„Nicht? Du bist aber auch nicht gerade freundlich."

Katharina schaute aus dem Fenster. Sie atmete tief durch. „Gut, du hast recht, ich bin sauer. Aber das ist meine eigene Schuld", fügte sie leise hinzu.

„Und warum bist du sauer?"

Sie blickte wieder zu Laura. „Wir hätten heute Vormittag unsere Handynummern austauschen sollen. Ich habe seit halb zwei auf dich gewartet. Ich wäre auch gern noch einmal in die Stadt gegangen, aber es gab nur einen Schlüssel für die Herberge. Du wärst sicherlich nicht begeistert gewesen, duschen zu wollen und vor verschlossener Tür zu stehen."

„Warum hast du keinen Zettel geschrieben?"

„Hätte ich mich denn darauf verlassen können, dass der Zettel liegen bleibt? Hier waren die ganze Zeit Leute."

„Dann hätte ich halt warten müssen. Wäre doch nicht so schlimm gewesen. Ich will ja nicht in ein Hotel. So ist das eben manchmal mit den Herbergen. Dafür sind wir Pilger und keine Touristen." Laura überlegte. „Du hättest den Schlüssel bestimmt auch wieder in der Gaststätte abgegeben und dort Bescheid sagen können. Da wäre ich als erstes hingegangen, wenn ich dich in der Herberge nicht getroffen hätte."

„Wir hätten auch einfach unsere Nummern austauschen können", beharrte Katharina. „Ich hätte dich angerufen, gefragt, wo du gerade bist und wir hätten gemeinsam überlegt, wie wir es mit dem Schlüssel handhaben wollen."

Mit gespieltem Bedauern schüttelte Laura den Kopf. „Ich hätte dir meine Nummer geben können. Aber erreicht hättest du mich trotzdem nicht. Ich schalte es nur an, wenn ich meinen Eltern eine Nachricht schreiben will oder in einer Herberge anrufen muss. Für die restliche Zeit ist es aus."

„Dann hättest du es heute Nachmittag eben einmal anders gemacht."

„Nein", widersprach Laura freundlich, aber entschieden. „Ich habe Ferien. Ich bin auf dem Pilgerweg. Wann ich erreichbar bin, entscheide ich."

Katharina sah sie entgeistert, fast vorwurfsvoll an.

„Das ist ja nicht böse gemeint", erklärte Laura versöhnlich. „Ich will nur einfach mal meine Ruhe haben, weißt du? Immer hat irgendjemand was von mir gewollt: jemand aus der Schule, jemand aus dem Freundeskreis, jemand aus meiner Familie. Aber jetzt bin ich Pilgerin. Jetzt kann ich einfach mal frei und nur für mich sein. Ich will laufen, nachdenken, mit den Menschen am Weg reden, Tagebuch schreiben, singen … Ich will nicht, dass mich jemand mit einem neugierigen oder besorgten Anruf dabei stört."

Noch immer machte Katharina ein ungläubiges Gesicht. „Und damit sind deine Eltern einverstanden?"

Laura lachte. „Natürlich nicht! Mein Vater will, dass ich mein Handy die ganze Zeit angeschaltet habe, auch nachts. Und dass ich jeden Abend Punkt 18 Uhr zu Hause anrufe, um meinen Eltern zu erzählen, wo ich gerade stecke und ob es mir gut geht. Dabei haben sie von den Pilgern, die bei uns waren, oft genug gehört, dass man keine Angst auf dem Weg haben muss und für alles gesorgt ist."

„Bisher waren es aber immer nur die anderen, die diesen Weg gegangen sind. Fremde. Nicht die eigene Tochter."

„Aber ich bin doch kein Kind mehr! Ich bin achtzehn Jahre alt. Ich bin volljährig."

Katharina schaute sie nachsichtig an. „Denkst du im Ernst, dass dein Alter etwas daran ändern wird?"

Laura hob zu protestieren an. Einen Moment später entspannte sie sich. Ergeben lächelte sie. „Nein."

„Nein", sagte auch Katharina. „Sieh mich an. Ich bin zweiunddreißig. Ich habe einen soliden Beruf mit einem geregelten Einkommen. Ich kann für mich allein sorgen. Ich bin unabhängig. Aber das bedeutet noch lange nicht, dass sich meine Eltern und mein Bruder keine Sorgen um mich machen."

„Du hast noch einen Bruder?"

Katharina nickte.

„Wie heißt er?"

„Robert. Er ist zwei Jahre älter als ich."

Für einen Moment schwiegen sie.

„Wolltest du vorhin nicht raus gehen?"

„Ja, wollte ich."

„Dann lass uns drüben noch etwas trinken gehen." Katharina stand auf. „Komm, ich lade dich ein."

Es war Freitag und die Gaststätte entsprechend gefüllt. Trotzdem fanden die Pilgerinnen auf der Terrasse noch einen freien Platz mit Blick auf den Weg. Katharina bestellte ein helles Bier. Laura entschied sich für eine Schorle. „Worauf stoßen wir an?"

„Vielleicht auf Frieder, den lustigen Rucksack?"

„Gut. Auf Frieder, den lustigen Rucksack!"

Sie ließen ihre Gläser klingen.

„Findest du das Buch wirklich so schlecht?", kam Laura auf das vorherige Thema zurück.

„Nein. Ich finde nur die Perspektive gewöhnungsbedürftig. Als einfacher Ich-Erzähler hätte der Bericht sicher genauso funktioniert. Schreibst du nicht auch regelmäßig Tagebuch?"

„Ja. Aber nicht nur, weil ich gerade pilgere. Außerdem schreibe ich auch nur für mich. Ich habe nicht vor, ein Buch aus meinen Erlebnissen zu machen. Vielleicht mal einen öffentlichen Vortrag mit Bildern und ein paar netten Anekdoten, aber mehr nicht. Willst du mal die Fotos sehen, die ich bis jetzt gemacht habe?" Laura rückte mit ihrem Stuhl zu Katharina und schaltete ihre Kamera an. „Das ist unsere Haustür. Weil es doch heißt, der Pilgerweg beginnt vor deiner Haustür. Das ist der Naumburger Bahnhof. Und das der Görlitzer. Aber den kennst du ja inzwischen selber." Es waren viele Bilder, die die Pilgerin ausführlich kommentierte. Schnell floss der Abend dahin. Katharina zahlte die Getränke, Laura bedankte sich und sie gingen zurück zur Herberge.

„Das war ein wirklich schöner Tag heute! Ich bin echt froh, dass du auch hier bist. Allein hätte ich mich hier bestimmt ein bisschen einsam gefühlt."

„Du hättest ja mit jemandem telefonieren können", meinte Katharina. Sie lag bereits in ihrem Schlafsack. „Wie oft meldest du dich denn bei deinen Eltern?"

Laura legte sich ebenfalls hin. „Aller ein, zwei Tage schreibe ich eine SMS. Aber nur, wenn mir danach ist. Ich mag es nicht, mich zu melden, nur weil es von mir erwartet wird. Wann hast du dich das letzte Mal vom Pilgerweg bei deinen Eltern gemeldet?"

„Als ich in Görlitz angekommen bin."

Laura wollte ihrer Zimmergenossin noch weitere Fragen stellen, doch da löschte Katharina das Licht. „Schlaf gut."

„Du auch", erwiderte Laura.

Im Armenhaus

„Ich gehe ins Armenhaus."

„Wie bitte?" Katharina, die gerade trinken wollte, setzte ihre Flasche wieder ab.

„Das Armenhaus. Die Herberge in Königsbrück. Wo es weder Strom noch fließendes Wasser gibt." Laura zeigte ihr den Eintrag im Pilgerführer. „Kommst du mit?"

Sie nahm das Buch in die Hand und las. Nach einer Weile gab sie es Laura zurück. „Nein. Wenn ich schon den ganzen Tag unterwegs bin, will ich wenigstens eine ordentliche Matratze und fließendes Wasser. Ich werde im Pfarrhaus anfragen."

„Schade. Ist bestimmt eine tolle Erfahrung." Laura zog ihr Handy aus dem Rucksack. „Wenn ich mit Telefonieren fertig bin, reiche ich es gleich an dich weiter. Die Ansprechperson ist ja die gleiche."

Nachdem sie sich in ihren jeweiligen Herbergen angemeldet hatten, setzten die Pilgerinnen ihren Weg fort. Er führte über ein Feld mit Roggen und Gerste und bog anschließend in einen Wald ein.

Katharina war froh über den Schatten, den er versprach. Laura fand die kühlere Luft ebenfalls schön, aber noch mehr freute sie sich über die Heidelbeersträucher, die sie zwischen den Bäumen entdeckte. Mit einem lauten, der Mitpilgerin mittlerweile vertrautem „Lecker!" schnallte sie ihren Rucksack ab und verließ den Weg. „Mmmh, schmecken die gut!" Bereits nach wenigen Früchten hatten sich Lauras Lippen, Zunge und Zähne dunkelblau gefärbt. „Dir brauche ich bestimmt keine anzubieten, was?"

Katharina antwortete mit einer Gegenfrage. „Hast du schon einmal etwas vom Fuchsbandwurm gehört?"

Unbeirrt pflückte Laura weiter. „Ja."

„Wie kannst du dann noch essen?"

Auf ihren fassungslosen Blick reagierte sie mit einem sorglosen Lachen. „Du klingst ja, als ob ich gerade Gift essen würde."

„Weil ich weiß, was passieren kann."

„Ja, kann. Aber nicht muss." Laura warf sich eine Handvoll Beeren in den Mund. Nachdem sie das Obst hinunter geschluckt hatte, fragte sie: „Sag mal, ist es nicht anstrengend, ständig überall Gefahren zu sehen? Kann man als Ärztin überhaupt uneingeschränkt glücklich sein, wenn man immer im Hinterkopf hat, was alles passieren kann? *Du darfst dies nicht, du darfst das nicht, denn es könnte ja sein, dass dabei irgendwas passiert.* Also ich stelle mir das echt schwierig vor."

Katharina holte tief Luft. Sie war wütend, das konnte ihr Laura deutlich ansehen.

„Jetzt sei nicht gleich wieder sauer. Es ist ja nicht böse gemeint. Ich will mich nur nicht immer verrückt machen lassen. Das Leben ist doch nichts, wovor man Angst haben muss. Aber ständig versuchen alle möglichen Leute, mir genau das zu verklickern: *Du musst Angst vor der Matheklausur haben, du musst Angst vor der Zukunft haben, du musst Angst haben, dass dir beim Pilgern komische Gestalten über den Weg laufen und dir etwas antun.* Das ist doch schrecklich!"

„Ich rede nicht von Angst. Ich rede von Vorsicht."

„Ist doch dasselbe."

„Nein, ist es nicht." Katharina versuchte einen milderen Ton anzuschlagen. „Sammle dir doch einfach ein paar Beeren für später. Dann kannst du sie ordentlich abwaschen und alles ist gut."

Laura rollte die Augen. „In Naumburg solltest du zu meinen Eltern in die Herberge gehen. Du würdest dich bestimmt großartig mit ihnen verstehen. Ganz besonders mit meinem Vater." Sie pflückte sich eine neue Portion Beeren.

„Du bist wirklich ignorant."

„Und du machst dir zu viele Sorgen. Es ist viel schöner, Beeren direkt vom Strauch essen. Sie für später zu pflücken macht doch keinen Spaß."

„Aber Sterben macht Spaß, oder was?"

Laura hörte auf zu essen. „Du bist echt eine Nervensäge." Kopfschüttelnd kehrte sie zu Katharina zurück. Sie trank einen Schluck Wasser und wusch die blaubeergefärbten Hände und Lippen. Danach hob sie ihren Rucksack auf die Schultern. „Aber bilde dir jetzt bloß nichts darauf ein. Ich mach das nur, weil ich keine Lust mehr auf deine Moralpredigten habe."

Katharina zuckte mit den Schultern. „Solange du überhaupt aufhörst."

Eine Weile liefen sie still nebeneinander her.

„Ich kann mit meinem Beruf übrigens durchaus *uneingeschränkt glücklich* sein", sagte Katharina.

„Aber gerade bist du es nicht."

„Nein."

„Bist du deswegen auf dem Weg?"

„Es sieht ganz danach aus."

Auf der Erde ertönten ihre gleichmäßigen Schritte. Ein Eichelhäher flog in die Krone eines Ahorns und krächzte. In den Zweigen junger Fichten erkannte Laura Buchfinken und Kohlmeisen. Die üppig mit Heidelbeeren behangenen Büsche versuchte sie tapfer zu ignorieren. Nach einem weiteren Kilometer lichtete sich der Wald. Auf einem Feldweg gelangten sie zur Straße nach Schwosdorf. Der Ort wirkte leer und zog sich in die Länge. Auf dem Teer brannte die zunehmende Mittagssonne.

„So schwül wie es gerade ist, muss es heute ja noch gewittern", meinte Laura. In der Pilgerherberge am Ende des Dorfes bat sie um Wasser.

„Ab jetzt wird das Wandern wieder angenehmer", versicherte die Herbergsmutter. „Die nächsten sieben Kilometer geht es nur durch Wald. Ungefähr nach der Hälfte kommt auf der rechten Seite ein schöner Rastplatz mit einem Tisch und zwei Bänken. Der ist ideal für eine Mittagspause."

Für ihre Mahlzeit legten die Pilgerinnen zusammen. Laura hatte Brot, Käse und Gurke, Katharina zwei Körnerbrötchen und Paprikaaufstrich. Zufrieden streckte Laura ihre Arme in die Höhe und blickte in das Grün des Waldes. Ihre Weggefährtin hatte bereits begonnen zu essen.

„Hier wächst ja Vogelmiere!" Laura sprang auf.

Mitten im Kauen hielt Katharina inne. „Jetzt sag nicht, dass du die auch essen willst."

„Na klar! Vogelmiere schmeckt super lecker, wie Salat. Die passt prima zu meinem Brot. Das ist durch die Hitze schon ganz trocken geworden."

Ihr entgeisterter Blick verriet mehr als deutlich, was Katharina von Lauras Vorhaben hielt. „Das ist jetzt nicht dein Ernst."

Laura ließ sich nicht beirren. In der Hand hielt sie bereits ein Bündel der hellgrünen Stängel mit weißen

Blüten. Wieder am Tisch verteilte sie das Kraut auf einer Scheibe Brot. Anschließend legte sie eine Scheibe Käse darauf.

Katharina hörte auf, sich zu ärgern. Sie war müde. Auf dem Weg hatte sie kaum mit Laura gesprochen, was jedoch nicht hieß, dass auch ihre Gedanken geruht hatten. „Du bist wirklich ein hoffnungsloser Fall", kapitulierte sie kopfschüttelnd.

Breit grinsend biss Laura in ihr belegtes Brot. „Mmmh, schmeckt das gut!" Kaum hatte sie hintergeschluckt, nahm sie den nächsten Bissen.

Plötzlich knackte es zwischen ihren Zähnen. Zuerst erstarrte Lauras Gesicht, dann verzog sie die Mundwinkel. Mit Daumen und Zeigefinger zog sie etwas von ihrer Zunge. Sie sah es an. „Bäh, eine Schnecke! Bäh!" Alles, was noch in ihrem Mund war, spuckte sie hinter sich ins Gras. Anschließend spülte sie mehrmals mit Wasser nach. „Ist das widerlich! Pfui!"

Katharina starrte sie an. Dann prustete sie los. Sie lachte so sehr, dass ihr die Tränen in die Augen stiegen und sie sich den Bauch halten musste.

Nun war es an Laura, entgeistert dreinzuschauen.

Katharina jappste nach Luft, um im nächsten Augenblick in neues Lachen auszubrechen. Es hallte durch den ganzen Wald. „Du hättest dich sehen sollen!", presste sie hervor. „Wie du geschaut hast! Zum Schießen!" Mehr vermochte Katharina nicht zu sagen. Der nächste Lachanfall hatte sie ergriffen.

„Ich finde das überhaupt nicht lustig", meinte Laura beleidigt. „Weißt du, wie eklig das gerade war?"

„Ich kann es mir vorstellen, ja!" Katharina kramte nach einem Taschentuch. Während sie die Tränen aus den Augen wischte und sich schnäuzte, versuchte sie, sich wieder zu beruhigen. Doch es war zwecklos. Kaum hatte sie das Tuch zurück gesteckt, prustete sie von Neuem los.

Laura verschränkte die Arme vor der Brust. „Du bist echt doof." Im nächsten Moment lachte sie ebenfalls.

„Ich brauche neues Wasser", meinte Laura in Reichenau. Am Ende des Dorfes bat sie einen jungen Mann, ihre Flasche wieder aufzufüllen. Katharina wartete unter einem Baum auf sie. Die Sonne hatte ihren höchsten Stand erreicht und brannte erbarmungslos auf das Land. Sie war froh, dass der Weg bald wieder in einen Wald einbiegen würde.

„Dass du nicht kaputt gehst, bei dem Gewicht!", stöhnte Laura mit Blick auf ihre großen Flaschen, die in den Seitentaschen steckten.

„Die Hälfte ist doch schon ausgetrunken."

Über einen Feldweg setzten sie ihre Wanderung fort.

„Hast du eigentlich vor, in Naumburg bei dir zu Hause zu übernachten?", fragte Katharina, als sie wieder im Schatten eines Waldes liefen.

„Du meinst in unserer Pilgerherberge? Ich weiß nicht", antwortete Laura. „Ich habe schon oft darüber nachgedacht, mich aber noch nicht entschieden. Meine Eltern wollen natürlich, dass ich zu Hause schlafe. Aber irgendwie finde ich es komisch, nach Hause zu kommen und dann im Zimmer für die Pilger zu sein, obwohl ich ja mein eigenes habe. Ich kann mir aber auch nicht vorstellen, gar nicht oder nur zum Teetrinken vorbeizukommen."

„Verstehe", meinte Katharina. Nach einer Weile fügte sie hinzu: „Ich denke, ich werde bei deinen Eltern anfragen, ob ich bei ihnen übernachten kann. Du hast mich neugierig gemacht."

Laura fühlte sich geschmeichelt. „Ich fände es toll, wenn du bei uns schlafen würdest. Du würdest dich bei uns bestimmt wohlfühlen. Und gut essen kannst du auch. Wenn Pilger kommen, legt sich meine Mutti immer ganz besonders ins Zeug."

„Sie kocht aber hoffentlich keine Schnecken?"

Laura lachte. „Nee, keine Sorge. Aber wenn du willst, kann sie Bienenstich für dich backen."

„Wenn das so ist, komme ich gern", versicherte Katharina.

Ihre Weggefährtin strahlte sie an. „Schön, dass du gerade mal nicht daran denkst, den Weg abzubrechen."

„Nun ja, jetzt wo ich weiß, dass man beim Pilgern auch Spaß haben kann." Erneut begann Katharina zu lachen. „Die arme Schnecke."

„Bäh!", machte Laura.

Sie kreuzten eine Straße und schritten über eine im Weg eingelassene Steintafel, auf der *Willkommen in Königsbrück* stand.

„Da ist sogar eine Muschel eingraviert", sagte Laura. Sie fotografierte die Platte und schaute in ihren Pilgerführer. „Jetzt ist es bestimmt nicht mehr weit."

Der Wald endete an einer großen Wiese, an der sich ein Grundstück mit weitem Garten anschloss. Ihm gegenüber befand sich eine kleine überdachte Raststätte.

„Schau mal, da sitzen zwei!", sagte Laura. „Ob das Pilger sind?"

Das Paar, Anfang vierzig, trug Wanderkleidung und hatte zwei große Rucksäcke dabei. Katharina erschrak, als Laura sie plötzlich am Handgelenk fasste und zischte: „Du, ich glaube, ich weiß, wer die beiden sind! Komm schnell, wir sagen ihnen *Hallo*." Noch im Gehen fragte Laura die beiden mit einem herzlichen Lächeln: „Na, seid ihr auch auf dem Pilgerweg?"

„Ja", antwortete die Frau mit freundlicher Stimme.

„Grüßt euch! Ich heiße Laura. Und ihr seid Elisabeth und Rüdiger, stimmt's?"

Die beiden wirkten überrascht – und bejahten.

„Siehst du, Katharina, hab ich es dir nicht gesagt? Ich wusste es!" Sie wandte sich wieder den Pilgern zu. „Ich habe von euch in den Gästebüchern gelesen. Ist ja super, dass wir euch eingeholt haben. Und was für eine schöne Raststätte das hier wieder ist!" Schon hatte Laura ihren Rucksack abgeschnallt und sich zu ihnen gesetzt. Danach war sie nicht mehr zu bremsen. Sie stellte Fragen über Fragen und plapperte selber ohne Unterlass. In wenigen Minuten hatte sie in Erfahrung gebracht, dass Elisabeth und Rüdiger in Kamenz einen Tag Pause eingelegt hatten, um einen Freund zu besuchen. Bis Vacha würden sie es nicht schaffen, dafür hatten sie nicht ausreichend Urlaub nehmen können. Aber wenigstens die halbe Strecke nach Leipzig zu meistern, waren sie zuversichtlich. Pilger Erich sei in der Tat pensioniert und ein sehr liebenswürdiger humorvoller Mann, der an diesem Tag jedoch sicherlich schon auf dem Weg nach Schönfeld sei. Das aus Cottbus stammende Ehepaar wollte seine Tagesetappe in Königsbrück beenden und hatte sich ebenfalls für das Armenhaus angemeldet. Laura freute sich sehr, die

Herberge mit Elisabeth und Rüdiger zu teilen und aß dankbar von den Weintrauben, die sie ihr und ihrer Mitpilgerin anboten.

Katharina verhielt sich zurückhaltender. Auch sie hatte die neuesten Einträge der Gästebücher gelesen, doch im Gegensatz zu Laura fand sie es seltsam, die Pilger nun leibhaftig zu sehen. Es beruhigte sie, sich selbst in keinem der Bücher verewigt zu haben.

Die letzten Kilometer nach und durch Königsbrück liefen sie zu viert. Die Herberge im Pfarrhaus lag im Stadtinneren, während sich das Armenhaus ein Stück weiter im Westen befand. Wie verabredet rief Katharina den Herbergsvater an der Kirche noch einmal an. Die anderen Pilger warteten mit ihr, bis der Küster mit seinem Rad ankam und Katharina das Pfarrhaus aufschloss. Nachdem er ihr alles gezeigt hatte, trat sie noch einmal mit ihm heraus.

„Nun fahre ich für euch Armenhäusler Wasser holen", kündigte der Herbergsvater an. „Noch eine reichliche Viertelstunde, dann seid ihr da." Er trat in die Pedale und sauste davon.

„Sagt Bescheid, wenn ihr eine warme Dusche oder ein weiches Bett braucht", meinte Katharina mitleidig.

„Ach, für eine Nacht kann man ruhig schon mal auf solchen Luxus verzichten", erwiderte Laura unbekümmert. „Sehen wir uns morgen auf dem Weg wieder?"

Katharina lächelte. „Bestimmt."

„Wenn nicht, treffen wir uns im Schönfelder Schloss, ja?"

„Du kannst mir ja deine Handynummer geben."

„Tut mir leid. Im Armenhaus gibt es keinen Strom zum Akkuladen." Traurig zuckte Laura mit den Schultern. Im nächsten Augenblick war ihr Bedauern jedoch ernst. „Schade, dass du nicht mitkommst."

„Du kannst ja ein paar Fotos machen. Damit ich sehe, was ich alles *nicht* verpasst habe."

„Na gut." Laura seufzte ein wenig. „Dann hab noch einen schönen Abend heute."

Auch Elisabeth und Rüdiger verabschiedeten sich. Sie gingen weiter. Katharina sah ihnen nach.

Sie hatten kaum das Armenhaus erreicht, als auch schon der Herbergsvater mit zwei großen alten Blechkrügen den Berg herunter geradelt kam. Zwei weitere Krüge standen bereits neben einem mit Stiefmütterchen bepflanzten Hochbeet. An der viel befahrenen Straße wirkte das kleine Haus ein wenig fehl am Platz. Weiß gestrichen, mit einem Schild neben der Tür, auf welchem *Armenhaus Gemeinde Stenz 1826* geschrieben stand, wartete es auf die drei Pilger, die die kommende Nacht in ihm verbringen wollten.

Der Herbergsvater zog einen langen eisernen Schlüssel aus seiner Hosentasche und öffnete damit das schwere Vorhängeschloss an der massiven Holztür. Anschließend ging er hinein, drehte sich wieder um und reichte Laura, die ihm am nächsten stand, die Hände. „Tritt ein, bring Glück herein!"

Laura lächelte. „Das tue ich gern." Sie rückte ein wenig zur Seite, damit der Herbergsvater Elisabeth und Rüdiger auf die gleiche Weise begrüßen konnte. „Kommt in die Wohnküche!" Er hielt den Pilgern die Tür auf und ließ sie über den steinernen Fußboden in einen kleinen Raum neben dem Eingangsbereich gehen. Auf der rechten Seite stand ein alter, etwas wackeliger Holztisch mit drei Stühlen und zwei Bänken, die mit etwas vergilbten Schaffellen gepolstert waren. An der Wand darüber hing ein schlichtes Holzkreuz. Gegenüber befanden sich ein Ofen und ein hellblau gestrichener Küchenschrank, von dem die Farbe abblätterte.

„Kann man hier etwa auch Feuer machen und richtig kochen?", fragte Laura.

„Natürlich", entgegnete der Herbergsvater. „Holz findest du draußen neben dem Haus und Töpfe und Geschirr hier im Schrank. Wasser zum Kochen und Waschen ist in den Krügen, die ich euch mitgebracht habe. Der Abtritt liegt hinter dem Haus. Zum Schlafen geht es nach oben. Achtet beim Hochsteigen auf eure Köpfe."

Elisabeth schaute zu Rüdiger, der selbst den stattlichen Herbergsvater um einiges an Höhe übertraf.

„Bis morgen früh gehört das Haus euch. Hier ist der Schlüssel für das Außenschloss. Über Nacht könnt ihr das Haus von innen verriegeln. Heute Abend komme ich noch einmal vorbei, um euch seine Geschichte zu erzählen." Er schaute auf die Uhr. „Ist euch um acht recht?"

„Ja", antwortete Laura sofort.

„Schön. Dann wünsche ich euch einen angenehmen Aufenthalt. Wenn noch irgendetwas sein sollte, ruft mich auf meinem Handy an. Ich heiße Hans." Die Hand zum Gruß gehoben trat er wieder ins Freie, wo er sich auf sein Fahrrad schwang und im nächsten Moment verschwand.

„Das ist also das Armenhaus", sagte Elisabeth leise.

Rüdiger sprach kein Wort.

Allein Laura war in ihrer üblichen Plauderlaune. Laut rief sie: „Boah, ist das toll hier!" und schnallte ihren Rucksack ab. Sie lief zum Küchenschrank und öffnete neugierig alle Türen und Schubläden. Alles war ordentlich eingeräumt und sauber. Im untersten Fach standen drei alte, etwas verbeulte Töpfe und daneben zwei gusseiserne Bratpfannen. Im Fach darüber waren abgenutzte Teller und Schüsseln aus braunem Keramik gestapelt. Einige von ihnen hatten Sprünge oder Ränder mit abgebrochenen Stellen. Der große braune Krug im obersten Fach hatte keinen Henkel mehr, doch die Tassen waren bis auf ein paar normale Gebrauchsspuren unversehrt. Gläser gab es keine. Das Besteck in den Kästen war ungewöhnlich lang und schwer. Die Geschirrtücher waren abgenutzt und hatten kleine Löcher. Risse durchzogen die rauen hölzernen Schneidebretter des Armenhauses.

Laura nahm eine Schachtel Streichhölzer aus der linken Schublade. „Die sind aber nicht von 1826. Die kommen frisch aus dem Supermarkt. Original verpackt in Plastefolie! Ich leg schon mal eine Kerze für heute Abend raus. Die auf dem Tisch ist ja fast runter gebrannt."

„Schaut mal, was da oben auf dem Balken über dem kleinen Schiebefenster steht", sagte Elisabeth, die inzwischen ebenfalls den Rucksack abgesetzt hatte. *„Nicht wer viel hat, ist reich, sondern wer wenig braucht"*, entzifferte sie die althochdeutsche Schrift.

„Ist das mit Kreide geschrieben worden?", fragte Rüdiger.

„Sieht ganz so aus", meinte Laura. „Finde ich irgendwie toll, den Spruch."

„Na ja", sagte Rüdiger nur.

„Ich gehe hoch und schau mir an, wo wir heute Nacht schlafen." Laura ließ ihren Rucksack in der Küche stehen und ging in den winzigen Raum daneben. Es war dunkel und roch nach Blech und Holz. An den Wänden hingen Arbeitsgeräte für das Feld und auf einer schmalen Bank standen kleine Wannen und Eimer mit grauen Lappen. Dazwischen steckte ein etwas rostiges Waschbrett. Interessiert nahm Laura es in die Hände und betrachtete es von allen Seiten. Anschließend stieg sie auf die schmale Leiter, die steil nach oben führte.

„Puh, was für eine Luft!", hörten Elisabeth und Rüdiger sie stöhnen. „Wie in einer Scheune. Und stickig ist es hier. Ich mach gleich mal die Fenster auf. Ich meine, diese winzigen viereckigen Rahmen an den Giebelseiten. Wenn ich mir vorstelle, dass in diesem Haus wirklich mal Leute gewohnt haben, im Sommer wie im Winter! Da läuft's einem echt kalt den Rücken hinunter."

„Jetzt werde ich aber auch neugierig." Elisabeth folgte Laura unter das Dach. Oben angekommen, zwängte sie sich an einer massiven Holztruhe mit Pferdedecken vorbei und schaute auf die Betten am vorderen Giebel. Das linke wirkte wie ein zu großes Kinderbett, das rechte glich eher einem einfachen Holzkasten. Über die mit Stroh gefüllten Matratzen waren hellgraue Laken aus Leinen gespannt. Die Federdecken und Federkissen steckten in rot-weiß karierter Bettwäsche. Zwischen den Betten stand ein breiter Hocker und darunter ein Nachttopf.

Rüdiger kam ebenfalls dazu.

„Darf ich das linke Bett nehmen?", bat Laura ihre Mitpilger. „Das sieht so niedlich aus. Wie aus einer alten Puppenstube."

„Sollen wir die Kissen und Decken etwa richtig benutzen?" Rüdiger machte ein zweifelndes Gesicht.

„Ich denke, wir können auch unsere Schlafsäcke nehmen", meinte Elisabeth. „Nimm ruhig das linke Bett, Laura."

„Super, danke! Aber meinen Schlafsack lasse ich im Rucksack. Entweder ganz oder gar nicht."

„Da haben wir uns ja wirklich eine ganz besondere Herberge herausgesucht", murmelte Rüdiger. Er wirkten bei Weitem nicht so begeistert wie seine Pilgergefährtin. Immer noch unsicher schaute er sich um.

„Ich finde es klasse hier!" Lauras Augen strahlten. „Ein begehbares Museum, in dem man wohnen, schlafen und sogar richtig kochen kann – wenn das mal nicht ein echtes Abenteuer ist! Jetzt noch alte zerschlissene Kleidung und schon haben wir die perfekte Zeitreise."

„Vergiss die Läuse und Bettwanzen nicht", bemerkte Rüdiger trocken.

Laura lachte. „Nee, auf die verzichte ich. Habt ihr schon eine Idee, was wir heute Abend kochen wollen? Was haltet ihr von ... hm ... Kartoffeln und Quark? Das passt doch gut zu einem Armenhaus. Und es verbraucht nicht so viel Wasser."

„Kartoffeln und nichts würde besser passen", fand Rüdiger.

Seine Frau warf ihm einen aufmunternden Blick zu. „Kartoffeln und Quark hören sich prima an."

„Ich kümmere mich um das Einkaufen! Jetzt gleich. Da könnt ihr zwei euch erst mal in Ruhe waschen."

Schon war Laura auf dem Weg zur Leiter, als sie sich plötzlich wieder umdrehte. „Und wisst ihr was? Wir laden Katharina ein! Wenn sie schon nicht im Armenhaus schlafen will, soll sie wenigstens mit uns essen. Meint ihr nicht auch?"

Elisabeth nickte. „Das ist eine schöne Idee."

„Klasse! Dann flitze ich mal schnell los, bevor sie sich für heute Abend schon selber eindeckt."

Katharina hatte gerade ihre Wäsche aufgehangen, als sie ein Klopfen hörte. Sie ging zur Tür. „Laura?"

„Hallo Katharina. Na, ist es schön in deiner Herberge? Darf ich mal reingucken?"

„Gefällt es dir im Armenhaus etwa nicht?"

„Doch. Es ist super. Ich bin nur neugierig, wie du untergebracht bist."

„Von mir aus, komm herein." Ihr Zimmer glich dem Gemeinderaum in Weißenberg. Auf einer Matratze hatte Katharina bereits ihren Schlafsack ausgerollt. Sie wies auf den Wäscheständer mit ihrem feuchten Handtuch. „Die Dusche ist gegenüber. Es ist auch noch Platz für drei weitere Matratzen, falls ihr es euch anders überlegen solltet."

Laura schüttelte den Kopf. „Danke. Uns geht's gut. Es ist alles ein bisschen eng und knapp, aber zum Waschen und Schlafen reicht es."

„Warum bist du dann hier?"

„Weil wir dich gern zum Abendessen einladen wollen. Bei uns im Armenhaus."

Katharina hob die Augenbrauen. „Wie bitte?"

„Du sollst zu uns essen kommen. Wir haben einen Ofen in der Küche und eine Menge Feuerholz. Ein Drei-

Gänge-Menü können wir dir natürlich nicht anbieten. Aber magst du vielleicht Kartoffeln und Quark?"

„Ihr wollt mich in einem *Armenhaus* zum Essen einladen? Ist das nicht ein bisschen..."

„... widersprüchlich?" Laura grinste. „Ja, ich glaube schon. Oft hat es so etwas bestimmt noch nicht in der Geschichte des Armenhauses gegeben. Wenn überhaupt. Aber es wäre doch schön. Überleg mal, wie viel Symbolik dahinter steckt."

„War das deine Idee oder die von Elisabeth und Rüdiger?"

„Meine. Aber die beiden fänden es auch schön, wenn du kommen würdest. Nur zum Essen. Nachher kannst du ja wieder zurück in deine Gemächer gehen. Also: Magst du Kartoffeln und Quark oder nicht?"

„Ja, mag ich. Aber habt ihr das überhaupt mit dem Herbergsvater abgesprochen?"

„Mit Hans? Nö, warum sollten wir? Er hat gesagt, dass das Armenhaus bis morgen uns gehört. Er hat ganz bestimmt nichts dagegen, wenn wir eine befreundete Pilgerin zum Essen einladen. Jetzt komm schon, Katharina. Bitte!"

Endlich lächelte sie. „Na gut. Ich nehme eure Einladung an."

„Super!", jubelte Laura. „Willst du gleich mit einkaufen kommen?"

Katharina nickte. „Das wollte ich ohnehin gerade. Ich habe keinen Proviant mehr und morgen zum Sonntag wird sich nicht viel finden."

„Morgen ist Sonntag? Ach du Schreck, daran habe ich gar nicht gedacht. Ich hab' durch das Pilgern total das Gefühl für Zeit und Wochentage verloren. Dann kaufen wir am besten gleich noch für Elisabeth und Rüdiger mit ein. Ich glaube nämlich, die haben auch nicht mehr viel zu essen."

Katharina packte ihre Wertsachen in eine kleine Umhängetasche, trat ins Freie und schloss hinter sich ab. Im nächsten Moment hielt sie inne. „Was, wenn noch ein Pilger kommt und in die Herberge will?"

„Dann hat er die Nummer von Hans. Und der kann ihm deine Nummer geben. Du schleppst dein Handy doch die ganze Zeit mit dir herum."

Sie kauften ein Netz Kartoffeln, Quark, Brot, Käse, eine Packung Butterkekse und ein wenig Obst und Gemüse. Katharina hatte außerdem noch eine Flasche Wein herausgesucht. Was für die Wanderung bestimmt war, stellte sie in ihrer Herberge ab und folgte Laura zum Armenhaus.

Elisabeth und Rüdiger hatten sich einer flüchtigen Katzenwäsche unterzogen und ihre Kleidung gewechselt. Inzwischen war auch ihnen bewusst geworden, dass ihre Nahrungsmittel für den folgenden Tag nicht mehr reichen würden. Rüdiger erklärte sich bereit, noch einmal zum Markt zu gehen, während Elisabeth den Ofen säubern wollte.

Auf halber Strecke traf er Laura und Katharina. „Wenn wir eher daran gedacht hätten, wäre ich gleich mit zum Einkaufen gekommen", sagte Rüdiger. „Morgen haben doch alle Geschäfte geschlossen."

„Alles schon erledigt." Laura hielt ihm eine voll bepackte Tüte unter die Nase. „Katharina hat nicht vergessen, dass morgen Sonntag ist. Da dachte ich mir, kaufe ich gleich noch für euch mit ein."

Rüdiger schaute in den Beutel. „Das ist aber nett von dir. Eigentlich hatte ich nämlich keine Lust, noch einmal die Strecke zu laufen. Besten Dank!" Gemeinsam liefen sie zurück zum Armenhaus.

„Du wirst dich jetzt sicherlich waschen wollen, oder?", fragte Elisabeth. „Wir sind dazu im Flur geblieben. Wir haben die kleine Wanne hier genommen und das Wasser gleich noch für unsere Sachen verwendet."

„Habt ihr das Waschbrett genommen?"

„Nein. Es war ja nur flüchtig. Für heute muss es mal so gehen."

„Das ist ja wirklich wie in einem Museum", meinte Katharina, halb beeindruckt, halb distanziert. „Dürft ihr hier tatsächlich alles nutzen?"

„Ja", versicherte Laura. „Willst du mal sehen, wo wir schlafen? Du musst nur auf deinen Kopf aufpassen, wenn du die Leiter hochsteigst."

Katharina folgte ihr nach oben und schaute sich lange und ausgiebig um. „Die Küche ist gemütlich. Aber dass ich hier nicht übernachten muss, macht mich gerade äußerst froh."

Während Laura sich wusch, saßen die anderen Pilger auf der Bank vor dem Haus und blickten auf die Straße.

„Man müsste ein Foto von uns machen, wie wir hier sitzen und arm sind", bemerkte Rüdiger.

„Wir sollten drei alte Hüte vor unsere Füße legen", meinte Elisabeth.

„Zwei Hüte", berichtigte Katharina. „Ich bin hier nur zu Gast."

„Aber dafür kannst du vielleicht singen", schlug Elisabeth vor.

Sie lächelte. „Lieber nicht. Sonst machen die Leute erst recht einen großen Bogen um uns."

Plötzlich schepperte es im Haus. „Autsch!"

Katharina sprang auf. „Alles in Ordnung?"

„Ja, alles gut. Ich hab nur vergessen, dass hier eine Lampe hängt."

Sie setzte sich wieder.

„Das mit dem Foto habe ich übrigens gehört. Wenn ich hier fertig bin, hole ich meine Kamera. Die hat einen Selbstauslöser. Und das Singen kann ich auch gern übernehmen."

Katharina war ein wenig nervös, als die Stunde heranrückte, in der der Herbergsvater noch einmal vorbeikommen wollte. Doch wie es Laura vorhergesagt hatte, war ihre Sorge unbegründet. Hans freute sich sehr über ihr Dasein im Armenhaus. Es begeisterte ihn ausgesprochen, dass die anderen Pilger Katharina zum Abendessen eingeladen hatten. In seiner rechten Hand trug er einen Keramikkrug mit Weißwein. Aus dem Schrank, den Rüdiger vor wenigen Minuten erst mit dem abgewaschenem Geschirr eingeräumt hatte, nahm er fünf Tassen und stellte sie auf den Tisch. Er schenkte jedem etwas ein, zündete die Kerze an und setzte sich ans Kopfende, wo vorher Katharina gesessen hatte. Sie nahm neben Laura auf der Bank Platz.

Eine reichliche Stunde lang erzählte Hans die Geschichte seiner Heimat und des Armenhauses. Er verstand es, keinen eintönigen Vortrag zu halten, sondern alles mit solch einer Lebendigkeit wiederzugeben, dass sich alle, die ihm zuhörten, nahezu in die Vergangenheit zurückversetzt fühlten. Sein Bericht fesselte die

Pilger so sehr, dass sie nicht bemerkten, wie am Himmel dunkle Wolken aufzogen und ein kräftiger Wind zu wehen begann. Um viertel nach neun verabschiedete sich Hans. Er versprach, am nächsten Morgen Frühstück zu bringen und wünschte allen eine gute Nacht. Rüdiger wollte aufstehen und ihn zur Tür begleiten, doch er lehnte dankend ab. „Bleibt nur hier sitzen. Ich finde den Ausgang." Die Hand zum Gruß gehoben, verschwand er aus der Küche.

„War das vielleicht spannend", sagte Laura. „So wie Hans müssten alle Geschichtslehrer sein. Schade, dass er schon gehen musste."

Elisabeth stimmte ihr zu. „Es war wirklich gemütlich. Mit der Kerze und dem Wein."

„Also wenn es am Wein liegt ..." Lächelnd zog Katharina die Flasche, die sie am Nachmittag besorgt hatte, aus ihrer Tasche. „Ich hätte da noch etwas."

Mit strahlenden Augen schaute Rüdiger auf das Etikett. „Hmmm, aus dem Piemont!"

„Wollen wir wirklich noch eine zweite Flasche trinken?", fragte Elisabeth etwas zögernd.

„Klar, warum nicht?", stellte Laura die Gegenfrage.

„Wieder mit nehme ich den Wein jedenfalls nicht. Ich habe genug zu schleppen."

„Worauf warten wir dann noch?" Rüdiger klappte den Korkenzieher aus seinem Taschenmesser. Als sie miteinander anstießen, rief er feierlich: „Wir danken der edlen Spenderin! Zum Wohl!"

„Zum Wohl!"

„Auf Katharina!"

Ihre lebhaften und fröhlichen Gespräche erfüllten die ganze Wohnküche. Als die zehnte Stunde verstrichen war, wollte Katharina zu ihrer Herberge aufbrechen, konnte sich jedoch nicht dazu überwinden.

„Du hättest doch mit hierher kommen sollen", fand Laura.

„Und im Strohlager schlafen?" Katharina schüttelte den Kopf. Ihre Wangen glühten ein wenig. „Lasst mal gut sein. Ich gehe gleich los."

„Ach was."

„Wirklich. Nur noch ein paar Minuten. Ich will den schönen Abend einfach noch ein bisschen ausklingen lassen."

„Dann klinge mal", sagte Rüdiger. „Wenn du gehen willst, bringe ich dich nach Hause."

„Wir alle bringen Katharina zu ihrer Herberge", widersprach Elisabeth, die am wenigsten getrunken hatte. „Ein Spaziergang wird uns allen gut tun." So blieben sie weiterhin in ihrer gemütlichen Runde.

„Wie spät ist es eigentlich?", fragte Laura irgendwann.

„Viertel zwölf", antwortete Rüdiger.

In diesem Moment donnerte es. Verwundert blickten sich die Pilger an. Sie sprangen auf und zwängten sich zur Tür. Weil aber ohnehin längst die Dunkelheit hereingebrochen war, erkannten sie von den schwarzen Wolken nur wenig.

„Das ist das Gewitter, was sie gestern im Wetterbericht angekündigt haben", fiel Laura ein. „Das hatte ich ganz vergessen. Es sah aber vorhin wirklich noch nicht danach aus."

Elisabeth und Rüdiger stimmten ihr zu.

„Dann wirst du wohl doch bei uns bleiben müssen", sagte Laura.

„Ich bleibe ganz bestimmt nicht hier im Armenhaus." Auf einmal wirkte Katharina wieder durchaus nüchtern. „Ich warte einfach, bis es vorbei ist."

Ein Blitz durchzuckte die Nacht. Gleich darauf krachte es.

„Da kannst du aber lange warten", meinte Laura.

Schon rollte der nächste Donner heran.

„Lasst uns wieder in die Küche gehen", schlug Elisabeth vor. „Vielleicht ist es ja wirklich schnell vorbei." Doch die Pilgerin irrte sich. Zwar schien sich das Gewitter zu entfernen, dafür setzte prasselnder Regen ein.

„Der ist ja noch stärker als an dem Tag in Weißenberg", fand Laura.

„Er wird schon nachlassen", erwiderte Katharina. „Sobald es etwas weniger regnet, gehe ich los. Ihr braucht nicht mitzukommen."

Elisabeth gähnte. „Es ist nach Mitternacht. Rüdiger begleitet dich."

„Und ich dich auch", fügte Laura hinzu. „Es war schließlich meine Idee."

„Schon gut", winkte Katharina ab. „Ich bin erwachsen. Geh ruhig ins Bett, wenn du müde bist."

„Ach. So müde", sie hielt sich die Hand vor den Mund, „bin ich doch gar nicht."

„Nein? Du siehst aber ganz anders aus."

„Das liegt an dem Flackerlicht von der Kerze."

Katharina lächelte nachsichtig. Sie schaute aus dem kleinen Fenster. „Was soll's. Ich gehe jetzt."

„Was?"

Elisabeth und Rüdiger teilten Lauras Bestürzung. „Das kannst du doch nicht machen."

Katharina zuckte die Schultern. „Ist doch nur Wasser. Sobald ich angekommen bin, kann ich mich umziehen."

„Aber bis zur Herberge läufst du mindestens zwanzig Minuten! Bei dem Guss bist du noch nach den ersten fünf Metern nass bis auf die Haut", protestierte Laura.

„Ich werde mich schon nicht erkälten."

„Ich will aber auch nicht, dass du den schönen Tag heute frustriert beendest. Übernachte doch einfach hier. Ich gebe dir meinen Schlafsack. In dem Bettkasten ist auch Platz für drei. Rüdiger schläft an der Wandseite, Elisabeth in der Mitte und du ganz außen."

„Danke. Aber es geht wirklich." Katharina stand auf. „Ich werde den Tag schon nicht frustriert beenden." Sie lächelte tapfer.

„Aber ..." Laura schaute zu Elisabeth und Rüdiger. „Jetzt sagt doch auch mal was! Das ist doch total bescheuert, was Katharina da vorhat."

Die Eheleute blickten sich an. „Ich finde, Laura hat Recht", sagte Rüdiger.

„Es wäre wirklich besser, wenn du die Nacht bei uns verbringen würdest", fügte Elisabeth hinzu. „Wenn Laura dir ihren Schlafsack gibt..."

Katharina seufzte. „Na gut. Ihr habt gewonnen. Ich bleibe die Nacht bei euch."

Eine Viertelstunde später lagen die Pilger auf ihren Schlafstätten. Gleichmäßig trommelte der Regen auf das Dach.

„Jetzt scheint es endlich nachzulassen", erklang Katharinas Stimme in der Dunkelheit.

„Wage es nicht, es dir noch einmal anders zu überlegen", drohte Laura.

„Nein, nein, schon gut", versicherte Katharina. „Ihr müsst doch aber zugeben, dass das alles hier ziemlich verrückt ist."

„Klar ist es das", pflichtete Laura ihr bei. „Aber dafür ist es auch total schön."

„Ja, irgendwie schon", meinte Elisabeth.

Eine Weile sprach niemand.

„Findet ihr es eigentlich bequem?", hörte man Rüdiger fragen.

„Na ja", murmelte Elisabeth.

„Weich ist etwas anderes", sagte Katharina.

„Mein Bett ist zu kurz", brachte sich Laura ein. „Selbst wenn ich mich schräg hinlege. Und die Decke ist so unförmig. Ich muss hier immer erst alles breit klopfen, wenn ich es gleichmäßig verteilt haben will."

„Willst du deinen Schlafsack zurück?"

„Ach wo. Das gehört halt dazu, wenn man im Armenhaus schläft."

Erneut kehrte Schweigen ein.

Jemand kicherte.

„Elisabeth?"

„Nein, das ist Rüdiger."

„Das hört sich ja an wie bei einer Frau."

„So ist es immer, wenn er etwas getrunken hat."

„Stimmt!", lachte Rüdiger.

Im nächsten Moment lachten alle Pilger.

„Was tun wir hier eigentlich?" Rüdiger schnappte nach Luft. „Den ganzen Tag wandern wir durch die Gegend und dann schlafen wir auf Strohmatratzen. Ich komme mir vor wie ein Landstreicher. Wenn wir das zu Hause erzählen, Elisabeth."

„Die werden uns wirklich für verrückt halten."

„Was wir definitiv auch sind", fand Katharina.

„Blödsinn. Wir sind bloß ein bisschen beschwipst", sagte Laura.

In Elisabeths Mitte raschelte es. „Man kann sich wirklich drehen, wie man will. Es ist immer irgendwo hart."

„Bei mir in der Herberge wäre das nicht passiert."

„Jetzt hört doch mal auf zu jammern. Wir sind schließlich Pilger und keine Tour... Autsch!" Ein dumpfer Schlag ließ Laura unterbrechen. „Das war die Bettkante."

„Nicht dein Kopf?", fragte Rüdiger. „Es klang so hohl."

„Ha ha."

Wieder brachen sie in Lachen aus.

„Lasst uns versuchen zu schlafen", schlug Elisabeth vor. „Morgen haben wir wieder einen langen Weg vor uns."

„Du hast Recht." Katharina drehte sich auf die Seite.

„Gute Nacht."

„Gute Nacht."

Es wurde ruhig, doch war die Ruhe viel zu klar, als dass man schlafende Pilger in ihr vermutete. Jeder schien hellwach zu sein und seinen Gedanken nachzuhängen.

Laura stöhnte.

„Was hast du?", flüsterte Katharina.

„Ich muss mal."

„Schon wieder?"

„Tja, der Wein ... Aber ich will nicht nochmal raus in den Regen. Und auch nicht ... Also lecker riecht es da wirklich nicht."

„Steht unter deinem Bett nicht ein Nachttopf?", fragte Elisabeth trocken.

Rüdiger kicherte. „Wir schauen auch nicht hin."

„Die Ohren können wir uns auch zuhalten."

„Ha ha. Ihr seid wirklich zu komisch."

Wieder war nur das Plätschern des Regens zu hören.

„Willst du es etwa bis morgen früh aushalten?", erkundigte sich Katharina.

„Nein, das schaffe ich nicht." Laura kletterte aus ihrem Bett.

„Lauf nicht wieder irgendwo dagegen", mahnte Rüdiger.

„Ach, ich hab doch meine Stirnlampe dabei." Ein heller Lichtstrahl erstrahlte in der Dunkelheit, bis er nach unten verschwand. Wenige Minuten später kehrte Laura zurück. „Boah! Wisst ihr eigentlich, was hier oben für eine Luft ist?"

Rüdiger tat, als ob er ernst nachdachte. „Nein."

„Gar keine! Kein Wunder, bei den winzigen Bullaugen hier oben."

„Wir sind nun mal im Armenhaus", sagte Katharina mit bedauerlicher Stimme. „Da mangelt es an allem."

„Und damit auch an frischer Luft", ergänzte Rüdiger. Dann begann er wieder zu kichern.

Gott und die Welt

Die Pilger hatten weder lange noch gut geschlafen. Sie waren froh, als der Morgen graute und sie aufstehen konnten. „Dieses Klo ist wirklich ... na ja", sagte Katharina, während sie den Schlafsack zusammenrollte.

„Ich habe mich inzwischen daran gewöhnt", antwortete Laura gleichgültig. „Ist ja eigentlich genauso wie wenn man unterwegs mal in die Büsche huschen muss."

Katharina schaute sie an. „Eben." Mit einem Lächeln gab sie ihrer Pilgergefährtin den Schlafsack zurück. „Danke nochmal."

Laura verstaute ihn in ihrem Rucksack. „Kein Ding. Zum Frühstück bleibst du aber noch, oder?"

„Nein, ich werde jetzt aufbrechen. Hans wird nur für drei Leute Essen mitbringen."

„Na hör mal!", protestierte Laura. „Als ob wir nicht mit dir teilen würden."

„Außerdem gibt es Kaffee", sagte Elisabeth, die ebenfalls dabei war, ihren Rucksack zu packen.

„Na gut. Wenn ihr meint."

Der Herbergsvater musste geahnt haben, dass die vierte Pilgerin über Nacht im Armenhaus geblieben war. So sah zumindest sein Korb aus, den er kurz vor halb acht auf den Küchentisch stellte. Bis zum Rand war er mit frischen Brötchen, Wurst, Käse, Marmelade, Äpfeln und Kaffee gefüllt. Außerdem schenkte Hans jedem Pilger einen in Folie verpackten Keks. „Das ist der *Königsbrücker Jakobitaler*", erklärte er. „Den erhalten nur Pilger, die im Armenhaus übernachtet haben. Also auch du, Katharina." Mehr sagte er nicht.

„Wollen wir heute nach Schönfeld gehen oder nach Großenhain?", fragte Laura am Frühstückstisch.

„Wie viele Kilometer wären es denn jeweils?", erkundigte sich Rüdiger.

Sie schaute in ihren Pilgerführer. „Bis nach Schönfeld siebzehn. Und bis nach Großenhain ... oh! Einunddreißigeinhalb."

„Einunddreißigeinhalb?" Elisabeth stöhnte. „Nein, das mache ich nicht mit. Nicht nach dieser Nacht."

„Dazwischen gibt es keine Herberge?", wollte Katharina wissen.

Laura warf einen Blick auf die Ergänzungsliste. Sie schüttelte den Kopf. „Nein. Dann also Schönfeld?"

„Sieht ganz danach aus", antwortete Rüdiger. „Was für eine Herberge gibt es denn dort?"

„Ein Schloss", stellte Laura fest.

„Ein Schloss?"

„Ja. Klingt toll, was? Sieben Matratzen, Küche, WC ... ach! Da gibt's keine Dusche. Nur ein Waschbecken."

„Keine Dusche? Nein, dann gehe ich doch lieber nach Großenhain", erklärte Elisabeth bestimmt.

Rüdiger pflichtete ihr bei. „Für eine Nacht ist das ja in Ordnung, aber ..."

„Jetzt wartet doch mal ab!", unterbrach Laura sie. „Das Schloss ist nicht die einzige Herberge in Schönfeld."

„Welche gibt es noch?", fragte Katharina.

„Zwei Pensionen. Jeweils vier Betten und eine Dusche, in der einen sogar noch eine Küche."

Elisabeth atmete erleichtert auf. „Das hört sich doch schon besser an."

„Soll ich gleich mal anrufen?", schlug Katharina vor.
„Klar."

Sie zog ihr Handy aus der Tasche. Im nächsten Moment runzelte sie die Stirn. „Kein Empfang."

Laura musste lachen. „Ich sage mal nur: Armenhaus."

Katharina steckte ihr Handy zurück. „Ich versuche es später noch einmal."

„Es ist ja auch erst kurz nach acht", sagte Rüdiger.

„Und außerdem Sonntag", fiel Elisabeth ein.

Laura schlug vor, sich im nächsten Ort vor der Kirche zu einer kleinen Pause zu treffen und von dort anzurufen. „Wenn unser Plan nicht funktioniert, sind wir dann wenigstens alle zusammen und können uns etwas anderes überlegen. Eine Dusche will ich heute nämlich auch, ohne Wenn und Aber."

„Wir können auch unsere Telefonnummern austauschen", meinte Katharina. Sie sah zu Laura. „Und alle unsere Handys angeschaltet lassen."

„Lasst uns beides tun", sagte Elisabeth. „Ich finde die Idee mit der Pause gut, aber es ist immer besser, wenn man abgesichert ist."

Laura rollte die Augen. „Waschlappen."

Vom Spüldienst wurde Katharina befreit. Schließlich musste sie noch einmal zurück gehen, um ihren Rucksack zu holen. Zudem waren sechs Hände für das wenige Geschirr in der kleinen Küche mehr als ausreichend. Das Wasser hatte gerade so gereicht, dass sich Elisabeth, Rüdiger und Laura noch etwas für unterwegs abfüllen konnten.

Laura begleitete Katharina zur Tür. „Soll ich auf dich warten?"

Katharina schüttelte den Kopf. „Ich werde euch schon einholen. Und wenn nicht, treffen wir uns spätestens in Tauscha."

„Okay", meinte Laura unbekümmert. „Dann hab bis dahin einen guten Weg."

„Du auch." Katharina lächelte sie an. „Komm mal her." Sie schloss Laura in die Arme und küsste sie auf die Wange. „Danke, dass du mich gestern zu euch eingeladen hast. Es wäre nicht schön gewesen, den Abend zwar reich, aber allein zu verbringen." Sie löste sich. „Bis später!"

Gut gelaunt setzte Laura mit Elisabeth und Rüdiger ihre Wanderung fort. Nach dem Regen war das Land kühl und frisch und ermöglichte ein rundum angenehmes Wandern. Laura erzählte von ihren Plänen nach dem Pilgern und schwärmte in allen Zügen von dem Ziegenhof, auf dem sie bald arbeiten würde.

Hinter der Stadt führte der Weg über ein Feld, bis er in einen herrlichen Mischwald einbog. Es dauerte nicht lange, da hatte Laura die zahlreichen Heidelbeerbüsche zwischen den Bäumen entdeckt. Ohne viele Worte stürzte sie sich in die Früchte. In Gedanken an Katharina schmunzelte sie. „Ganz frisch gewaschen."

Auch Elisabeth pflückte sich ein paar Beeren zum Naschen. Rüdiger half ihr, in einer Dose noch einige für später zu sammeln. Ehe ihre Mitpilger sie danach fragten, erklärte Laura, dass sie nicht auf sie warten sollten. Möglicherweise würde sie später zusammen mit Katharina nachkommen, vielleicht aber auch ganz allein. Elisabeth und Rüdiger nickten und zogen weiter.

Wenige Minuten später kam Katharina.

Es wunderte sie keineswegs, Lauras Rucksack wieder am Wegrand abgestellt zu sehen. Im Gegenteil, sie hatte sich schon gefragt, wann sie ihre Mitpilgerin zwischen den Heidelbeerbüschen entdecken würde.

„Hallo!" Mit blauen Lippen schaute Laura auf.

„Hallo", sagte Katharina. Sie holte tief Luft, beschloss im nächsten Moment jedoch, es sein zu lassen. „Ich geh einfach weiter, okay?"

Laura grinste frech. „Okay!"

Katharina schüttelte den Kopf und setzte sich wieder in Bewegung.

„Die Schnecken hebe ich für später auf!", rief Laura ihr lachend hinterher. Sie wusste nicht, wie viel Zeit vergangen war, als sie sich entschied, ihre Mahlzeit zu beenden. Ihre Hose war nass und hatte einige blaue Flecken, doch fand Laura, dass man ihr durchaus ansehen durfte, wie gut es ihr geschmeckt hatte.

Elisabeth, Rüdiger und Katharina saßen auf den Stufen der Kirche.

„Deine Hosen haben ja eine tolle Farbe bekommen", sagte Rüdiger.

„Du musst sie sofort einweichen, wenn du die Flecken wieder rausbekommen willst", riet seine Frau.

Laura winkte ab. „Das lohnt sich bei mir nicht. Die Saison hat doch gerade erst angefangen."

„Lasst", meinte Katharina. „In solchen Dingen kann man bei Laura auch gegen eine Wand reden."

Der etwas ärgerliche Ton in ihrer Stimme ließ die Hinzugekommene aufhorchen. „Was ist? Gibt's Probleme?"

„Ich habe versucht, dich anzurufen", antwortete Katharina.

„Warum? Wegen der Herberge?"
Die Pilger nickten.
„Es gibt nur noch zwei Plätze in der einen Pension. Die andere ist belegt", erklärte Elisabeth.
„Wir wollten nicht ohne dich entscheiden, was wir nun tun", fügte Katharina hinzu.
Laura setzte sich. „Habt ihr schon eine Idee?"
Rüdiger zögerte. „Wir würden gern in unserer Vierergruppe bleiben wollen. Wir haben schon überlegt, heute Abend zusammen essen zu gehen."
„Dann müssten wir aber noch bis nach Großenhain", sagte Elisabeth.
„Also noch dreiundzwanzig Kilometer."
Sie schauten sich betroffen an.
„Und wenn wir zwei ins Schloss gehen, Katharina?", überlegte Laura. „Du hattest ja gestern deine Dusche."
Katharina hob die Augenbrauen. „Hast du mal deine Haare gesehen? So möchte ich ehrlich gesagt nicht mit dir in eine Gaststätte."
Laura überlegte. „Wir können ja fragen, ob wir zwei in der Pension wenigstens mal duschen dürfen. Für einen kleinen *Unkostenbeitrag* oder so."
„Wie bitte?"
„Klar, das wäre doch die Lösung!"
Katharina sah sie bittend an. „Laura! Auch wenn sie als Herberge im Pilgerführer steht, ist es immer noch eine Pension."
„Na und? Das muss doch nicht gleich heißen, dass die Leute unseren Vorschlag ablehnen." Unbeirrt zog sie ihr Handy aus dem Rucksack. „Ich kann ja wenigstens mal fragen."

„Dann frag." Katharina reichte Laura ihr Handy. „Nimm gleich meins."

Die Pilgerin schilderte ihr Anliegen. Als sie das Telefonat beendet hatte, lächelte sie siegessicher in die Runde. „Einmal duschen: drei Euro pro Nase. Jetzt muss es nur noch mit dem Schloss klappen."

Und das tat es.

Die Strecke nach Schönfeld verlief auf einem harten Plattenweg über weite Felder. Keinem der Pilger machte das Wandern auf diesem Stück Freude, nicht zuletzt, weil sich der Schlafmangel meldete und es zu regnen begann. Es war nur ein leichter Schauer, dennoch verstummten nach und nach die Gespräche. Müde trotteten sie leicht versetzt hintereinander her. Jeder hing seinen eigenen Gedanken nach – oder der Sehnsucht nach einer Dusche und einem Bett.

„Nein, bis Großenhain hätten wir es heute definitiv nicht geschafft", murmelte Laura vor sich hin. Gern hätte sie wieder ein Gedicht auswendig gelernt, doch wollte sie nicht, dass ihr Buch nass wurde. Im nächsten Dorf fanden die Wanderer eine überdachte Raststätte, bei der sie zum Mittagessen zusammenlegten.

„Die Gegend hier wirkt wie ausgestorben", sagte Elisabeth.

„Hoffentlich gibt es in Schönfeld überhaupt eine Gaststätte", meinte Rüdiger.

Katharina schaute in ihren Pilgerführer. „Ganz so klein scheint der Ort eigentlich nicht zu sein. Andererseits weiß man ja nie bei diesen Karten."

Am frühen Nachmittag erreichten sie die Bundesstraße, die nach Schönfeld führte. Das Schloss lag unweit vom Ortseingang und die Pension nur zehn Gehminuten weiter, wie die Herbergsmutter erklärte. „Dass wir keine Dusche anbieten können, tut uns leid. Sie werden sich aber trotzdem sehr wohl hier im Schloss fühlen." Sie zeigte Katharina und Laura die Unterkunft. Es war ein helles Zimmer mit dicken, paarweise übereinandergestapelten Matratzen. „Das schafft mehr Platz und außerdem ist es sehr gemütlich."

Sogleich setzte sich Laura auf eines der Lager. „Oh ja! Wie bei der Prinzessin auf der Erbse."

„Es ist wirklich ein sehr schönes Ambiente", fügte Katharina hinzu. „Ich habe noch nie in einem Schloss übernachtet."

„Ich auch nicht. Hoffentlich spukt es hier nicht."

„Nein, ganz bestimmt nicht." Die Herbergsmutter stempelte die Pilgerausweise, gab noch einige Hinweise zur Übernachtung und zur Schlüsselrückgabe und verabschiedete sich mit einem „Ich wünsche Ihnen einen angenehmen Aufenthalt."

Katharina holte ihre Wasch- und Wechselsachen aus dem Rucksack. „Das Waschbecken hier ist wirklich ein Witz. Da habt ihr euch selbst im Armenhaus besser waschen können."

„Oh ja! Ich bin echt froh, dass das mit der Dusche in der Pension geklappt hat."

Katharina sah sie halb bewundernd, halb verständnislos an. „Dass du überhaupt auf die Idee gekommen bist, so etwas zu fragen. Mir wäre das nicht in den Sinn gekommen."

Laura zuckte die Schultern. *Klopfet an, so wird euch aufgetan.*

„Ist das ein Bibelspruch?"

„Ja. Frag mich jetzt aber nicht, wo der steht. Bibelstellen habe ich mir nie gut merken können." Nachdem auch Laura ihre Sachen gepackt hatte, begaben sie sich zur Pension, in der Elisabeth und Rüdiger untergekommen waren. „Wenn wir wieder zurück sind, werde ich mich gleich nochmal hinlegen und eine Runde schlafen", kündigte Laura an.

„Ich auch."

„Und danach mache ich noch ein paar Fotos vom Schloss. Das Wetter scheint jetzt wieder besser zu werden. Vielleicht ist die Sonne heute Nachmittag wieder komplett draußen. Der Park sieht auch super aus. Da gehe ich später auf jeden Fall noch eine Runde spazieren. Und an einer besonders schönen Stelle futtere ich meinen *Jakobitaler*. Erst habe ich mir überlegt, ihn bis zum Schluss aufzuheben und erst in Vacha zu essen. Oder nach dem Pilgern mit nach Hause zu nehmen. Aber ich glaube, so lange halte ich gar nicht durch. Der Keks sieht so lecker aus. Außerdem zerbricht er mir unterwegs bestimmt. Ich hab da so ein Talent dafür."

Die Duschgäste gaben der Pensionsleiterin das Geld und klopften an Elisabeths und Rüdigers Gästezimmer. Die Pilger waren gerade im Bad fertig geworden und ruhten sich auf ihren Betten aus.

„Willst du zuerst?", fragte Katharina.

„Nein, nein, geh ruhig du zuerst."

Laura setzte sich zu Elisabeth und Rüdiger. „Ihr seht auch so aus, als ob ihr gleich noch ein Nickerchen machen wollt."

„Ja, das werden wir", versicherte Elisabeth. Rüdiger hatte bereits die Augen geschlossen und brummte nur.

„Die Pensionsleiterin hat uns eine Gaststätte empfohlen. Eine Viertelstunde stadtauswärts von hier."

„Dann können wir euch ja abholen. So um sieben?", schlug Laura vor.

„Um sieben ist gut", entgegnete Elisabeth.

Zehn Minuten später schaute Katharina aus dem Bad. „Wenn du willst, kannst du schon reinkommen. Ich muss nur noch Wäsche waschen."

„Okay." Laura schlüpfte durch die Tür.

„Soll ich dich gleich nach Zecken absuchen?", fragte Katharina.

„Nach Zecken?" Laura war ehrlich überrascht.

Katharina runzelte die Stirn. „Sag nicht, dass du dich nicht jeden Tag nach Zecken absuchst."

„Äh... nein."

Katharina atmete tief ein.

„Schon gut, Frau Doktor", sagte Laura schnell. „Bevor du mir wieder einen Vortrag hältst..." Sie zog sich aus.

Laura erwachte eher als Katharina, blieb aber noch liegen und schrieb Tagebuch. Seit ihrer Pause vor Kamenz war sie kaum mehr dazu gekommen, was einerseits schön war, da sie ja die anderen zum Unterhalten hatte. Andererseits gab es aber auch Dinge, worüber sie mit den Pilgern nicht reden konnte oder wollte. Nun merkte sie, wie sehr ihr das Schreiben eigentlich gefehlt hatte.

„Seit wann schreibst du schon Tagebuch?", hörte sie Katharina plötzlich fragen.

„Ach, erst eine halbe Stunde ungefähr."

„Nein, ich meine, seit wann allgemein?"

„Ach so. Seit ich vierzehn bin."

Katharina stützte sich auf ihren Ellenbogen. „Also seit deine Eltern eine Pilgerherberge gegründet haben."

„Ja, stimmt. Das war ungefähr dieselbe Zeit. Darüber habe ich noch gar nicht nachgedacht."

„Warum haben deine Eltern beschlossen, Pilger aufzunehmen?"

„Sie fanden das toll mit dem Pilgerweg. Meinen Vater interessiert sowieso alles, was mit Reisen zu tun hat." Laura schien noch etwas hinzufügen zu wollen, verstummte dann aber.

„Verreist ihr viel?"

„Nein. Eher weniger. Und du? Reist du gern?"

„Ja. Sehr sogar." Katharina stand auf und sah aus dem Fenster. „Jetzt ist wirklich wieder der reinste Sonnenschein. Willst du immer noch alle Ecken des Schlosses fotografieren und durch den Park spazieren?"

„Na klar."

„Allein?"

„Du kannst gern mitkommen, wenn du magst."

„Dann komme ich gern mit."

Sie liefen eine große Runde und plauderten von Zeit zu Zeit miteinander. Auf einer Bank am Teich fand Laura schließlich das ideale Plätzchen für ihren *Jakobitaler*. Feierlich legte sie ihn auf ihren Schoß.

„Hast du schon ein Foto davon gemacht?"

Laura grinste. „Gleich im Armenhaus. Zusammen mit der Kerze." Sie nahm das Gebäck in die Hände. „Jetzt traue ich mich irgendwie nicht, ihn zu essen."

Katharina musste lachen.

„Hast du deinen schon gegessen?"

„Nein."

„Hm."

Eine Weile saßen sie stumm nebeneinander.

„Dieser Keks mit der Muschel...", sagte Katharina auf einmal. „Warum hatte Hans eigentlich vier davon bei sich? Und warum so viel Frühstück? Hat ihm jemand von euch erzählt, dass ich auch im Armenhaus übernachtet habe?"

„Nein", antwortete Laura wahrheitsgemäß.

„Ich habe ihm gestern Abend doch gesagt, dass ich zum Schlafen wieder ins Pfarrhaus gehe. Und als er gehen wollte, habe ich gemeint, dass ich auch nicht mehr lange bleiben will."

„Hans hat doch aber bestimmt genauso das Gewitter mitbekommen."

„Aber das kam erst zwei Stunden später. Da wollte ich ja schon längst weg sein."

„Vielleicht hat er dir angesehen, wie sehr es dir bei uns gefallen hat. Er ist Friedhofsarbeiter und Küster. In Sachen Menschenkenntnis ist er bestimmt topfit. Vielleicht ist so was ja auch schon öfter in der Herberge passiert."

Einen Moment lang sagte Katharina nichts. „Ja. So muss es gewesen sein." Zufrieden machte sie der Gedanke jedoch nicht. „Es war nur... ich weiß nicht, irgendwie seltsam. Wie er heute morgen mit mir geredet und mich angesehen hat..." Sie starrte über das Wasser. „Als ob..."

„Als ob?"

Katharina schüttelte den Kopf. Sie musste lachen. „Ich hätte besser und länger schlafen sollen. Bei dem Unsinn, den ich gerade von mir gebe. Du hast Recht. Er muss das Gewitter bemerkt und sich gedacht haben, sicherheitshalber etwas mehr Essen und noch so einen albernen Keks einzupacken." Sie schaute Laura ermunternd an. „Iss deinen Keks ruhig. Als Andenken kannst du meinen mitnehmen."

Laura hielt ihrem Blick stand. „Katharina?"

„Ja?"

„Nimm es doch einfach an."

„Was?"

„Den Moment. Wie Hans dich angeschaut und mit dir geredet hat. Dass er auch für dich einen Jakobitaler hatte, obwohl ihm niemand gesagt hat, dass du spontan im Armenhaus übernachtet hast. Dieses seltsame Gefühl, von dem du gerade geredet hast: Hör auf, dir darüber den Kopf zu zerbrechen. Lass es einfach zu und nimm es an. Ich werde deinen Keks ganz bestimmt nicht essen. Und meinen auch nicht. Nicht nach dem, was du mir gerade erzählt hast."

Katharina hob an, ihr zu widersprechen.

Herausfordernd sah Laura ihr in die Augen. „Versuch es ruhig. Aber in Sachen Pilgern sitze ich am längeren Hebel."

Katharina gab nach. Laura schlug vor, noch ein Stück zu gehen. „Du glaubst nicht an Gott, oder?"

„Nein."

„Und hast du früher mal an Gott geglaubt?"

„Nein. Aber für dich scheint der Glaube ganz selbstverständlich zum Leben dazu zu gehören, oder?"

„Auf jeden Fall. Aber keine Angst, ich will dich nicht bekehren oder so. Ich hab viele Freunde, die nicht in der Kirche sind und das ist überhaupt kein Problem. Ich wollte es nur mal so wissen. Viele gehen ja gerade deshalb pilgern, weil sie auf der Suche nach Gott sind."

„Und finden sie ihn?"

„Ja. Manche sagen das schon."

„Und was finden die anderen?"

Laura überlegte. „Manche finden eher sich selbst. Oder eine Antwort auf eine bestimmte Frage. Oder noch viel mehr andere Fragen."

„Meine Frage wäre ja, wo Gott in all den Katastrophen steckt, die wir auf der Erde haben. Wo er zum Beispiel in den Zeiten der Weltkriege gewesen ist."

„Die Frage nach dem Leid in der Welt und wie Gott das alles zulassen kann – oh ja!" Lauras Stimme klang, als würde sie über einen alten Bekannten sprechen. „Darüber kann man echt die ganze Nacht durch diskutieren. Was wir in der JG übrigens ziemlich oft gemacht haben. Und was da alles für Gedanken dabei herauskommen sind: ein höheres Ziel, ohne Leid keine Freude, der freie Wille des Menschen ... Aber es ist sinnlos. Wir werden es ja doch nie begreifen. Wir können es auch gar nicht begreifen. Und eigentlich glaube ich, dass Gott uns einen Riesengefallen tut, indem er es uns eben *nicht* erklärt." Sie lachte freimütig.

Ihre lockere Reaktion gefiel Katharina nicht. Mit einem vielsagenden Blick gab sie es ihr zu verstehen.

Laura blieb stehen. Sie wurde ernst, beinahe sogar traurig. „Ich weiß es nicht, Katharina", sagte sie leise. „Das weiß keiner von uns. Wenn ich die Bilder sehe oder Filme oder davon lese, dann könnte ich mich jedesmal für eine Woche krankschreiben lassen, so dreckig geht es mir dann. Aber ich will nicht daran verzweifeln, verstehst du? *Ich will nicht daran verzweifeln.* Aber genau das passiert, wenn ich mir solche Fragen stelle."

„Dann ignorierst du es also." Katharina verschränkte die Arme vor der Brust.

Laura sah sie an.

„Tut mir leid, wenn ich dir zu nahe trete. Aber schließlich warst du es, die das Thema Religion angeschlagen hat."

„Ach ja? Hab ich das? Ich ignoriere die Frage nach dem Leid in der Welt nicht. Ich versuche, mit ihr zu leben. Sie zu stellen, aber keine Antwort darauf zu erwarten. Ich versuche, sie anzunehmen."

„Aber wie kannst du dabei an einen Gott glauben?"

„Ich weiß es nicht. Ich kann es nicht erklären. Es ist einfach so. Es ist wie ... ein *Trotzdem*. Es passieren so viele schlimme Dinge auf der Welt. Aber trotzdem kann ich nicht aufhören zu glauben. Es ist unvorstellbar, dass es da ein Wesen oder eine Macht gibt, die das ganze Universum in der Hand hält und gleichzeitig in jedem winzigen Detail davon steckt, aber trotzdem glaube ich daran. Ja, es ist ein Trotzdem. Vielleicht ist alles, was ich tue, einfach nur, dem Nichtglauben zu trotzen." Laura grinste. „Und im Trotzigsein bin ich ziemlich gut, wie du inzwischen ja weißt."

Katharina behielt ihren zweifelnden Blick.

„Ich weiß, für Nichtchristen ist das keine sonderlich zufriedenstellende Antwort. Aber mehr kann ich dir dazu nun mal nicht sagen. Alles, was ich dir sagen kann, ist, dass ich dich gern habe, so wie du bist. Egal, ob du an Gott glaubst oder nicht. Ich finde es wirklich schön, dass wir uns durch den Pilgerweg kennengelernt haben und so viel Zeit miteinander verbringen."

Ihre Worte berührten Katharina. Endlich lächelte sie wieder. „Ich finde es auch schön, dich getroffen zu haben", erwiderte sie. „Obwohl du mich manchmal ganz schön zur Weißglut treiben kannst. Wenn ich an heute Vormittag denke, als du dein Handy nicht angeschaltet hattest, obwohl wir darüber gesprochen hatten..."

„Ja, ja, Mutti."

Gedichte

Sie hatten Schönfeld noch nicht ganz verlassen, als sie ein kleines Eiscafé passierten, das über den Vormittag jedoch geschlossen war.

„Jetzt schau dir das an, Katharina", sagte Laura. „Hätten wir das nur gestern gewusst."

„Dann hättest du gestern Abend wohl auf deine Eisschokolade verzichtet?"

Sie tat, als würde sie überlegen. „Nein. Ich glaube nicht. Das war wirklich schön gestern. Man kann echt Spaß mit euch haben!"

Elisabeth und Rüdiger waren ihnen ein Stück voraus. Wenn sie sich unterwegs nicht ohnehin treffen würden, hatten sie ausgemacht, gemeinsam in die Herberge neben der Kirche von Großenhain zu gehen.

Zunächst war das Laufen angenehm. Der Weg führte durch zwei Wäldchen und über ein Feld. Auf dem Sportplatz von Quersa legten Katharina und Laura eine längere Pause ein. Es war noch nicht spät, aber schon heiß. Nachdem sie eine Bahnschiene überquert hatten, bogen sie auf einen Feldweg ab, der schnurgeradeaus verlief. Weit vor sich konnten die Pilgerinnen den Kirchturm von Großenhain erkennen.

„Das scheint heute eine ziemlich kurze Strecke zu werden", meinte Katharina. Bald musste sie jedoch zugeben, dass sie sich geirrt hatte. Durch die Gleichförmigkeit und die Hitze schien der Feldweg nicht enden zu wollen. Sie liefen und liefen und hatten dennoch das Gefühl, nicht voranzukommen. Immer wieder schaute Laura in ihren Pilgerführer. „Jetzt muss doch endlich mal die Stelle kommen, an der der Weg einen Knick nach rechts macht. Andererseits..." Sie seufzte. "Wenn ich sehe, was uns dann erst auf dem letzten Stück zwischen Folbern und Großenhain erwartet... Da geht es die ganze Zeit an der Bundesstraße lang. Hier, schau! Echt ätzend. Ich muss mir vorher unbedingt neues Wasser holen." Still leidend wanderten sie nebeneinander her.

"Wollen wir nicht irgendetwas spielen? *Ich packe meinen Koffer* oder *Ich sehe was, was du nicht siehst?*", schlug Laura nach einer Weile vor.

Katharina schreckte auf. "Wie bitte?"

"Oh. Du warst gerade in Gedanken. Entschuldige."

Sie schüttelte den Kopf. "Nichts Wichtiges. Was hast du gerade gesagt?"

"Auch nichts Wichtiges."

"Wirklich nicht?"

"Nein. Aber ich glaube, dass das, worüber du gerade nachdenkst, wichtig ist. Ich finde, du siehst ein bisschen aus, als ob du ein Stück allein gehen möchtest."

"Schon in Ordnung. Wir können gern weiterhin zusammen gehen."

Für Laura klang es jedoch, als ob Katharina diese Worte nur aus Höflichkeit gesagt hatte. Sie winkte ab. "Weißt du, ich hatte mir sowieso gerade überlegt, mal wieder ein Gedicht zu lernen. Kennst du *Das große Lalula* von Christian Morgenstern? Das wollte ich schon immer auswendig können. Ich finde, das passt gerade ziemlich gut auf diesem Wegstück. Ich gebe dir einfach ein paar Meter Vorsprung, dann störe ich dich nicht."

"Na gut", erklärte sich Katharina einverstanden. "Dann sehen wir uns spätestens in Großenhain."

Die Kirche war offen. Bevor Laura die Herberge ansteuerte, setzte sie sich hinein. Es war still und angenehm ruhig, ganz besonders nach dem einstündigen Marsch an der Bundesstraße entlang. Sie zog ihren Pilgerführer hervor, blätterte ein wenig darin und schaute nach vorn auf den Altar. Schließlich stand sie auf. „Hey Leute!", begrüßte sie ihre Mitpilger in der Herberge. Elisabeth und Rüdiger hatten bereits geduscht und ruhten sich auf ihren Matratzen aus.

„Na, hast du dein Gedicht auswendig gelernt?", fragte Katharina. „Trägst du es uns heute Abend vor?"

Laura machte ein bedauerndes Gesicht. „Nein, heute nicht. Ich kann es auswendig. Ich habe sogar noch eine Sage aus meiner Heimat auswendig gelernt. Aber ich habe beschlossen, heute noch ein Stück weiter zu gehen. Ich wollte vorher nur kurz nochmal vorbei schauen und euch das sagen."

Die drei Pilger sahen sie erstaunt an. Besonders Katharina zeigte sich überrascht. „Wohin willst du heute denn noch?"

„Nach Skassa. Das ist das erste Dorf hinter Großenhain. Fünf oder sechs Kilometer von hier."

„Warum?", wollte Katharina wissen.

„Weil ich Lust dazu habe. Ich will jetzt noch nicht ankommen. Es ist erst früher Nachmittag und ich fühle mich noch fit. Außerdem waren die letzten Kilometer bis hierher nicht gerade schön. Ich will die Etappe nicht mit so einem nervigen Stück an der Bundesstraße abschließen. Nur um mit dem Gefühl anzukommen: Endlich ist es vorbei. Habt ihr euch schon im Pilgerführer das Stück hinter Großenhain angesehen? Da wird es bald wieder richtig schön."

„Na wenn das so ist. Einen Pilger sollte man nicht aufhalten", meinte Rüdiger entspannt.

„Nein", erwiderte Laura. „Heute nicht. Ich will bloß nochmal schnell aufs Klo und meine Wasserflasche auffüllen, dann ziehe ich weiter." Als Laura zurückkam, verabschiedete sie sich mit einem fröhlichen Winken. „Wir sehen uns morgen. An irgendeinem Obstbaum oder Beerenstrauch werdet ihr mich schon wieder auflesen. Tschüss! Und einen schönen Abend noch euch dreien."

Sie trat eben zur Tür hinaus, als Katharina sie einholte. „Ist alles in Ordnung mit dir?"

„Ja, natürlich. Alles super!"

Katharina glaubte ihr nicht. „Warum gehst du nachher nicht noch ein Stück spazieren, wenn du das Gefühl hast, für heute noch nicht genug gelaufen zu sein?"

„Du meinst durch die Stadt? Nein. Nicht nach dem Asphalt, den ich heute schon die ganze Zeit hatte. Ich will wieder raus. In die Natur, weißt du?"

Noch immer sah Katharina sie zweifelnd an. „Liegt es an mir?"

„An dir? Wie kommst du denn darauf?"

„Vorhin fanden wir es besser, den Weg getrennt zu laufen. Und gestern sind wir bei unserer Diskussion über Gott ein wenig aneinander geraten..."

„Aber das war doch nicht schlimm. Ich habe dir doch gesagt, dass ich meine Freunde, die nicht an Gott glauben, genauso mag wie meine christlichen Freunde. Und sonst sind wir doch auch nicht die ganze Zeit zusammen gelaufen oder haben mal ein bisschen gestritten."

„Ja, natürlich. Deine Ansage kam nur gerade ziemlich überraschend. Dafür, dass wir eigentlich ausgemacht hatten, hier zu übernachten."

„Das stimmt. Aber dafür sind wir ja Pilger und keine Geschäftsleute, die sich an feste Termine halten müssen. Beim Pilgern geht es ja auch darum, sich mal ein paar Freiräume zu schaffen. Das ist wie bei der Sache mit dem Handy. Ich hab meine Leute gern, aber manchmal will ich auch einfach meine Ruhe haben und nur für mich sein. Und heute ist so ein Tag."

Katharina steckte die Hände in die Hosentaschen. „Dann will ich dich nicht aufhalten."

„Ja, genau. Wie Rüdiger es gesagt hat. Ihr lauft sowieso immer schneller. Und dann wirst du wieder mit mir schimpfen, weil ich ungewaschene Mirabellen esse. Oder Heidelbeeren. Oder beides."

Mit dem vierten Glockenschlag erreichte Laura die Kirche von Skassa. Sie war froh, noch das Stück gegangen zu sein, das zuerst durch den Stadtpark von Großenhain, anschließend durch ein ruhiges Viertel mit schönen Eigenheimen und danach durch ein Naturschutzgebiet geführt hatte. Zwei klare, friedlich plätschernde Bäche hatte sie überqueren müssen, um in das Dorf zu gelangen. Laura fand sie so schön, dass sie sich vornahm, später mit ihrem Tagebuch an einen von ihnen zurückzukehren, sich einen netten Platz am Ufer zu suchen und während des Schreibens die Füße zu kühlen. Doch nun wollte sie erst einmal in Ruhe ankommen.

Ein kleines Mädchen fuhr auf seinem Fahrrad durch den Innenhof vom Pfarrgarten. Als es die Pilgerin erblickte, bremste es. „Hallo! Suchst du eine Herberge?"

Im Takt der Musik schwang Laura den Kochlöffel. Während ihr Fertiggericht köchelte, tanzte sie und sang laut das Lied mit, welches sie im Radio auf volle Lautstärke gedreht hatte.

I can't do well when I think you're gonna leave me
But I know I try
Are you gonna leave me now?
Can't you be believing now?

Sie war glücklich. Sie hatte geduscht, ihre Wäsche gewaschen und aufgehangen, ihre Füße im Bach baumeln lassen und Tagebuch geschrieben. Heute war sie frei und unabhängig. Sie war auf dem Pilgerweg und in wenigen Wochen würde sie anfangen, auf einem Ziegenhof zu arbeiten. Sie würde neue Leute kennenlernen, irgendwann studieren, jung sein, das Leben einfach in vollen Zügen genießen.

We are the people that rule the world
A force running in every boy and girl
All rejoicing in the world
Take me now, we can try.

Das Pilgern war großartig, das Leben war großartig und – es war großartig, Laura zu sein!

I can't do well when I think you're gonna leave me
But I know I try
Are you gonna leave me now?
Can't you be believing now?

Als wieder die Stimme des Moderatoren einsetzte, drehte Laura das Radio leiser.

„Nette Vorstellung."

Erschrocken wandte sie sich zur Tür. Zwei Pilger, junge Männer Anfang zwanzig, standen im Rahmen und grinsten. „Dein Singen hört man bis draußen."

Knallrot lief Laura an. „Ist doch aber auch ein tolles Lied."

„Da hast du Recht."

„Und deine Stimme klingt echt gut."

„Danke." Sie lächelte verlegen. „Ich hätte nicht gedacht, dass heute noch Pilger hierher kommen." Sie reichte ihnen die Hand. „Ich bin Laura."

„Daniel", sagte der Blonde mit den blauen Augen.

„Ich bin Peter", meinte der Braungelockte. „Wo bist du heute losgelaufen?"

„In Schönfeld. Und ihr?"

„Königsbrück."

„Was?" Laura riss die Augen auf. „Kommt ihr aus dem Armenhaus?"

„Nee, wir waren im Pfarrhaus", antwortete Daniel.

„Dann seid ihr heute ja fast vierzig Kilometer gelaufen!"

„Ach, das passt schon", winkte Peter ab. „Die Herberge in Großenhain war halt schon voll. Dafür treten wir morgen wieder ein bisschen kürzer."

„Habt ihr die Pilger in Großenhain gesehen?"

„Nein, wir waren gar nicht erst dort, weil die Frau uns am Telefon schon gesagt hat, dass nur noch ein Bett frei ist. Aber hey, lass uns nachher weiter quatschen, okay? Ich würde nämlich gern erstmal duschen wollen."

„Ich auch", stimmte Peter zu.

„Klar, macht nur. Wisst ihr, wo die Dusche ist?"

„Ist uns alles gerade gezeigt worden. Bis dann!"

„Ja, bis dann!", lächelte Laura. Während die Pilger die Küche verließen, hörte sie Daniel ebenfalls leise singen: „*I can't do well when I think you're gonna leave me, but I know I try ...*"

Sie legte sich auf ihre Matratze und blätterte im Gästebuch. Daniel und Peter hatten ihre Schlafstätten auf der gegenüber liegenden Seite ausgebreitet. Es störte Laura nicht im Geringsten, das Zimmer mit ihnen zu teilen. Trotzdem musste sie an ihren Vater denken. Sie hatte überlegt, ihn an diesem Abend einmal anzurufen, beschloss nun aber, es auf den nächsten Tag zu verschieben. Sonst würde er sich wegen der Männer nur unnötigerweise Sorgen machen.

Daniel kam zuerst nach oben und machte es sich auf seiner Matratze bequem. „Nette Herberge hier."

Laura klappte das Gästebuch zu. „Oh ja, total." Sie erzählte von der Pfarrerstochter auf dem Fahrrad. „Die war ja so goldig. Dass eine Pilgerin gekommen ist, hat sie ganz aus dem Häuschen gebracht. Sie hat mir alles selber gezeigt. Ich finde es immer schön, wenn Kinder so offen sind. Ich hab als Kind selber immer alle Leute angequatscht. Und eigentlich hat sich daran auch nichts geändert." Sie lachte über sich selbst.

Inzwischen hatte auch Peter das Zimmer betreten. „Was führt dich auf den Pilgerweg?"

„Neugierde. Abenteuerlust. Freiheit. Ich hab gerade mein Abi gemacht. Und außerdem will ich mitreden können. Meine Eltern haben nämlich auch eine Pilgerherberge. In Naumburg. Da war es eigentlich schon von vornherein klar, dass ich früher oder später den Weg selbst gehe."

„Wann bist du in Görlitz losgelaufen?", erkundigte sich Peter.

„Am Sonntag vor einer Woche."

„Da bist du aber schon lange unterwegs."

„Ja, ich gehe lieber nur kürzere Etappen. Ich mache viele Pausen, rede oft mit den Leuten am Weg und schreibe Tagebuch. Und natürlich muss ich ständig irgendwelches Obst essen."

„Mirabellen und Heidelbeeren?", hinterfragte Daniel.

Laura grinste. „Ganz genau."

„Die mag ich aber auch sehr."

„Hast du schon andere Pilger getroffen?", wollte Peter wissen.

„Ja, drei. Katharina, Elisabeth und Rüdiger. Sie sind alle super nett. Katharina habe ich schon kurz hinter Görlitz getroffen. In Neubelgern hat sie mir einen Bienenstachel aus dem Arm gezogen. Mich hatte vor Wurschen eine Biene gestochen und als ich sie weggeschlagen habe, muss die Spitze abgebrochen sein. Ich habe das gar nicht gesehen, weil sie so winzig war und der ganze Oberarm geschwollen. Katharina hat mit einer langen spitzen Pinzette so lange in meinem Arm gebohrt, bis sie ihn hatte. Ich sage euch, Leute, das hat echt weh getan! Elisabeth und Rüdiger haben wir kurz vor Königsbrück getroffen. Wir waren zusammen im Armenhaus und sind gleich Freunde geworden."

„Sind das die Pilger, die in Großenhain in der Herberge sind?"

„Ja."

Daniel machte ein neugieriges Gesicht. „Warum bist du nicht auch in Großenhain geblieben?"

„Ich wollte einfach noch ein bisschen weiterlaufen. Es war nur so ein Gefühl."

„Dafür hast du jetzt uns an der Backe", sagte Peter.

„Aber keine Sorge. Wir sind harmlos."

„Klar. Ihr schleicht euch nur heimlich an und beobachtet ahnungslose singende Pilgerinnen."

„Wenn du das Radio so laut stellst, dass du nichts anderes mehr hören kannst…"

„Ich dachte eben, ich bin allein. Aber jetzt erzählt ihr mal. Wo kommt ihr zwei her?"

Daniel und Peter waren Studenten aus Dresden. Daniel studierte Biologie und Peter Maschinenbau. In ihrer Freizeit kletterten sie gern und gingen häufig zum Boofen in die Sächsische Schweiz. Als ihnen eine Kommilitonin vom Pilgerweg erzählt hatte, hatten sie spontan beschlossen, die Semesterferien wandernd zu verbringen.

„Und wie findet ihr das Pilgern?", wollte Laura wissen.

„Gut. Ich mag jede Form von Sport und wenn man nebenbei noch Land und Leute kennenlernt, ist das echt super."

„Die Leute hier sind wirklich gut drauf. Sogar auf den Dörfern sind sie total locker. Sie lassen dich in die Herberge, geben dir den Schlüssel und vertrauen dir, dass du ihn am nächsten Tag wieder zurück gibst", erzählte Daniel.

„Ja, dieses Vertrauen finde ich auch großartig. Habt ihr noch andere Pilger getroffen?"

„Nö. Du bist die erste", antwortete Peter.

„Ist aber auch nicht schlimm, dass wir bis jetzt noch keine anderen Pilger gesehen haben. Solange wir zu zweit sind. Allein wäre mir das nichts auf dem Weg hier."

„Ja, das wäre ganz schön langweilig."

„Mir nicht", sagte Laura. „Ich finde es toll, ab und zu auch mal meine Ruhe zu haben. Und wenn das Laufen wirklich mal anstrengend oder öde ist, habe ich meine Gedichte."

„Was für Gedichte?"

„Ach, so ein paar Klassiker. Oder Gedichte, die mir besonders gut gefallen. Kennt ihr *Das große Lalula* von Christian Morgenstern? Damit habe ich heute den ewigen Feldweg nach Folbern hinter mich gebracht. Jetzt kann ich es endlich."

„Schieß los", forderte Daniel sie auf.

Gastfreundschaft

Sie trafen sich auf einem Feldweg kurz vor Roda. An einer Gruppe von Bäumen hatte Laura ihren Rucksack abgeschnallt, dieses Mal jedoch nicht, um etwas zu essen. Als sie hinter den Büschen wieder auftauchte, erkannte sie Katharina. Sie lief allein.

„Hallo", grüßte Laura fröhlich. „Wie geht's?"
„Geht schon."
„Sind Elisabeth und Rüdiger hinter dir?"
„Nein. Sie werden hier auch nicht mehr vorbeikommen. Sie nehmen die Variante über Riesa."
„Oh. Das ist aber schade."
„Ja. Sie hätten dich vorher gern noch einmal gesehen."
„Ach", erwiderte Laura unbekümmert. „Wir werden uns schon wiedersehen. Man trifft sich immer zweimal im Leben."
„Hoffentlich. Jedenfalls soll ich dich schön von ihnen grüßen."
„Danke. Hattet ihr gestern einen schönen Abend?"
„Ja, es war angenehm. Wir haben uns Nudeln gekocht und sind nach dem Essen noch ein Stück spazieren gegangen. Außerdem habe ich im Gästebuch einen interessanten Eintrag von zwei Männern gefunden, die bis nach Santiago de Compostela pilgern wollten. Maik und Lars hießen sie. Das Datum des Eintrags war der 24. Mai. Ich kann mir gut vorstellen, dass das die beiden Pilger waren, die bei dem Mann, von dem du Wasser bekommen hast, den Zaun gestrichen haben."
„Na ganz bestimmt! Ist ja klasse, dass du ihre Spuren gefunden hast", freute sich Laura. „Ich würde

wirklich gern wissen, wo die beiden gerade stecken. Obwohl ein paar Kilometer hinter uns auch zwei junge Männer gehen..."

„Ach ja?"

Die Pilgerin nickte und wurde ein wenig rot. „Daniel und Peter. Sie waren gestern mit mir in der Herberge." In allen Einzelheiten berichtete sie von der Begegnung mit ihnen. „Das in der Küche war echt peinlich. Aber später haben wir uns noch richtig gut unterhalten. Und gelacht! Die beiden sind so witzig."

„Warum lauft ihr nicht zusammen?", fragte Katharina interessiert.

„Weil sie Langschläfer sind. Sie haben mir gestern Abend schon gesagt, dass ich nicht auf sie warten soll. Aber ich hätte nicht gedacht, dass sie *so* lange liegen bleiben. Ich bin heute morgen wirklich nicht sehr zeitig aufgebrochen, aber Daniel und Peter haben geschlafen wie die Murmeltiere. Aber wenn sie einmal laufen, müssen sie wohl ziemlich flott unterwegs sein. Bestimmt holen sie uns bald ein. Und wenn nicht, treffen wir uns spätestens in Strehla wieder."

„Ihr habt euch also schon für die Herberge verabredet?"

„Ja. Kommst du mit?"

„Wenn ich euch junge Leute nicht störe?"

„Du störst doch nicht! Außerdem bist du doch genauso jung."

„Sicher? Vorgestern hast du mich Mutti genannt."

„Das war doch nur Spaß."

„Dann bin ich ja beruhigt."

„Du bist also dabei?"

Katharina lächelte. „Gern."

„Super!"

„Sehen sie denn gut aus?"

„Daniel und Peter?" Laura errötete erneut. „Na ja ... Daniel gefällt mir ziemlich gut. Er hat eine tolle Stimme. Und wenn er lacht, bekommt er so ein schönes Grübchen auf der rechten Wange ..."

„So, so", meinte Katharina bedeutungsvoll.

„Denkst du etwa, ich bin in ihn verknallt? Denk das bloß nicht! Ich kenne ihn doch gerade mal ein paar Stunden. Außerdem ist Daniel mit seinem Kumpel unterwegs. Wenn da ein Mädel dazwischen kommt, ist das doch total bescheuert. Und überhaupt: Liebesgeschichten auf dem Pilgerweg?"

„Gibt es die etwa nicht? Zwischen all den vermeintlichen Wundern, von denen du mir bisher erzählt hast?"

„Doch, natürlich gibt es die. Aber ganz bestimmt nicht für mich. Nach dem Pilgern mache ich mein FÖJ und sie gehen wieder zur Uni. Das hätte doch gar keine Zukunft."

„Dieser Daniel hat aber keine Freundin, oder?"

„Nein. Zumindest nicht, dass ich wüsste. Trotzdem mache ich so was nicht. Ich finde es toll, dass ich die beiden getroffen habe. Sie sind nett und ich freue mich, dass wir heute zusammen in die Herberge gehen wollen. Aber ich bin nicht auf dem Pilgerweg, um den Mann fürs Leben zu finden."

„Das habe ich auch nicht behauptet."

An einer Bank am Ortseingang beschlossen die Pilgerinnen, eine Pause einzulegen. Laura setzte sich und streckte die Beine weit von sich. „Ist das schon wieder eine Hitze."

„Soll ich dir etwas zu trinken mitbringen?"

Überrascht schaute Laura auf.

„Ich habe kein Wasser mehr." Katharina zog eine kleine Plastikflasche aus ihrem Rucksack. „Wenn du möchtest, nehme ich deine Flasche gleich mit."

Laura starrte sie an. Im nächsten Moment grinste sie.

„Ja, ich habe mir in Großenhain zwei kleine Flaschen besorgt", gab Katharina ein wenig verlegen zu. „Ich habe auch schon in den letzten beiden Dörfern nach Wasser gefragt."

„Und? Wie war's?"

„Seltsam", antwortete Katharina leise. „Aber meinem Rücken geht es seitdem wirklich besser."

Weil Laura ins Freibad wollte, trennten sich in Glaubitz vorerst ihre Wege. „Auch wenn es sinnlos ist, weil ich danach ja wieder genauso schwitzen werde wie jetzt – ich will ein paar Runden schwimmen gehen. Ich war bis jetzt noch kein einziges Mal auf dieser Reise baden", erklärte sie. „Das geht ja mal gar nicht."

Katharina wollte lieber weitergehen. „Dann sehen wir uns in Strehla. Wenn du dich allerdings noch einmal anders entscheiden oder später als zwanzig Uhr kommen solltest, meldest du dich bitte, ja? Nur, damit ich weiß, dass ich nicht auf dich warten brauche. Und damit ich mir keine Sorgen machen muss."

„Du musst dir ganz bestimmt keine Sorgen machen", versicherte Laura. „Aber wenn es dir wirklich so wichtig ist..."

„Ist es mir", sagte Katharina.

Nach Zeithain verlief der Pilgerweg an der Bundesstraße entlang. Er führte an einer Haftanstalt vorbei, die mit hohen Mauern und Stacheldraht von der Straße abgetrennt war. Katharina vermisste die Ruhe der Feldwege und war froh, als sie in das etwas stillere Zentrum des Ortes gelangte. Von dort aus hielt sie Ausschau nach jemandem, den sie nach Wasser fragen konnte. Schließlich entdeckte sie im Vorgarten eines Hauses einen älteren Mann, der Rosmarin sammelte. „Entschuldigung?", rief sie über den Zaun. Der Mann blickte auf. „Guten Tag, ich bin auf dem Pilgerweg. Könnten Sie vielleicht meine Wasserflasche auffüllen?"

„Natürlich! Kommen Sie herein." Er lief Katharina entgegen und schüttelte ihr die Hand. „Wo sind Sie denn heute losgelaufen?"

„In Großenhain."

„Da haben Sie ja schon ein paar Kilometer hinter sich. Wohin wollen Sie heute noch gehen?"

„Nach Strehla."

„Strehla. Das ist gut zu schaffen. Knapp zwei Stunden bis zur Fähre und dann noch einmal eine halbe Stunde bis zur Kirche hinauf – ja, das schaffen Sie gut. Aber sagen Sie, haben Sie schon Mittag gegessen? Meine Frau kocht gerade Fischsuppe, darum hat sie mich in den Garten geschickt, um Rosmarin zu holen." Er hielt die frisch gepflückten Stränge in die Höhe. „Möchten Sie unser Gast sein? Wir würden uns freuen."

Für einen Moment wusste Katharina nicht, was sie sagen sollte. „Gegessen habe ich noch nicht, aber..."

„Mögen Sie keine Fischsuppe?"

„Doch. Fischsuppe hört sich wirklich gut an..."

„Dann kommen Sie!" Er machte eine Handbewegung zur Tür. Bevor Katharina etwas einwenden konnte, hatte er sie schon geöffnet und rief zu seiner Frau in die Küche: „Steffi, wir brauchen noch einen dritten Teller. Wir haben eine Pilgerin zu Besuch." Er wandte sich wieder an seinen Gast: „Die Schuhe können Sie ruhig drinnen ausziehen. Kommen Sie."

Am Herd stand eine freundlich aussehende Frau in einer grünen Schürze. Sie trat auf Katharina zu und reichte ihr die Hand: „Hallo. Das ist aber schön, einen Gast zu haben."

„Esse ich Ihnen denn nichts weg?", fragte Katharina noch immer ein wenig überfordert.

„Aber nein", winkte die Köchin ab.

„Meine Frau kocht sowieso immer zu viel. Da bleiben diesmal wenigstens keine Reste. Hier, setzen Sie sich. Oder wollen Sie erst einmal ins Bad? Kommen Sie, ich zeige es Ihnen. Ich bin übrigens Andreas."

Wenige Minuten später saßen sie am Tisch. Die Suppe sah köstlich aus. „Vielen Dank für die spontane Einladung", sagte Katharina, bevor sie die Mahlzeit probierte. Kaum hatte sie den ersten Löffel genommen, fragte der Hausherr sie bereits: „Schmeckt es Ihnen?"

„Ja. Die Suppe ist wunderbar."

„Ich koche die Fischsuppe immer sehr gern", erzählte Steffi. „Sie schmeckt gut und ist schnell gemacht: Zwiebel, Fenchel, Lauch und Zucchini anbraten, dann Wasser, Gemüsebrühe und passierte Tomaten dazu, alles zum Kochen bringen und gewürfelten Wildlachs und Seelachs dazu. Der Wildreis kommt ganz zum Schluss in den Topf."

„Und Rosmarin", fügte Andreas hinzu. „Für den bin immer ich zuständig."

Katharina lächelte. „Machen Sie das öfter, Pilger zum Essen einzuladen?"

„Nein, eigentlich nicht."

„Letztes Jahr hatten wir einmal einen Pilger, der mit uns im Garten Kaffee getrunken hat. Er hat nicht einmal nach Wasser gefragt, aber er hat so sehnsüchtig auf unseren Kuchen geschaut. Da habe ich ihn zu uns in den Garten gerufen. So wie heute Sie."

„Das ist wirklich lieb. Ich kann es immer noch gar nicht richtig begreifen, wie viel Gastfreundschaft hier auf dem Weg zu finden ist. Ich hätte nie gedacht, dass in Deutschland Fremden gegenüber so viel Offenheit entgegengebracht wird."

„Wo kommen Sie denn her?", fragte Steffi.

„Aus der Nähe von Bremen."

„Sind Sie zum ersten Mal auf dem Pilgerweg?", erkundigte sich Andreas.

„Ja."

„Gefällt es Ihnen?"

Katharina antwortete nicht gleich, was aber auch daran lag, dass sie Suppe löffelte. „Um ganz ehrlich zu sein, wusste ich in den ersten Tagen nicht einmal andeutungsweise, was ich hier verloren habe. Aber inzwischen denke ich, dass mir das Pilgern gut tut."

„Sind Sie allein unterwegs?"

„Ich bin allein aufgebrochen, habe aber andere Pilger getroffen."

„Bestimmt ist es schön, wenn man auf so einem langen Weg ein paar Gleichgesinnte hat", sagte Steffi.

Katharina stimmte ihr zu. Und sie dachte an Laura, die ihr, wohlgemerkt ganz auf ihre eigene Art, geraten hatte, statt drei Litern Wasser auf einmal nur kleine Flaschen zu tragen und diese zwischendurch auffüllen zu lassen.

„Als Sie nach Zeithain gekommen sind, war es bestimmt ein seltsames Gefühl für Sie, an unserem Gefängnis vorbeizukommen, nicht?", fragte Andreas. „Ich habe schon gehört, dass viele Pilger den Weg daran vorbei sehr beklemmend finden."

„Das kann ich mir gut vorstellen", entgegnete Katharina. „Für mich ist es allerdings Normalität. In meiner Heimatstadt Vechta gibt es sogar zwei JVAs."

„Zwei?"

„Ja. Es gehört zu meinem Alltag, an ihnen vorbeizukommen, wenn ich zur Arbeit oder einkaufen fahre. Es ist alles nur eine Frage der Gewöhnung, wie Sie sicherlich selbst wissen."

„Ja, das ist richtig", bestätigte Andreas.

„Was machen Sie beruflich?", wollte Steffi wissen.

„Ich bin Ärztin."

„Da haben Sie bestimmt einen sehr stressigen Alltag."

„Es geht eigentlich. Ich arbeite in einer Praxis mit festen Sprechzeiten. Und in meinem Gebiet ist der Ärztemangel nicht so stark ausgeprägt wie hier in den östlichen Bundesländern. Ich kann mir ein wenig mehr Zeit für meine Patienten nehmen."

„Haben Sie Kinder?", fragte Steffi.

„Nein." Katharina kratzte den letzten Rest Suppe aus. „Das hat wirklich gut geschmeckt. Könnten Sie mir vielleicht das Rezept aufschreiben?"

„Aber gern! Es ist wirklich ganz leicht." Die Köchin stand auf und zog einen Notizblock aus dem Regal.

Andreas bediente sich am Obstkorb. „Auch noch eine Banane?"

„Nein, danke, ich bin wirklich satt."

„Dann eben für unterwegs." Er legte ihr die Banane demonstrativ vor die Nase. Eine Minute später gesellten sich auch das Rezept für die Fischsuppe und die gefüllte Wasserflasche dazu.

Mit herzlichen Dankesworten verabschiedete sich Katharina von ihren Gastgebern. Andreas und Steffi wünschten ihr alles Gute und ließen sie weiter ihres Weges ziehen, obwohl sie sich gern noch etwas länger mit der Pilgerin unterhalten hätten. Nachdem sie um die Ecke gebogen war, notierte sie unter dem Rezept, das Steffi ihr mitgegeben hatte, den Nachnamen und die Straße samt Hausnummer. Sie schob den Zettel in ihren Pilgerführer, lächelte zufrieden und zog weiter.

Die nächste Rast hielt Katharina an der Elbe. Sie hatte soeben eine SMS an ihren Bruder gesendet, als sie zwei junge Männer auf sich zukommen sah. „Hallo", grüßte der Blonde. „Sind Sie Katharina? Die Ärztin?"

„Ja, das bin ich. Ihr könnt aber ruhig du zu mir sagen."

„Ich bin Daniel." Er reichte ihr die Hand. „Laura hat schon von dir erzählt."

„Und sie mir von euch. Peter, richtig?" Auch ihm schüttelte Katharina die Hand.

„So ist es."

„Habt ihr Laura heute schon gesehen?"

„Sie muss einen oder zwei Kilometer hinter uns sein", antwortete Daniel.

„Ihr wolltet wohl nicht zusammen laufen?"

„Wir schon. Aber sie hat mit unserem Tempo nicht mithalten können."

„Wir sind ihr zu flott", grinste Peter.

„Du läufst heute auch nach Strehla?", erkundigte sich Daniel.

„Ja."

„Dann sehen wir uns später wieder. Tschüss bis dahin!"

„Macht's gut", erwiderte Katharina.

Die Männer zogen weiter.

Schon von Weitem war Laura anzusehen, wie sehr sie sich freute, dass Katharina auf sie wartete. Kaum hatte sie ihren Rucksack abgenommen und sich zu ihr gesetzt, begann es auch schon aus ihr herauszusprudeln: „Meine Güte, haben die Jungs vielleicht einen Speed drauf! Bis Zeithain habe ich mitgehalten, aber dann hat es mir gereicht. Das ist doch kein Pilgern mehr." Sie trank einen kräftigen Schluck aus ihrer Flasche.

„Wo sind sie denn zu dir gestoßen?"

„In Glaubitz. Kurz nachdem ich aus dem Freibad raus war."

„Und, war es schön zu baden?"

Laura rollte die Augen. „Frag bloß nicht! Das Schwimmen war schön, ach, herrlich war das! Aber dann wieder die nassen verschwitzten Klamotten anziehen –" Es schüttelte sie am ganzen Körper. „Das war ja so eklig! Am liebsten wäre ich gleich nochmal ins Wasser gegangen und hätte danach meine Wechselsachen angezogen. Aber dann hätte ich nichts mehr für die Herberge gehabt. Ich sage dir, so eine Aktion mache ich nie wieder. Und dann diese Hetze nach Zeithain. Hast du auch das Gefängnis gesehen? Also da ist mir echt mulmig geworden bei den hohen Mauern und dem Stacheldraht. Und die ganzen Warnschilder und Kameras. Echt gruselig. Wenn ich mir vorstelle, wer da alles drinnen sitzt. Und was die Leute gemacht haben, um überhaupt erst einmal da rein zu müssen." Erneut musste sie sich schütteln. „Was für ein Tag. Aber wenigstens ist der Weg hier an der Elbe wieder ein bisschen schöner. Das Stück vorhin an der Straße lang war wirklich ätzend. Findest du nicht auch?"

„Es ging schon", antwortete Katharina ruhig.

„Wie war es bei dir heute?"

„Schön. Ich bin in Zeithain zum Mittagessen eingeladen worden."

„Echt?"

„Ich wollte nur um Wasser bitten. Aber der Mann war der Ansicht, ich sollte zu ihm und seiner Frau ins Haus kommen und mit ihnen essen. Es gab Fischsuppe."

„Ist ja klasse! Hat es geschmeckt?"

„Ja. Es war sehr lecker." Katharina sah wieder auf das Wasser. „Ich hätte nie gedacht, dass mir so etwas auf dem Weg passieren würde. Und dass ich so eine Einladung annehmen könnte." Sie lächelte Laura an. „Daran bist du schuld."

„Die Schuld nehme ich gern auf mich", erwiderte Laura. „Fischsuppe. Das klingt wirklich lecker."

Sie blieben nicht lange sitzen, da sich beide nach einer Dusche sehnten. Gemeinsam liefen sie bis zum Fährübergang und die letzten Kilometer bis zu Herberge.

Daniel und Peter, die bereits geduscht hatten, kamen ihnen entgegen.

„Wir gehen nochmal runter zum Einkaufen. Sollen wir euch was mitbringen?", fragte Daniel.

„Gibt es denn eine Küche, in der wir uns etwas kochen können?"

„Ja. Wir werden uns aber einfach nur Fertigpizza holen", sagte Peter. „Und ein paar Nüsse für heute Abend."

„Könnt ihr mir eine Pizza mitbringen? Und vielleicht noch ein bisschen Obst? Erdbeeren oder Pfirsiche oder so was. Es gab heute nichts zu naschen auf dem Weg und ich habe Vitaminentzug."

Daniel grinste. „Wir bringen dir etwas mit. Spezielle Wünsche, was die Pizza betrifft?"

„Hawaii, wenn's die gibt. Ansonsten eine ganz normale mit Salami."

„Alles klar. Und du, Katharina?"

„Für mich nichts, danke."

„Okay. Dann bis später."

„Bis später, Peter." Laura feixte.

Katharina hob die Augenbrauen.

Daniel winkte nachsichtig ab. „Das ging gestern schon den ganzen Abend so."

Der Pfarrer nahm die Spende und zeigte den Pilgerinnen die Räumlichkeiten der Herberge. Als sie zu den Sanitäranlagen kamen, rief Laura begeistert: „Da steht ja eine Waschmaschine! Funktioniert die?"

„Ja, die funktioniert. Dafür würden wir nur gern eine Extraspende nehmen, um die Kosten für Wasser, Strom und Waschmittel zu decken. Die Dose steht hier." Er wies auf eine einfache Sparbüchse.

„Na klar. Gar kein Problem", versicherte Laura.

„Den Schlüssel können Sie morgen früh ins Büro bringen. Ab um acht ist jemand da."

„Ich glaub's nicht, da steht eine Waschmaschine!", entfuhr es Laura noch einmal, nachdem der Pfarrer gegangen war. „Wenn ich das heute Mittag gewusst hätte! Wollen wir unsere Sachen gleich zusammenwerfen, damit sich die Wäsche lohnt?"

„Das ist eine gute Idee." Auch Katharina war froh, einmal nicht mit Hand waschen zu müssen und die Kleidung richtig sauber zu bekommen. „Wenigstens die Wandersachen."

„Nur die Wandersachen? Nee, ich haue alles rein. Wandersachen, Herbergssachen, Handtuch. Einfach alles!"

„Und was willst du in der Zwischenzeit anziehen?"

„Ich frage einfach drüben beim Pfarrer, ob er oder seine Frau mir etwas zum Anziehen leihen kann. Und wenn es ein rosa Nachthemd mit gelben und lila Blümchen aus Dederon ist – um saubere Wäsche zu bekommen, nehme ich alles!"

„Du hast wirklich keine Hemmungen, oder?" Katharina wusste nicht, ob sie lachen oder den Kopf schütteln sollte.

„Nein. Ganz im Gegenteil: Für solche Aktionen war ich schon immer zu haben." In wenigen Minuten kehrte Laura mit einer einfachen schwarzen Trainingshose und einem hellblauen T-Shirt zurück.

„Schade", bedauerte Katharina. „Ich hätte dich gern im rosa Nachthemd gesehen. Und Daniel und Peter sicher auch."

Tränen in der Stille

Laura und Katharina frühstückten gemeinsam, während ihre Zimmergenossen noch schliefen. Erst als sie den Tisch abgeräumt und das Geschirr gespült hatten, schälten sie sich langsam aus ihren Schlafsäcken. „Erstmal Kaffee", brummte Daniel. „Vorher rede ich mit niemandem."

Es war herrlich, den Morgen in frisch gewaschenen Wandersachen zu beginnen. Auch alle anderen Kleider waren getrocknet. Laura zog den Duft jedes einzelnen Stücks ein, bevor sie sie in ihren Rucksack packte.

Die ersten Kilometer mussten sie am Rand einer Dorfstraße laufen. Danach bog der Weg auf ein Feld ein.

„Der Spieleabend war wirklich schön", sagte Laura. „Obwohl du uns bei *Dominion* ganz schön abgezockt hast."

„Die letzte Runde hast doch du gewonnen."

„Ja, aber nur ganz knapp. Du hattest gerade mal zwei Punkte weniger als ich. Dabei warst du die einzige, die das Spiel noch nicht gekannt hat."

„Ich lerne eben schnell."

Da vereinzelt Wolken den Himmel verdeckten, war es ein angenehmes Laufen. Ab dem späten Nachmittag hatte der Wetterbericht etwas Regen angekündigt. Doch bis dahin würden die Pilgerinnen den Großteil ihrer geplanten Tagesetappe bereits bewältigt haben, wenn nicht sogar die gesamte. Für einige Kilometer führte der Weg am Rand eines Waldes entlang, welcher zusätzlich Schatten und frische Luft spendete. Darüber hinaus wehte eine leichte Brise.

„Es war schon gut, dass du gestern gesagt hast, du willst auf dem Weg keine Liebesgeschichten anfangen, was?"

Irritiert schaute Laura zu Katharina. „Wie meinst du das?"

Sie schaute vielsagend zurück. Aber Laura machte nach wie vor ein fragendes Gesicht. „Sag nicht, du hast nichts bemerkt."

„Was hab ich nicht bemerkt?"

„Peter und Daniel. Die beiden sind zusammen."

„Was?" Schlagartig blieb sie stehen.

„Nun komm schon! Das musst du doch gemerkt haben, dass zwischen den beiden etwas läuft."

Fassungslos starrte Laura ihre Pilgergefährtin an. „Daniel und Peter sind schwul?"

„Homosexuell heißt das", berichtigte Katharina.

Für einen Moment war Laura sprachlos. Dann schüttelte sie entschieden den Kopf. „Quatsch! Die beiden sind nur Kumpels. Nur Freunde. Sie sind doch kein ... Paar."

„Hast du etwa was gegen Homosexuelle?"

„Nein, natürlich nicht."

„Empfindest du für Daniel vielleicht doch ein bisschen mehr?"

„Nein! Ich bin nur ... es ist nur ... ich kann mir das einfach nicht vorstellen. Daniel und Peter wirken doch ganz normal."

„Hattet ihr keine gleichgeschlechtlichen Pärchen in der Schule?"

„Doch. Zwei Mädchen. Denen hat man es aber auch angesehen." Langsam nahm Laura das Laufen wieder auf.

„Wie hast du das gemerkt?", fragte sie nach einer Weile. „Ich hab da wirklich nichts mitbekommen."

Katharina zuckte die Schultern. „Ich habe von Zeit zu Zeit beruflich mit Homosexuellen zu tun."

„Hm", machte Laura. „Ich glaube, jetzt will ich nicht mehr weiter darüber nachdenken."

Katharina lachte.

„Warum lachst du?"

„Weil du manchmal viel reifer und erwachsener wirkst, als du aussiehst. Vor allem, wenn du über das Pilgern sprichst. Aber dann gibt es wieder Momente, in denen du herrlich jung und naiv bist. Das ist wirklich erfrischend."

„Na, vielen Dank für das Kompliment."

„Ist ja nicht böse gemeint." Katharina wies nach hinten. „Da kommen sie übrigens."

Laura drehte sich um. „Die hetzen ja, als ob sie auf der Flucht wären."

Tatsächlich zogen die Männer mit einem fröhlichen, jedoch kurzen Gruß an den Pilgerinnen vorbei. „Wir sehen uns bestimmt nachher nochmal", rief Daniel im Vorbeigehen.

„Und die zwei sollen ein Paar sein", murmelte Laura. „Ich kann mir das echt nicht vorstellen. Andererseits, was ihre Art zu Pilgern betrifft, scheinen sie sich ja wirklich einig zu sein. Hast du eine Ahnung, wohin die heute noch wollen?"

„Nein."

„Wenn sie weiterhin so schnell marschieren, schaffen sie es heute noch bis nach Leipzig. Und wir? Wollen wir nach Dahlen? Es gibt eine Jugendherberge und eine Pension. In der nächsten Pause kann ich anrufen."

„Gern."

Sie überquerten zwei Dorfstraßen. Der Wald war zu Ende und vor ihnen erstreckte sich ein langer, leicht ansteigender Feldweg. An der höchsten Erhebung sahen sie eine alte Windmühle aus Holz. „Das muss der Liebschützer Berg sein", sagte Laura. „Wirklich schön hier, findest du nicht auch?" Sie machte ein Foto. „Wolltest du eigentlich schon immer Ärztin werden?", fragte sie nach einigen Schritten, die sie schweigend gegangen waren.

„Ja", antwortete Katharina. „Zumindest so weit ich mich daran erinnern kann."

„Und was hat dich dazu bewegt? Wann war das erste Mal, als Klein-Katharina gesagt hat: *Wenn ich groß bin, will ich Ärztin werden.*?"

Eine Weile dachte sie nach. „Ich glaube, als mein Bruder beim Spielen in die Brennnesseln gefallen ist. Wir haben *Tarzan und Jane* gespielt. Robert hatte ein langes Seil an einen Baum gebunden und wir haben uns daran über die Brennnesseln geschwungen. Im Sommer. Nur mit T-Shirt und kurzen Hosen. Immer und immer wieder. So lange, bis das Seil gerissen ist. Und Robert hatte das Pech, dass er derjenige war, der in diesem Moment daran gehangen hat."

„Autsch!", machte Laura. „Wie alt wart ihr da?"

„Sechs und acht ungefähr. Ich weiß es nicht mehr genau. Ich weiß nur noch, wie sehr mich der Ausschlag auf seiner Haut fasziniert hat. Ich sehe es heute noch direkt vor mir."

Laura hob die Augenbrauen. „Du bist ja nett. Dein Bruder fällt in die Brennnesseln und du hast nur Augen für seinen Ausschlag."

Katharina zuckte die Schultern. „Es war ja keine ernste Verletzung. Außerdem war ich noch ein Kind. Und Robert hatte mich ständig geärgert. Er hatte es verdient, auch mal selber zu leiden. Ich habe ihm natürlich geholfen. Nicht weit von der Stelle war ein Bach, in den er sich hineinlegen sollte. Zuerst wollte er nicht, aber dann hat er schließlich doch auf mich gehört. Unsere Mutter hat nicht schlecht geschaut, als wir nach Hause gekommen sind und Robert von oben bis unten nass war. Aber gewundert hat sie sich nicht. Wir waren ziemlich wilde Kinder."

Interessiert hörte Laura zu. Es war schön, dass Katharina einmal ein wenig länger von sich erzählte.

„Ich habe mir selber ständig Schrammen geholt. Ich habe geheult, mir meine Wunden aber auch jedes Mal lange angesehen und wenn es möglich war, habe ich darauf bestanden, sie selbst zu verarzten. Bei Schulausflügen war immer ich diejenige, die die Erste-Hilfe-Tasche getragen hat. Mein erster Nebenjob war eine Stelle beim Roten Kreuz, bei der ich Lehrgänge für Fahrschüler gehalten habe. Mit achtzehn Jahren, kurz nachdem ich gerade einmal selbst den Führerschein gemacht habe." Sie versuchte bescheiden zu klingen, ließ aber auch ein wenig Stolz erkennen. „Ich habe fleißig gelernt, ein sehr gutes Abitur abgelegt und gleich darauf mein Medizinstudium begonnen. Ohne Unterbrechung bis zur Facharztprüfung im vergangenen Jahr. Ein schnurgerader Lebenslauf. Die Karriereleiter immer steil nach oben."

Katharina lächelte, doch Laura hatte den Eindruck, dass auch ein wenig Schmerz in ihren Worten lag. Eine Frage keimte in ihr auf, die sie aber nicht zu stellen wagte. Die Stille, die plötzlich eingetreten war, mochte sie jedoch ebenso wenig. Darum beschloss sie, einfach das Thema zu wechseln. „Und dein Bruder? Was ist aus ihm geworden?"

„Rechtsanwalt."

„Auch nicht schlecht."

„Ja, für andere einsetzen konnte er sich schon immer. Robert hat mir so viele Streiche gespielt, aber wehe, wenn mir jemand zu nahe getreten ist. Dann war er mein Beschützer. Wenn es darauf ankam, haben wir zusammengehalten wie Pech und Schwefel. Wie in einem Bilderbuch."

Langsam näherten sie sich der Windmühle. Die Steine unter ihren Füßen knirschten. Gelegentlich erklang der Gesang von Vögeln. Doch meistens herrschte Stille. Eine angenehme, ländliche Stille.

„Wir haben beide in Bremen studiert. Nach seinem Abschluss hat Robert wieder in Vechta Fuß gefasst, genauso wie ich mit meinem Beruf. Er hat geheiratet und zwei Kinder bekommen. Natalie und Thomas heißen sie. Ich liebe sie sehr. Inzwischen gehen sie schon zur Schule."

Katharina sah Laura freundlich an. „Manchmal erinnerst du mich an sie. Mit deiner Offenheit und Begeisterungsfähigkeit. Besonders für die kleinen Dinge im Leben. So wie du mich in Arnsdorf nach draußen geholt hast, damit ich mir anhöre, wie ein Waldkauz ruft." Katharina sah wieder auf den Weg. „Jede Woche haben wir uns gesehen. Ich habe mich oft und immer gern um Natalie und Thomas gekümmert. Und mich dabei an die Zeit erinnert, in der Robert und ich noch Kinder waren." Sie verstummte.

„Das klingt, als ob du ihn jetzt nicht mehr so oft siehst", sagte Laura vorsichtig und sehr leise.

„Ja. Seine Frau, Karen, hat endlich Arbeit gefunden. In ein paar Wochen werden sie umziehen."

„Wohin?"

Ihre Antwort kam schnell, doch die Stimme zitterte ein wenig. „Nach Erlangen. Sie hat Soziologie studiert. Nun wird sie in die Forschung gehen. Ihr wurde ein unbefristeter Arbeitsvertrag angeboten. So eine Chance kommt einmal und nie wieder." Sie zuckte mit den Schultern. „Als Jurist wird man überall gebraucht. Und die zwei Kinder, die sie haben wollten, haben sie. Es stand außer Frage, dass Robert sich nach Karen richten würde."

„Das tut mir leid."

„Oh nein! Du kannst dir nicht vorstellen, wie meine Schwägerin darunter gelitten hat, mit ihrem Abschluss keine Arbeit zu finden. Sich mit Nebenjobs im Supermarkt und in Restaurants über Wasser halten zu müssen, hat sie fast krank gemacht. Jetzt kann sie endlich in einem Institut arbeiten, wo ihre Intelligenz geschätzt und gebraucht wird. Sie hat sogar die Möglichkeit zu promovieren, sie kann beruflich aufsteigen und ihren Kindern etwas bieten."

„Aber dein Bruder!", warf Laura ein. „Was wird aus dir und Robert? Ihr seid zusammen aufgewachsen, habt sogar in der gleichen Stadt studiert und euch jede Woche gesehen! Bei der Entfernung und den Bahnpreisen wird das doch gar nicht mehr möglich sein."

„So geht es nun einmal zu im Leben. Außerdem bin ich erwachsen. Ich komme auch ohne meinen Bruder zurecht."

„Aber hast du nicht vor ein paar Tagen gesagt, er macht sich Sorgen um dich? Ist er etwa nicht traurig, so weit von dir wegziehen zu müssen? Und Natalie und Thomas? Die werden dich doch auch vermissen. Und du sie!"

„Natalie und Thomas können das ganze Ausmaß noch gar nicht verstehen. Sie sind Kinder. Sie werden so damit beschäftigt sein, sich einzuleben und neue Freunde zu finden, dass sie ihr altes Leben ganz schnell vergessen werden. Die wichtigsten Menschen für sie sind ihre Eltern. Ich bin nur ihre Tante..."

„*Nur ihre Tante?*" Laura riss die Augen auf. „Was redest du denn da für einen Blödsinn? Wenn du sie lieb hast und dich um sie gekümmert hast, jede Woche sogar, bist du doch genauso wichtig für sie. Da vermissen sie dich doch gerade! Ich habe auch eine Tante und weißt du, wie gern ich sie habe? Wenn wir uns treffen, geben wir uns nicht nur höflich die Hand. Wir umarmen uns und dann unternehmen wir was Tolles und quatschen wie alte Freundinnen. Ich finde es jedes Mal so blöd und traurig, wenn sie wieder heimfahren muss, weil sie nämlich auch ein ganzes Stück von uns entfernt wohnt und..."

„Hör auf!" Katharinas Ausruf kam so plötzlich und laut, dass Laura zusammenzuckte und stehen blieb.

Auch Katharina hielt an. Sie musste tief durchatmen. „Lass es einfach gut sein." Ihre Lautstärke senkte sich. „Bitte."

Wortlos starrte Laura sie an. „Ich...", begann sie zu stammeln. „Entschuldige, ich wollte nicht..."

„Schon gut. Lass uns ein Stück getrennt laufen, okay?"

Laura nickte. Ungern. Aber sie respektierte Katharinas Wunsch. „Soll ich ein Stück voraus gehen?"
„Ja, bitte."
Für einen kurzen Augenblick wartete sie, ob es sich ihre Weggefährtin vielleicht noch einmal anders überlegte und lieber reden wollte, statt allein zu sein. Doch sie stand unverändert. Laura lief weiter.
Wenige Minuten später erreichte Katharina die Windmühle. Ein kleiner hölzerner Glockenturm war neben ihr errichtet. Skulpturen freier Kunst schmückten die Anhöhe. Sie nahm ihren Rucksack ab und setzte sich auf eine Bank. Wunderschön war die Aussicht von hier oben. Zahlreiche kleine Wolken sorgten dafür, dass die Sonne nicht zu sehr brannte und dennoch angenehme Wärme spendete. Es war nicht nur ruhig. Es herrschte vollkommene Stille. Der Wind spielte mit ihren langen braunen Haaren.
Und endlich weinte Katharina.

Im Rittergut von Lampertswalde traf Laura auf Daniel und Peter. Sie hatten es sich auf einer Wiese des Parks unter einer großen Platane bequem gemacht und ihr Essen ausgepackt.
„Hi."
„Hallo", grüßte Daniel. „Wo hast du denn Katharina gelassen?"
„Sie wollte ein Stück allein gehen. Wie es halt manchmal so ist beim Pilgern. Kann ich mich zu euch setzen?"
„Klar", entgegnete Peter. „Warum fragst du?"
„Ach, nur so." Laura nahm Platz und zog ihre Flasche aus dem Rucksack. „Schön hier."

„Jo."

Vom Burgcafé tönte verhalten Musik zu ihnen. Eine Kellnerin verteilte Stuhlkissen und wischte die Tische ab. Schweigend sahen die Pilger ihr zu. „Ich mach mal ein paar Fotos." Die Kamera in der Hand, lief Laura ein paar Schritte, wählte einige Motive aus und kehrte schließlich wieder zu Daniel und Peter zurück. „Bis wohin wollt ihr heute noch laufen?"

„Wurzen", antwortete Peter.

„Wurzen? So weit? Das sind doch wieder fast vierzig Kilometer."

Daniel winkte ab. „Gestern sind wir nur so wenig gelaufen. Wir wollen uns mal wieder ein bisschen mehr bewegen."

„Dann gehört ihr also zur Gruppe der Sportpilger."

„Wenn du es so nennst."

„Was ist euer Ziel für heute?", fragte Peter.

„Dahlen. Wir haben es nicht so eilig mit dem Vorankommen."

„Das heißt also, dass wir uns heute zum letzten Mal sehen", sagte Daniel.

„Ja. Sieht ganz so aus", erwiderte Laura. „Schade."

Peter lächelte tröstlich. „Du hast ja noch Katharina, der du vorsingen und deine Gedichte aufsagen kannst."

„Und von Zeit zu Zeit findest du uns bestimmt in den Gästebüchern."

„Vielleicht statten wir sogar deinen Eltern einen Besuch ab."

„Dann grüßen wir sie natürlich von dir."

„Oh. Ja." Laura versuchte sich locker zu geben, obwohl ihr der Gedanke, dass die beiden zu ihren Eltern in die Herberge kommen wollten, alles andere als gefiel.

„Wollen wir weitergehen?", schlug Peter Daniel vor.

„Jo, gehen wir." Die Männer standen auf. „War wirklich schön, dich kennengelernt zu haben, Laura." Daniels Worte klangen ehrlich. „Grüß Katharina von uns."

„Klar, mach ich."

Sie hoben ihre Rucksäcke auf die Schultern. „Also dann", sagte Peter. „Mach's gut!"

„Ja, ihr auch."

Sie drehten sich um und gingen die ersten Schritte, als Laura sie plötzlich zurückhielt. „Darf ich euch noch was fragen?"

„Was denn?"

„Seid ihr ... also seid ihr ... ich meine ... also Katharina denkt ..." Sie fasste sich ein Herz. „Seid ihr zusammen? Also ich meine ... seid ihr ein Paar?"

Daniel und Peter schauten erst sich an und dann Laura. Sie lachten.

Also nicht!, dachte sie erleichtert. *Wusste ich es doch, dass Katharina Quatsch erzählt hat.*

„Du bist echt niedlich, Laura", sagte Daniel.

„Ja, das bin ich wohl", bestätigte sie leise und errötete.

„Deswegen sind wir doch auf diesem Weg. Wir wollten unseren Jahrestag mal ein bisschen anders feiern", erklärte Peter.

„Immerhin ist es jetzt schon der dritte", fügte Daniel hinzu.

Nun wurde Laura knallrot. *Die verarschen mich. Die verarschen mich!*

„Tut uns leid, dass wir nicht die üblichen Klischees erfüllen. Aber das haben schon viele zu uns gesagt."

„Wobei, zuhören können wir ja wirklich gut", grinste Daniel.
„Und lange duschen. Aber das liegt am Pilgern."
„Dann stimmt es also wirklich?"
„Ja, es stimmt."
„Okay." Mehr vermochte Laura nicht zu sagen.
„Lässt du uns jetzt gehen?", fragte Daniel.
„Ja. Klar. Natürlich. Tschüss, ihr zwei."
„Tschüss, Laura!" Gut gelaunt zogen sie ihrer Wege.
„Wirklich köstlich, wie sie herum gestammelt hat", hörte sie Daniel zu Peter sagen. Sie ließ sich auf den Rücken fallen und wünschte sich, tief im Erdboden zu versinken.

Eine ganze Weile, nachdem sich Katharina wieder beruhigt hatte und ihren Weg fortsetzte, erhielt sie eine SMS.

Hallo Katharina! Die Herbergen in Dahlen sind beide belegt. Wir können aber noch ca. sechs Kilometer weiter nach Börln ins Pfarrhaus gehen. Da ist Platz. Ich bin gerade in Lampertswalde. Soll ich auf dich warten oder treffen wir uns später? Liebe Grüße, Laura

Lächelnd tippte Katharina ihre Antwort.

Wir sehen uns in Börln. Danke, dass du dich darum gekümmert hast. Und schön, dass du mir mal eine Nachricht schreibst :) Bis nachher, Katja

Katharina setzte ihren Rucksack neben der Matratze ab, die Laura bereits für sie zurechtgeschoben hatte, und suchte die Waschsachen zusammen. Es war ein langer Weg gewesen, oft angenehm über Felder, mitunter aber auch an eintönigen Dorfstraßen entlang. Zwischendurch hatte es leicht genieselt. Sie war froh, endlich angekommen zu sein. Nachdem sie geduscht und sich um ihre Wäsche gekümmert hatte, gesellte sie sich zu Laura in den Pfarrgarten. Sie saß am Stamm einer kräftigen Linde. Auf ihren Oberschenkeln lag ihre braune Kladde. „Schreibst du wieder Tagebuch?"

„Nein, einen Brief an meine Eltern. Mein Papa hat sich heute zum dritten Mal beschwert, dass ich nicht anrufe. Aber ich telefoniere nun mal nicht gern. Lieber schreibe ich."

„Dann sollte ich dich wohl besser nicht stören."

„Ach Quatsch. Der Briefkasten wird sowieso erst morgen wieder geleert. Bleib ruhig." Laura legte ihr Schreibzeug zur Seite. „Ich soll dir liebe Grüße von Daniel und Peter ausrichten. Sie wollen heute noch nach Wurzen."

„So weit?"

Laura nickte. „Ich glaube, es ist auch besser so. Unser Treffen in Lampertswalde war ziemlich peinlich."

„Warum?"

„Weil ich die beiden gefragt habe, ob sie ein Paar sind."

„Und?"

„Sie sind es. Seit drei Jahren schon."

„Ist doch schön für sie", meinte Katharina.

„Ja, klar. Aber irgendwie finde ich es trotzdem komisch. Wenn ich mir vorstelle, wie die beiden ... ich meine, das ist doch ..." Laura wurde rot. „Ich konnte Daniel und Peter gar nicht mehr richtig in die Augen sehen. Nicht, dass ich intolerant bin, aber..."

„Schon gut. Ich verstehe, was du sagen willst. Wie war es sonst noch bei dir?"

„Ziemlich ruhig", erzählte Laura. „Wenn es was zu futtern gab, habe ich natürlich Pausen gemacht. Aber sonst bin ich einfach nur gelaufen. Schritt für Schritt."

„Gedichte hast du heute keine gelernt?"

„Nein, heute mal nicht. Ich hab eher ein bisschen nachgedacht. Über meine Familie. Und über dich." Sie hielt inne, um Katharinas Reaktion abzuwarten.

„Über mich?" Ihre Stimme klang beinahe erleichtert.

„Ja. Ich habe mich gefragt, ob es dir gut tut, alleine zu laufen."

Katharina pflückte ein Kleeblatt und zwirbelte es zwischen Daumen und Zeigefinger. „Es hat mir gut getan zu weinen."

Laura sagte nichts. Doch mit ihrem Blick gab sie der Freundin zu verstehen, dass sie ihr zuhörte und für sie da war.

„Robert und ich haben so viel Zeit miteinander verbracht. Wir sind zusammen aufgewachsen. Selbst als er Vater geworden ist, war ich immer ein Teil seiner Familie. Ich werde ihn schrecklich vermissen." Sie legte das Blatt zur Seite. „Ich habe versucht mir einzureden, dass er nicht aus der Welt ist. Dass wir uns an den Feiertagen und an den Geburtstagen sehen werden. Ich kann auch ab und an über das Wochenende zu ihm fahren oder Natalie und Thomas kommen mich und ihre Großeltern in den Ferien besuchen. Unsere Eltern wohnen auch in Vechta. Aber es wird trotzdem nicht mehr dasselbe sein. Es wird mir schwer fallen, mich daran zu gewöhnen." Katharina lächelte schwach. „Es ist gut, dass ich auf diesem Weg bin. Hier kann ich das Loslassen schon einmal üben. Und erleben, dass es trotzdem weiter geht."

„Ja", sagte Laura.

Einen Moment schwiegen sie.

„Hast du einen Freund?"

Katharina schüttelte den Kopf. „Nein. Nicht mehr. Und du?"

Laura verneinte. „Ich war mal in jemanden aus der Theater-AG verliebt. In der elften Klasse. Aber ich war bloß eine ganz normale Freundin für ihn." Die Erinnerung brachte sie wieder in Plauderlaune. „Das war ein Liebeskummer wie aus dem Bilderbuch, kann ich dir sagen! Ich wollte nicht mehr duschen, habe mir nur noch Schlabberklamotten angezogen, stundenlang vor der Glotze gehangen und Eis gelöffelt – oder gleich gar nichts mehr gegessen. Den ganzen Tag lang habe ich Rotz und Wasser geheult. Zuerst haben mich meine Eltern in Ruhe gelassen, aber nach einer Woche hatte mein Papa die Nase voll. Er hat mir so die Leviten gelesen, das kannst du dir gar nicht vorstellen! Verknallt war ich danach trotzdem noch, aber ich habe wenigstens versucht, wieder weitestgehend normal zu leben. Mit Betonung auf *versucht*." Sie grinste ein wenig. „Auch deswegen ist mein Abidurchschnitt so schlecht. Ich konnte und wollte mich einfach nicht mehr auf die Schule konzentrieren. Alles war irgendwie so sinnlos. Nur in den Fächern, die mir Spaß gemacht haben, konnte ich mich ablenken."

„Was für einen Schnitt hast du denn?"

„Zwei Komma Neun", antwortete Laura etwas kleinlaut.

„Das geht doch noch. Hauptsache, du hast überhaupt das Abitur."

„Ich hätte es aber auf eine gute Zwei schaffen können. So schlecht war ich eigentlich nicht. Aber was soll's. Die Ziegen werden sich trotzdem von mir melken lassen."

„Und was ist aus dem Jungen geworden?"

„Keine Ahnung. Er hat ein Jahr vor mir Abi gemacht. Danach habe ich ihn nicht mehr gesehen. Ich glaube aber, das war ganz gut so. Aus den Augen, aus dem Sinn, nicht wahr?" Kaum hatte sie die Worte gesagt, lief Laura auch schon knallrot an. „Also, ich meine natürlich auf den Typen aus meiner Schule bezogen. Nicht auf deinen Bruder oder deinen... Oh Mann, heute trete ich wirklich von einem Fettnapf in den anderen."

Sie entschuldigte sich, doch Katharina war ihr keineswegs böse. Sie lächelte sogar. „Heißt das, du bist über ihn hinweg?"

„Ich weiß nicht. Ich habe mich seitdem nicht noch einmal verliebt. Aber das Ganze ist ja auch erst ein Jahr her und die Kerle aus meinem Jahrgang waren nicht gerade der Renner. Wenn ich ihn allerdings noch mal sehen sollte, irgendwo ganz zufällig und er auch keine Freundin hätte..." Plötzlich streckte Laura ihre Beine aus und verschränkte die Hände vor der Brust. „Ach, was weiß ich! Hier werde ich ihn jedenfalls nicht sehen. Wandern und Pilgern waren nie sein Ding. Überhaupt war er manchmal ganz schön eingebildet. Wegen der Hauptrolle, die er im Stück gespielt hat und weil auch so viele andere Mädels in ihn verschossen waren. Und wahrscheinlich auch ein paar Jungs." Sie lachte und Katharina stimmte in ihr Lachen ein. Es war nicht so ausgelassen und fröhlich wie ihr Gelächter im Wald hinter Schwosdorf, doch es war ebenso befreiend.

„Hast du schon gegessen?", fragte Katharina, nachdem sie sich beruhigt hatten.

„Nein. Aber ich bekomme langsam Hunger."

„Wollen wir wieder zusammenlegen?"

„Klar."

„Dann kümmere ich mich um das Abendessen, damit du deinen Brief zu Ende schreiben kannst. Sonst beschwert sich dein Vater noch bei mir, dass ich dich von deinen töchterlichen Pflichten abhalte."

Bad im Steinbruch

Katharina erwachte davon, dass die Tür geschlossen wurde. Vor ihr lag ein Blatt Papier mit dünnen hellblauen Linien und Rissspuren am Rand. Es war eine Seite aus Lauras Tagebuch.

Guten Morgen, Katharina!
Ich bin seit viertel sechs wach und konnte nicht mehr einschlafen. Darum gehe ich schon mal los. Mit dem Schlüssel ist es wie in Weißenberg: einfach in den Briefkasten werfen.
Du findest mich beim nächsten Obstfrühstück oder (wahrscheinlicher) irgendwo am Wegrand liegend, wenn die Müdigkeit zurückgekehrt ist. Dann darfst du mich aber gerne wecken. :)
Einen schönen Tag dir und bis später,
deine Laura

Katharina lächelte. Dieses Mal würde sie die Nachricht nicht zerknüllen und in den Papierkorb werfen, sondern als Erinnerung in ihrem Pilgerführer aufbewahren. Sie faltete das Blatt zusammen und schaute auf die Uhr. Kurz nach halb acht. Die Sonne schien durch das Fenster. Die Wiese war noch nass vom nächtlichen Regen. Alles sah frisch und gesund aus. Es war ein wirklich schöner Tag. Sie aß eine Kleinigkeit und blätterte im Gästebuch. Als sie mit ihrem Frühstück fast fertig war, klingelte ihr Handy. Ein Blick auf das Display verriet ihr, dass es Robert war.

Der Morgen war ruhig und friedlich. In angenehmer Wärme schien die Sonne. Es machte Katharina nichts aus, am Rande einer Dorfstraße laufen zu müssen. Solange sie überhaupt in Bewegung sein durfte, ging es ihr gut. Das Pilgern war schön. Kurz vor dem nächsten Dorf bog der Weg nach links ab. Zuerst ging es über eine Wiese, dann an einem Waldrand entlang. Sie hielt Ausschau nach Laura. Doch weil sie keine Heidelbeerbüsche entdeckte, brauchte sie in diesem Wald auch nicht mit ihrer Weggefährtin zu rechnen.

Am Ende des Waldes kam Katharina auf einen Feldweg. Vor ihr erhob sich eine Anhöhe, über die ein schmaler Trampelpfad führte. Neugierig stieg sie hinauf. Vor ihr lag ein stillgelegter Steinbruch mit so klarem Wasser, wie sie es schon lange nicht mehr gesehen hatte. Es spiegelte den strahlend blauen Himmel und glitzerte in der Sonne. Ringsum wuchsen Birken und Sanddornsträucher; an einigen Stellen des Sees war das Ufer jedoch flach und zugänglich.

Hier die nackten Füße ins Wasser stellen, ging es Katharina durch den Kopf. Im nächsten Moment zuckte sie die Schultern. „Warum eigentlich nicht?", sagte sie zu sich selbst. Den Pilgerweg hinter sich lassend stieg sie hinab zum Wasser.

Laura saß auf einer Bank unterhalb der Kirche eines kleinen Dorfes namens Körlitz. Es war fast Mittag und hinter ihr lag ein langes Stück Feldweg. Sie hatte ihre Beine auf der gegenüberliegenden Bank abgelegt. Ihr Tagebuch war aufgeschlagen, doch viel hatte Laura an diesem Tag noch nicht hineingeschrieben. Sie war müde und ärgerte sich, dass sie an den Feldern keinen passenden Schlafplatz gefunden hatte. Sie beschloss, an Ort und Stelle auf Katharina zu warten. Sie hatten noch nicht abgesprochen, in welche Herberge sie gehen wollten und sie hatte keine Lust zu telefonieren.

Die Straße war lang und gerade. Laura sah sie schon von Weitem kommen. Vor allem aber sah sie, wie Katharina strahlte. Sie wirkte nicht nur ausgeglichen und zufrieden, sondern vollkommen glücklich. Ein vergnügtes Lächeln zog sich über ihr Gesicht. „Hallo!" Sie setzte sich zu ihr. „War wohl nichts mit dem Schlaf-Raffen-Land?"

„Schlaf-Raffen-Land?"

„Gut, nicht? Habe ich mir gerade eben ausgedacht."

„Ach so! Na, ein Glück, dass ich die Beine schon oben hatte, so flach wie der jetzt kam", entgegnete Laura. „Nein, mit Obst und Schlafplätzen sah es heute wirklich schlecht aus."

Katharina wartete darauf, dass ihre Freundin wie immer munter von ihrem Tag zu erzählen begann. Doch dieses Mal schwieg sie und starrte vor sich ins Leere. „Was hast du?"

Statt einer Antwort presste Laura die Lippen fest aufeinander.

„Warum bist du so still? Was ist los?"

Laura wirkte, als ob sie sich schämte. „Ich habe meine Tage bekommen", sagte sie schließlich leise.

„Hast du Schmerzen?"

„Nein. Es ist eher … was Psychisches. Eine Kopfsache, weißt du?"

„Wie meinst du das?" Katharina war wirklich überrascht, die sonst so quirlige Pilgerin ernst und verschlossen zu erleben.

„Na ja … es ist dieser Gedanke, da … zu bluten. Immer wieder, jeden Monat. Das ist so … ich fühle mich da immer so unwohl... so schmutzig. Ich kann sowieso schon kein Blut sehen, und dann muss ich mich jedes Mal fünf oder sechs Tage darum... kümmern. Das ist so furchtbar... so ekelhaft. Ich widere mich selbst an." Sie zog ihre Knie an den Körper und schlug die Arme um sie. Katharina sah, dass sie den Tränen nahe war. „Es gibt da Völker in Afrika, wo sich die Frauen regelrecht verstecken müssen, wenn sie ihre Tage haben. Sie dürfen sich nicht vor ihren Männern zeigen, weil sie dann unrein sind. *Unrein.*" Laura vergrub ihr Gesicht in den Armen. „Am liebsten würde ich mich jedes Mal auch verstecken. So lange, bis es vorbei ist."

„Bist du deswegen heute Morgen allein aufgebrochen?"

„Ja. In der Nacht ist es plötzlich losgegangen, ohne dass ich es bemerkt habe. Ich war nicht vorbereitet. Es kommt immer noch unregelmäßig, weißt du? Ich musste erst mal ins Bad und..." Laura schaute auf ihre kurze Schlafanzughose, die locker an ihrem Rucksack hing.

„Es ist so ätzend! Ich versuche immer, es mir nicht anmerken zu lassen. Aber hier auf dem Pilgerweg klappt das irgendwie nicht. Es ist, als würde mir der Weg sagen: Hör endlich auf, dir etwas vorzumachen. Sei einfach so, wie du bist. Echt zum Kotzen. Ich hatte nicht vor, mir das Pilgern von dieser Sache verderben zu lassen. Am liebsten würde ich auf der Stelle nach Hause fahren."

„Hast du schon einmal mit jemandem darüber gesprochen?"

„Nein. Bis jetzt habe ich es immer nur meinem Tagebuch anvertraut. Aber es ist ja immer wieder dasselbe. Deswegen steht da meistens nur noch so was wie: *Scheiße, ich hab es wieder.*" Sie schaute ihrer Freundin in die Augen. „Jetzt weißt du, was mit mir los ist." Im nächsten Moment wandte sich Laura ab.

Katharina forderte sie auf, sie wieder anzusehen. „Hör mir zu." Ihre Stimme klang freundlich, doch entschieden. „Du bist weder schmutzig noch ekelhaft noch unrein. Du bist eine Frau, wie sie die Natur oder meinetwegen auch Gott geschaffen hat. Und die Natur oder Gott haben sich etwas dabei gedacht, dass du einmal im Monat eine Blutung hast. Es ist nervig, aber es ist kein Grund, sich schlecht zu fühlen und sich zu schämen. Oder sich gar zu verstecken. Du bist nicht krank, wenn du deine Tage hast. Ganz im Gegenteil: Du bist kerngesund! Wenn du es willst, kann ein Kind in dir heranwachsen, aus einer winzig kleinen Eizelle, die sich in deinem Bauch einnistet. Ein Kind, das ein Teil von dir ist und doch ein völlig eigener Mensch. *Das* nenne ich ein Wunder. Alles, was dein Körper tut, ist sich darauf vorzubereiten. Dass du einmal im Monat etwas Blut verlierst, sagt dir lediglich, dass du noch nicht den richtigen Mann für dein Kind gefunden hast und dass dir Pilgerwege und Ziegen im Moment wichtiger sind als unruhige Nächte und volle Windeln."

„Ich soll es also positiv sehen?"

„Ganz genau. Sieh es als etwas Gutes. Es macht dich zur Frau und irgendwann zu einer Mutter, wenn du es willst. Es ist ein Teil von dir. Ein sehr wichtiger Teil. Also nimm es an. *Nimm es einfach an.*" Sie machte ein bedeutungsvolles Gesicht.

Laura verstand – und lächelte. Katharina legte den Arm um ihre Schulter und zog sie an sich. „Du bist richtig, so wie du bist. Und an die kleinen Unannehmlichkeiten gewöhnst du dich. Wenn du dich auf deinen Körper konzentrierst, kannst du sogar lernen, seine Zeichen zu deuten, die er dir kurz vorher schickt. Wenn du möchtest, gebe ich dir ein paar Tipps. Aber natürlich kannst du auch jederzeit deinen Frauenarzt danach fragen. Zur Vorsorge warst du doch hoffentlich schon, oder?"

Laura war sich nicht sicher, ob Katharina ihre Frage ernst oder ironisch meinte.

„Auch, wenn du zur Zeit keinen Freund hast. Du bist achtzehn. Einmal im Jahr solltest du wenigstens gehen. Und aller zwei Jahre zum Hautcheck zu deinem Hautarzt. Wo wir gerade beim Thema sind." Sie grinste.

Laura schüttelte den Kopf. „Du bist so eine Nervensäge."

„Vielen Dank für das Kompliment. Hast du Hunger?" Katharina zog eine Packung Butterkekse aus dem Rucksack. „Hier, bedien dich."

„Danke. Wie war dein Tag bis jetzt?"

„Schön. Hast du den Steinbruch gesehen?"

„Ja. Ich habe eine Weile auf dem Hügel am Weg gesessen und über das Wasser geschaut. Fotos habe ich natürlich auch gemacht, aber nur zwei, weil es mir ja nicht so gut ging." Sie nahm sich noch einen Keks.

Katharina tat es ihr gleich. „Ich habe in ihm gebadet."

„Du warst schwimmen?"

„Ja."

„Aber hast du nicht erzählt, du hast keine Badesachen mit?"

„Ganz genau." Sie musste lachen. „So etwas Verrücktes habe ich nicht mehr getan, seit ich so alt war wie du."

„Moment. Du gehst ohne Klamotten in ein unbekanntes Gewässer, ohne jemanden zu haben, der auf deinen Rucksack aufpasst und mit dem Wissen, dass jederzeit Leute vorbeikommen können? Bist du das, Katharina?"

„Jetzt werd' nicht frech!" Sie stieß Laura in die Seite. „Es war wirklich schön. Und meine Sachen waren noch nicht so verschwitzt wie deine in Glaubitz." Plötzlich klingelte ihr Handy. „Entschuldige bitte." Das Telefon in der Hand entfernte sich Katharina ein paar Schritte. Laura fand es toll, sie so glücklich zu sehen.

„Hast du dir schon Gedanken wegen der Herberge gemacht?", fragte sie, nachdem sie wieder zurückgekehrt war.

„Ich würde gern mal wieder in eine private Herberge gehen", antwortete Laura. „In Machern hat eine Frau ein Zimmer mit zwei Betten. Aber bis dahin ist es noch ziemlich weit."

„Lass uns in eins der Pfarrhäuser nach Wurzen gehen", schlug Katharina vor. „Dann kannst du dich über den Nachmittag nochmal hinlegen und ein bisschen schlafen. Wenn ich dich heute Abend zum Essen einlade, sollst du nämlich ausgeruht sein."

Katharina hatte ein indisches Restaurant gewählt. Eine Kellnerin in rotem Sari nahm ihre Bestellung entgegen. An der Wand hinter Laura hing ein Bild mit einer Tanzszene aus einem Bollywoodfilm. „Wenn meine Mutter hier wäre, könnte sie uns sagen, wie der

Film heißt und worum es in ihm geht", erzählte Katharina. „Sie liebt diese Filme."

„Waren die nicht immer schrecklich lang?"

„Kommt darauf an, ob du drei Stunden als lang empfindest."

„Also wenn da bloß gesungen und getanzt wird, schon. Wobei indische Musik eigentlich schön ist. Zumindest, wenn man nicht auf Dauer damit beschallt wird. Und das Essen ist natürlich auch super lecker."

Die Kellnerin brachte jedem ein Glas Mango-Eistee.

„Warum hast du mich eigentlich zum Essen eingeladen?"

Katharina lächelte. „Weil ich heute Geburtstag habe."

„Heute ist dein Geburtstag?" Vor Staunen blieb Laura der Mund offen stehen. „Warum hast du das denn nicht früher gesagt?" Sie sprang auf und schloss Katharina fest in die Arme. „Alles, alles Gute!"

„Danke."

Laura setzte sich wieder. „Mensch, jetzt habe ich gar kein Geschenk für dich."

„Dass du hier bist, ist Geschenk genug", versicherte Katharina. Sie hob ihr Glas. „Stoßen wir an?"

„Natürlich! Auf das Geburtstagskind!" Sie sahen sich in die Augen und ließen ihre Gläser klirren.

„Erzähl mal, wer hat dich heute alles angerufen, um dir zu gratulieren?"

„Mein Bruder, meine Eltern, meine beste Freundin und mein Großvater. Ein paar andere Freunde und Kollegen haben mir Nachrichten geschrieben. Sie finden es schade, dass ich gerade so weit weg von zu Hause bin, aber ich... Was hast du?"

Plötzlich hatte Laura sie nicht mehr angesehen, sondern an ihr vorbei Richtung Eingang. Ein strahlendes Lächeln breitete sich auf ihrem Gesicht aus. „Rate mal, wer eben hier rein gekommen ist."

Katharina drehte sich um. Sie erblickte die Kellnerin, die zwei Gästen einen Platz zuweisen wollte. Es waren Elisabeth und Rüdiger. „Hab ich dir nicht gesagt, wir sehen sie wieder?" Fröhlich sprang Laura von ihrem Stuhl und lief auf die Pilgerfreunde zu. „Hallo ihr zwei!" Einen nach dem anderen schloss sie in die Arme. „Katharina hat heute Geburtstag", verriet sie.

„Das ist ja eine tolle Überraschung!" Mit einem „Herzlichen Glückwunsch" drückten Elisabeth und Rüdiger sie fest an sich. „Schön, euch wieder zu sehen!", sagte Elisabeth.

„Oh ja, das finde ich auch", versicherte Laura.

„Wollt ihr euch nicht zu uns setzen? Wir haben noch zwei freie Plätze an unserem Tisch."

„Aber gern", nahm Rüdiger Katharinas Einladung an.

Die Kellnerin folgte ihnen an den Platz. „Haben Sie schon einen Getränkewunsch?"

„Ich empfehle euch den Mango-Eistee", sagte Laura.

Elisabeth und Rüdiger sahen sich an. „Gut, dann zweimal Mango-Eistee, bitte."

Es fiel Laura nicht leicht, sich zu gedulden, bis die beiden die Speisekarte studiert und sich für ein Gericht entschieden hatten. Kaum standen auch ihre Getränke auf dem Tisch, forderte sie alle auf, noch einmal anzustoßen. „Auf Katharina!"

„Auf unser Wiedersehen", fügte das Geburtstagskind hinzu. Danach tauschten sie ihre Erlebnisse der vergangenen Tage aus. Elisabeth und Rüdiger hatten einen erholsamen Aufenthalt in Riesa gehabt und waren am darauf folgenden Tag nach Dahlen gepilgert.

„Sieht ganz so aus, als ob wir euch wieder die letzten beiden freien Plätze in der Pension vor der Nase weggeschnappt haben", meinte Rüdiger.

Laura winkte ab. „In Börln war es auch schön."

„In welcher Herberge seid ihr heute?", fragte Katharina.

„Im evangelischen Pfarramt", antwortete Elisabeth.

„Wir sind im katholischen", erzählte Laura.

„Am Ortseingang, nicht? Da wollten wir eigentlich auch hin. Aber irgendwie müssen wir daran vorbei gelaufen sein."

„Ist nicht schlimm", fand Laura. „Solange wir uns nur überhaupt wieder getroffen haben."

„Geht ihr morgen auch nach Leipzig?"

„Ja", sagte Elisabeth. „Wir werden aber bei unserem Sohn übernachten und noch einen Tag bleiben, um uns die Stadt anzusehen."

„Darum wollten wir heute noch einmal essen gehen, weil es schließlich unser letzter richtiger Abend als Pilger ist."

„Stimmt. Danach ist euer Urlaub ja schon vorbei", erinnerte sich Katharina.

„Ja", bedauerte Rüdiger.

„Aber nächstes Jahr steigen wir in Leipzig wieder ein und pilgern den zweiten Teil nach Vacha", verkündete Elisabeth feierlich. „Es war wirklich eine tolle Erfahrung, diesen Weg zu gehen."

„Allerdings!", rief Laura aus. „Vor allem, wenn man so tolle Freunde hat."

„Dann werden nächstes Jahr wohl wir diejenigen sein, die eure Spuren in den Gästebüchern verfolgen", sagte Elisabeth.

„Na klar! Und vergesst nicht, in Naumburg zu uns in die Herberge zu kommen! Wenn ich selber auch wahrscheinlich gar nicht da bin. Aber vielleicht ist dann gerade Ziegenkäse im Haus, den ich gemacht habe. Ich habe mir nämlich vorgenommen, meinen Eltern regelmäßig ein großes Fresspaket vorbeizubringen."

„Dann ist der Ziegenhof gar nicht so weit von euch entfernt?", fragte Elisabeth.

„Nein. Um die 35 Kilometer müssten es ungefähr sein. Jedes zweite Wochenende fahr ich bestimmt nach Hause." Wieder begannen Lauras Augen vor Vorfreude zu strahlen, als sie von ihrem baldigen Freiwilligenjahr erzählte. „Das wird spitze, wenn ich den Spieß einmal umdrehe und meine Eltern mit Essen versorge anstatt sie mich."

Halbzeit

Nach Leipzig liefen sie gemeinsam. Stadtauswärts führte der Weg an einem Kanal entlang. Neben den üblichen Muschelmarkierungen entdeckte Laura noch andere Pfeile und kleine Füße, die mit gelber Farbe auf Bäume und Steinplatten gemalt waren. Entzückt hielt sie sie mit ihrem Fotoapparat fest. Ebenso lange blieb sie an einem großen Stück Wiese stehen, auf dem Alpakas grasten.

Alle hatten gute Laune und plauderten munter durcheinander. In Machern nahmen sie einen Abstecher zum Schlosspark. Sie suchten sich einen schönen Flecken am See aus und legten ihr Essen zu einem großen Picknick zusammen. Die kleine Stadt verlassend passierten sie einen Golfplatz. Sie liefen eine Weile über ein Feld und bogen danach in einen Wald ein. Es begann zu regnen, doch hielten die Bäume und ihre Regenjacken die gröbste Nässe gut ab.

In der letzten Ortschaft vor Leipzig setzten sich die vier Pilger in ein Café. Laura bestellte eine heiße Schokolade und ein Stück Quark-Mandarinen-Torte (Bienenstich war nicht im Angebot), Katharina einen Cappucchino und ein Stück Apfel-Mohnkuchen und Elisabeth und Rüdiger jeweils eine Tasse Kaffee und ein Stück Kirschkuchen. Sie saßen wesentlich länger, als sie zum Essen eigentlich brauchten und alle wussten warum. Nur wagte es keiner auszusprechen: Dass nach wenigen Kilometern ihr Abschied nahte.

Auf der Autobahnbrücke blieben sie stehen. Sie schauten den rasenden Autos nach, blickten zurück auf ihren Weg und nach vorn auf Leipzig.

„Tja", sagte Laura nach einer langen Zeit, in der sie einfach nur geschwiegen hatten. „Die Hälfte haben wir geschafft. Könnt ihr euch vorstellen, dass wir von Görlitz bis hierher alles gelaufen sind? Fast zwei Wochen lang. Über zweihundert Kilometer. Echt krass."

„Wirklich schade, dass die Reise für dieses Jahr vorbei ist", meinte Elisabeth. Das hatte sie an diesem Tag schon mehrmals gesagt, aber trotzdem stimmten ihr alle zu.

Nachdem er für eine Weile nachgelassen hatte, wurde der Regen wieder stärker. Katharina zog ihre Kapuze über den Kopf.

„Der Regen passt gut zu unserer Stimmung, findet ihr nicht auch?" Laura wirkte richtig traurig.

„Na los, kommt", forderte Elisabeth die anderen auf. „Bevor wir alle noch ganz durchnässt werden."

Die Herberge befand sich kurz hinter dem Ortseingang von Leipzig. Der freundliche Pfarrer zeigte Katharina und Laura ihre Herberge. Der Schlafraum war eine lange Dachkammer im Gemeindehaus, zu der sie über eine Gittertreppe gelangten. Unten gab es eine Dusche und eine Küche. Auch Elisabeth und Rüdiger sahen sich die Herberge an. „Ich werde Sie gleich mit dem Auto zur Straßenbahnhaltestelle bringen", erklärte der Pfarrer. „Ich muss sowieso noch einmal in die Richtung. Da müssen Sie nicht noch den Kilometer durch den Regen laufen. In welchem Stadtteil wohnt denn Ihr Sohn?"

„In Plagwitz", antwortete Rüdiger. „Direkt am Karl-Heine-Kanal."

„Das ist eine schöne Ecke", meinte der Pfarrer. Obwohl die beiden nicht in seiner Herberge übernachteten, drückte er ihnen einen Stempel in den Pilgerausweis. „Geben Sie mir Ihre Rucksäcke. Dann bringe ich sie schon mal ins Auto."

Während sich Rüdiger zuerst von Laura verabschiedete, trat Elisabeth zu Katharina. Sie schlossen sich fest in die Arme und wünschten sich von Herzen alles Gute. Als sich Elisabeth der jüngsten Pilgerin in ihrem Kreis zuwendete, konnte Laura ihre Tränen nicht mehr zurückhalten. „Wir sagen dir rechtzeitig Bescheid, wann wir in Naumburg eintreffen", tröstete sie. „Dann kannst du es dir vielleicht einrichten, an dem Tag zu Hause zu sein."

„Ja, macht das auf alle Fälle."

Auf dem Hof hörten sie die Schritte des Pfarrers. „Also dann ... Macht's gut, ihr zwei", sagte Rüdiger.

„Kommt gut nach Vacha." Ein letztes Mal winkten sie einander zu. Dann verschwanden Elisabeth und Rüdiger hinter dem hölzernen Tor.

Katharina legte ihren Arm um Laura. Auch sie bedauerte die Trennung von den Weggefährten, wenngleich sie deswegen nicht weinen musste.

Laura lehnte sich an ihre Schulter. „Die zwei waren echt nett", schniefte sie. „Hoffentlich klappt es, dass sie nächstes Jahr nach Naumburg kommen."

„Warum sollte es nicht klappen? Bei den ganzen Geschichten, die du mir bisher von Pilgern erzählt hast, werden sie dir am Ende noch irgendwo über den Weg laufen, wo du gar nicht mit ihnen rechnest."

„Stimmt." Sie zog ein Taschentuch aus ihrer Hose und schnäuzte sich. „Oh Mann, ich darf gar nicht daran denken, wie es mir gehen wird, wenn wir erst mal in Vacha angekommen sind. Ich werde dich echt vermissen."

„Heißt das, du möchtest, dass wir bis dahin zusammen laufen?"

„Na klar", rief Laura sofort. „Also natürlich nur, wenn du es auch möchtest. Beim Pilgern ist das ja immer so eine Sache. Ich meine, ich hätte auch mal wieder Lust, einen Tag lang nur mal für mich zu sein, aber wenn wir uns abends in den Herbergen wiedertreffen, so wie wir es bis jetzt meistens gemacht haben, wäre es doch wirklich schön, oder?"

„Es wäre sehr schön."

Laura hörte auf zu weinen. „Also abgemacht?" Sie reichte ihr die Hand.

„Abgemacht." Katharina schlug ein. „Und wenn du mal ein paar Tage Urlaub hast, kommst du mich in Vechta besuchen."

Als Laura frisch geduscht nach oben kam, saß Katharina auf ihrer Matratze. In der Hand hielt sie das aufgeschlagene Gästebuch. „Dreimal darfst du raten, wer auch hier war."

Laura strich sich die nassen Haare hinter die Ohren und setzte sich zu ihr. „Daniel und Peter?"

„Ich dachte, du bist über sie hinweg?"

„Über sie hinweg? Da war doch nie was."

„Sicher?" Katharina schmunzelte. „Du hast falsch geraten. Zweiter Versuch."

Sie überlegte. „Die beiden Pilger, die den Zaun gestrichen haben. Maik und..."

„Wieder falsch."

„Adele?"

„Auch nicht. Verloren." Katharina klappte das Buch zu.

„Hey!" Laura zog es ihr aus der Hand und schlug es wieder auf."

„Letzter Eintrag."

„Erich!" Interessiert las sie seinen Gruß. „Von dem haben wir lange nichts mehr in den Gästebüchern gefunden. Ob wir ihn bis Vacha noch einholen? Ich würde ihn wirklich gerne kennenlernen."

„Wer weiß?" Katharina suchte ihre Waschsachen zusammen. „Dann geh ich jetzt mal."

Als sie nach einer halben Stunde zurückkehrte, lag Laura auf dem Bauch und schrieb Tagebuch. „Katharina", fragte sie, „was vermisst du eigentlich beim Pilgern? Ich meine jetzt materielle Sachen und so was."

„Was ich vermisse?" Sie musste nicht lange überlegen. „Ich würde gern mal wieder ein hübsches Kleid anziehen und nicht immer nur die gleichen praktischen Wanderklamotten. Es wäre auch schön, mal wieder in die Badewanne zu gehen. Mit einem duftenden Badesalz. Und sich danach gemütlich aufs Sofa zu legen und einen Film zu schauen. Oder einfach nur Musik zu hören und ein Glas Wein zu trinken. Wobei es uns an Wein nicht gerade mangelt hier auf dem Pilgerweg." Katharina warf einen Blick auf ihre Matratze. „Mein Bett vermisse ich auch ziemlich. Und mein Fahrrad. Mein Auto. Meine Küche. Meinen Liegestuhl auf der Terrasse. Ich glaube, ich vermisse so ziemlich alles, was ich zu Hause habe."

„Und was fehlt dir überhaupt nicht?"

„Mein Wecker", antwortete Katharina sofort.

Sie lachten.

„Und Patienten, die sich nicht waschen, bevor sie zu mir in die Sprechstunde kommen."

„Iieh!" Laura schüttelte sich.

„Auf den ganzen Bürokram, der mit meinem Beruf verbunden ist, kann ich auch wunderbar verzichten. Und auf die dreihundert Tage Regen, die wir im Jahr bei uns haben."

„Ist es wirklich so viel?"

„Fast. Aber ich mag meine Heimat trotzdem. Jetzt du. Was vermisst du am meisten beim Pilgern?"

„Meine Musik. Ich habe hundertmal darüber nachgedacht, ob ich meinen iPod mitnehme oder nicht. Ich wollte mich beim Pilgern nicht abschirmen, gerade, wenn ich mitten in der Natur bin. Außerdem kann ich ja jederzeit selbst singen. Aber beim Schreiben fehlt mir die Musik schon. Das ist eigentlich das einzige, was ich wirklich beim Pilgern vermisse. Andere Klamotten und eine Badewanne wären natürlich nett, aber ich halte es auch sehr gut ohne aus."

„Welche Musik hörst du gern?"

„Ach, alles Mögliche. Was gerade in den Charts ist, Rock, Pop, Folk. Klassik auch, aber eher die neuere, also nicht Mozart und Beethoven und so was. Gerade höre ich viel aus dem Norden, also ich meine, vor dem Pilgern habe ich das viel gehört. Strömkarlen, Eivør, Valravn, Ólafur Arnalds … Ólafur Arnalds hab ich hoch und runter gehört, als ich Liebeskummer hatte. War aber keine gute Idee. Da sind mir manchmal nämlich ein paar ganz schön gruselige Gedanken gekommen. So von wegen … na ja, du weißt schon. Aber den kennst du bestimmt gar nicht, oder? Und auch die anderen nicht, stimmt's? In meiner Schule haben die jedenfalls nur wenig gekannt und wenn, dann meistens erst durch mich."

„Doch. Die letzten drei kenne ich."

„Und magst du sie?"

„Ja." Katharina stand auf. „Ich habe Hunger. Was hältst du davon, wenn ich uns etwas zu essen hole? Vielleicht gleich eine Fertigsuppe aus der Dose? Und für jeden noch einen Jogurt zum Nachtisch? Dann hast du noch ein bisschen Ruhe zum Tagebuchschreiben."

„Äh ... ja, klar", erwiderte Laura vom plötzlichen Themenwechsel überrascht.

„Prima." Sie steckte ihr Handy und ihr Portemonnaie in ihre Tragetasche. „Ich hätte Appetit auf Erbsen- oder Bohneneintopf."

„Klingt beides gut."

„Und hast du einen besonderen Jogurtwunsch?"

„Ananas, wenn es welchen gibt. Ansonsten Pfirsich-Maracuja oder so was in der Art."

„Ich schaue mal, was der Supermarkt zu bieten hat. Bis später."

Fragend schaute Laura ihrer Pilgergefährtin hinterher. Warum hatte Katharina das Gespräch so schlagartig abgebrochen?

Die lächelnde Muschel

Am nächsten Morgen brachen sie getrennt auf, doch lagen nur wenige Hundert Meter zwischen ihnen, sodass Laura ihre Pilgergefährtin die meiste Zeit im Blick hatte. Sie fand es ganz praktisch, durch Katharina so etwas wie eine lebendige Markierung zu haben. Viele Pilger legten die neun Kilometer lange Strecke bis zum Zentrum mit der Straßenbahn zurück, hatte sie nicht nur vom Pfarrer, sondern auch von den Gästen in der Herberge ihrer Eltern gehört. Aber da sie sich über Nacht hatten ausruhen können, hatten sie beschlossen, die Strecke zu Fuß zu gehen. Es störte Laura nicht, durch die Großstadt zu laufen. Das große Einkaufscenter, eine Kleingartenanlage, ein Sportplatz, zahlreiche kleine Geschäfte und natürlich viele, viele Menschen machten ihren Weg interessant und abwechslungsreich. Die meisten Leute schauten Laura befremdet an, doch jedem einzelnen lächelte sie freundlich zu. Das einzige, was sie nicht mochte, war der harte Asphalt.

Bereits nach den ersten Kilometern spielte Katharina mit dem Gedanken, an der nächsten Haltestelle in eine der Straßenbahnen einzusteigen, die im Fünfminutentakt an ihr vorbei fuhren. Nachdem sie in den letzten beiden Wochen die meiste Zeit durch Wälder, über Felder und durch kleine Dörfer gewandert war, in denen es ruhig und still zuging, wirkten der Lärm und die Hektik der Großstadt auf sie umso lauter. Ohnehin war Katharina nicht der Großstadtmensch, weshalb es für sie nie in Frage gekommen war, nach ihrem Studium in Bremen zu arbeiten. Sie fühlte sich in der Menge verloren, fremd und einsam. Es war schrecklich, dass ein Großteil der Einwohner sie anstarrte, weil sie mit einem großen Rucksack und schweren Wanderschuhen durch die Stadt lief. Ob sie überhaupt wussten, dass ein Pilgerweg durch Leipzig führte? Wenn sie nur bald den Zoologischen Garten erreichte, von dem aus der Weg für den Rest der Etappe nur noch durch das Grüne führte. Oder sollte sie vielleicht doch an der nächsten Straßenbahnhaltestelle einsteigen? Aber würde sich das nicht seltsam, wenn nicht sogar falsch anfühlen, nachdem sie zwei Wochen lang immer nur gelaufen war?

Unsinn. Sie war schließlich freiwillig hier und keineswegs verpflichtet, das ganze Stück zu laufen. Andererseits – würde sie wieder auf den Pilgerweg zurückfinden? Hier half ihr die gezeichnete Karte im Pilgerführer erst recht nicht weiter und sicherlich würden auch die Leipziger nicht viel damit anzufangen wissen, wenn sie den Weg überhaupt kannten. Außerdem tat es ihr gut zu laufen. Die ganze Zeit ging es geradeaus, das Zentrum war bereits ausgeschildert. Auf die Muschelzeichen achtete sie nur noch mit halbem Auge. Seit dem Gespräch mit Laura über ihre Lieblingsmusik war sie mit ihren Gedanken ohnehin wieder ganz woanders. Nämlich dort, wo sie schon die ganze Zeit war, seit sie sich auf den Pilgerweg begeben hatte.

„Entschuldigung?"

Katharina schaute auf.

Eine Frau, die kaum älter als sie war und einen Strauß Blumen in der Hand hielt, hatte sie eingeholt. „Darf ich Sie kurz ansprechen? Sie sind Pilgerin, oder?"

„Äh … ja", entgegnete Katharina überrascht.

„Dann muss ich Ihnen sagen, dass Sie einen Abzweig verpasst haben. Vor zwei Straßen hätten Sie nach rechts abbiegen müssen. Hoch auf die Eisenbahnstraße. Das ist aber auch schwierig, diese kleinen Muschelzeichen zu finden. Bei den vielen Werbeplakaten und Schmierereien hier."

„Ja, es ist wirklich nicht immer leicht. Da muss ich wohl wieder ein Stück zurück gehen."

„Nein, das müssen Sie nicht. Gehen Sie einfach an der nächsten Kreuzung nach rechts, da kommen Sie direkt auf die Eisenbahnstraße. Ich muss weiter, dort hinten kommt meine Bahn. Alles Gute für Sie! Auf Wiedersehen."

„Wiedersehen. Und danke!", rief Katharina der Frau hinterher. Dass sie sich verlaufen hatte, war ihr seit Neubelgern nicht mehr passiert. Sie schaute nach vorn. Die nächste Kreuzung war bereits zu sehen. Plötzlich klingelte ihr Handy. Auf dem Display erschien Lauras Name. „Ja?"

„Hallo, ich bin's. Ich hab für dich mein Handy angeschaltet. Toll, was? Ich wollte dir nämlich sagen, dass du dich verlaufen hast. Als du unter der Eisenbahnbrücke durchgegangen bist, hättest du nach rechts abbiegen müssen. Ich habe dich gesehen. Aber dass da eine Muschel mit einem Pfeil nach rechts ist, habe ich erst jetzt gesehen, als ich selber an die Stelle gekommen bin. Du musst also entweder zurück oder versuchen, auf die Parallelstraße zu kommen. Sie heißt ... warte mal..."

„Eisenbahnstraße", antwortete Katharina für sie. „Mich hat gerade eine Passantin darauf aufmerksam gemacht."

„Echt?"

„Ja. Sie hat mich als Pilgerin erkannt und mir gleich eine Wegbeschreibung gegeben."

„Ist ja super! Mal wieder typisch Pilgern, was? Aber doppelt hält bekanntlich immer besser. Dann müssten wir uns doch eigentlich gleich treffen, oder? Wollen wir gegenseitig nach uns Ausschau halten und wieder zusammen laufen? Ich würde sogar mein Handy anlassen, wenn wir uns nicht gleich finden. Oder willst du weiterhin alleine laufen?"

„Nein, schon gut. Warte an der Ecke Bautzmannstraße auf mich. Mit dir altem Pilgerhasen verirre ich mich bestimmt nicht noch einmal."

Die Innenstadt erreichten sie am späten Vormittag. Beide waren sich einig, dass sie schnell wieder aus Leipzig hinaus wollten. „Das ist gerade wirklich nicht unsere Welt", sagte Laura. „Zwischen all den Shoppingtüten und Cafés komme ich mir vor wie eine Obdachlose."

Katharina stimmte ihr zu. „Sobald wir im Park sind, machen wir eine große Mittagspause."

Nachdem die Frauen in die Jacobsstraße eingebogen waren, wurde es ruhiger. Der Weg führte durch ein Viertel mit Altbauten und Villen und schon bald waren die Bäume des Rosentals zu sehen. Befreit aufatmend suchten sie sich einen Platz auf der großen Wiese. Laura zeigte nach Norden. „Dort hinten ist das Zooschaufenster. Als Kind war ich mal mit meinen Eltern hier. Der Zoo ist wirklich schön. Letztes Jahr haben sie eine neue Tropenhalle eröffnet. Eine aus meinem Jahrgang will dort ihre Ausbildung als Tierpflegerin machen. Ich hab schon meiner Oma gesagt, sie soll mal nach ihr

Ausschau halten. Sie guckt Freitagabend immer die Zooserie im Fernsehen."

Ganz selbstverständlich teilten Katharina und Laura ihr Essen. Sie hatten sich als Pilgerinnen eingespielt und verhielten sich, als seien sie schon über Monate unterwegs.

Nach ihrer Pause genossen sie das Wandern durch den Park und den sich anschließenden Auwald. Manchmal redeten sie miteinander, oft schwiegen sie aber auch, ohne dass es für sie unangenehm wurde. Sie bestiegen einen unmittelbar am Weg liegenden Aussichtsturm, den Katharina ohne Laura übersehen hätte, blickten über die Stadt, die sie nun wieder hinter sich ließen, und Laura machte ein paar Fotos. Die an die Bäume gemalten Muschelzeichen führten sie an einem Teich mit Blässhühnern und einem Spielplatz vorbei. Anschließend passierten sie eine Kläranlage und liefen dann parallel zu den Eisenbahngleisen.

„Schau mal, jetzt sind wir wieder auf der Eisenbahnstraße."

„Ha, ha", machte Katharina.

Eine hölzerne Brücke führte über die Luppe. Eine Weile blieben sie am Geländer stehen und schauten über den Fluss. Laura fotografierte den Turm des Wahrener Rathauses im Nordwesten und das Wehr am Elsterflutbecken im Süden. Anschließend steckte sie ihren Fotoapparat zurück in die Tasche und schlug Katharina vor, weiterzugehen.

Ein lautes und freudiges „Pilger!" hielt sie zurück. Sie drehten sich um. Eine junge Frau Anfang zwanzig kam auf sie zugeradelt. Sie trug eine schwarze Trainingshose mit erdigen Flecken an den Knien, gelbe

Gummistiefel, ein hellgrünes, ebenso erdiges T-Shirt mit einem Loch an der Seite und einen silbernen Fahrradhelm. An beiden Seiten ihres roten Fahrrades hingen voll bepackte Taschen. „Ihr seid doch Pilger, oder?", fragte sie. Ihr Gesicht war nicht weniger verschmutzt als ihre Kleidung, aber ihre Augen strahlten, als sie neben Laura und Katharina bremste.

„Ja", antwortete Laura fröhlich.

„Seid ihr in Görlitz losgelaufen?"

„So ist es."

„Und wollt bis nach Vacha?"

„Ganz genau."

„Ach, habt ihr's gut! Wenn ich könnte, würde ich auch gleich wieder pilgern gehen. Aber mein Freund will gern mal wieder in der Slowakei Urlaub machen. Na ja, nächstes Jahr wieder." Unbekümmert zuckte sie die Schultern und reichte den Pilgerinnen die Hand. „Ich bin Anika."

„Ich heiße Laura."

„Katharina."

„Seid ihr zusammen aufgebrochen?"

„Nein, wir haben uns unterwegs getroffen", erklärte Laura.

„Sind viele Pilger auf dem Weg?"

„Es geht. Wir haben bis jetzt vier Pilger getroffen. Zwei Pärchen. Die einen sind schon weiter als wir und die anderen mussten hier abbrechen, weil ihr Urlaub zu Ende ist. Aber es gibt noch einen Pilger, der genau einen Tag vor uns ist. Vielleicht treffen wir den noch."

„Ja, vielleicht", meinte Anika. „So einen Pilger hatte ich letztes Jahr. Er kam aus der Schweiz und war auch immer genau einen Tag vor mir. Aber weil er in Leipzig zweimal übernachtet hat, um sich die Stadt anzusehen, habe ich ihn eingeholt. Wollt ihr heute nach Kleinliebenau?"

Katharina nickte.

„Kennst du die Herberge?", fragte Laura.

„Natürlich. Sie ist toll: ein kleiner Anbau an der Kirche, ungefähr so groß wie das Armenhaus, wenn ihr dort gewesen seid. Bloß ist alles ganz neu und mit fließendem Wasser und Strom. Und die Herberge hat ein richtiges Klo. Wenn ihr den Weg noch ein Stück weitergeht, kommt ihr an einen See, in dem ihr baden könnt. Das kann ich nur empfehlen bei dem Wetter heute. In den nächsten Tagen soll es übrigens richtig heiß werden. Aber auf der Strecke nach Merseburg gibt es nochmal eine Badegelegenheit und später am Geiseltalsee auch. Ach Mensch, da will ich wirklich gleich mit euch gehen."

Während Anika von ihrem Redeschwall Luft holte, stieß Katharina Laura in die Seite. „Da scheint jemand aus dem gleichen Holz geschnitzt zu sein wie du."

Laura stimmte ihr zu. „Wohnst du hier in Leipzig?"

„Ja. Ich komme gerade aus dem Garten, wie man unschwer erkennen kann. Wartet mal, ich gebe euch was zu essen mit." Sie drehte sich nach ihrer Fahrradtasche um und zog zwei lange grüne Freilandgurken und eine Plastedose mit kleinen gelben Tomaten heraus. „Hier, die sind für euch. Aus eigenem, nicht kontrolliertem, aber biologischen Anbau. Die Tomaten sind die ersten des Jahres. Aber weil ihr Pilger seid, bekommt ihr sie. Da hängen noch so viele dran, da könnte ich jeden Tag so viel verschenken und hätte immer noch genug für mich selbst." Sie drückte den Pilgerinnen das Gemüse in die Hände. „Ich weiß, das ist alles wieder Gewicht. Aber es lohnt sich, denn es ist wirklich super lecker!"

„Das ist aber lieb", sagte Laura. „Vielen Dank!"

Katharina bedankte sich ebenfalls.

„Ich muss jetzt leider weiter, sonst wäre ich gern ein Stück mit euch gegangen und hätte noch ein bisschen mit euch gequatscht. Aber wir sind heute Abend eingeladen und ich muss noch eine Fuhre Gurken einkochen und duschen."

Anika reichte den Frauen die Hand. „War wirklich schön, euch getroffen zu haben! Und wenn ihr die Muschel mit Smiley seht, an der Stelle, wo die Straße über die Nahle führt, dann grüßt sie ganz lieb von mir. Die hab nämlich ich gemalt."

„Das machen wir", versicherte Laura.

„Prima. Dann alles Gute euch beiden!" Anika wendete ihr Fahrrad und hob die Hand zum Gruß.

„Dir auch", wünschten Katharina und Laura.

„Tschüss!" Winkend fuhr Anika davon. Die Pilgerinnen sahen ihr nach, bis sie hinter einer Kurve verschwunden war.

„Das war sie", sagte Katharina.

Laura schaute sie fragend an. „Wer?"

„Die mit dem sprechenden Rucksack. Die das Buch geschrieben hat."

Was Anika nicht mehr geschafft hatte, übernahm Laura. Sie redete ohne Punkt und Komma und schwieg nur dann, wenn Katharina erzählen sollte, was sie in dem Reisebericht gelesen hatte. „Ich fass' das nicht! Das ist ja wie in einem Film. Der schreibe ich aber, wenn ich vom Pilgern wieder zu Hause bin, das kannst du wissen!"

Die lächelnde Muschel war an einem Betonlichtmast gemalt. „Da ist sie! Anikas Muschel!", jubelte Laura wie ein Kind. Sie zog ihren Fotoapparat aus der Tasche. „Los, ein Foto! Du, ich und die Muschel."

„Du bist albern", bemerkte Katharina. Aber sie willigte ein und lächelte in die Kamera.

„Schöne Grüße von Anika", richtete Laura aus.

Der Weg führte noch einige Kilometer durch den Wald und anschließend an der Luppe entlang. Als ihre Freundin hinter einem Baum verschwinden musste, schlug Katharina vor, getrennt weiterzulaufen und sich in der Herberge wiederzutreffen. Laura hatte keine Einwände. Allein zu pilgern fand sie genauso schön. Sie drosselte ihre Laufgeschwindigkeit, die sie an die von Katharina angepasst hatte, legte öfter Pausen ein und setzte sich für längere Zeit in eine Waldgaststätte, wo sie einen Erdbeermilchshake trank und Tagebuch schrieb. So war Katharina bereits dabei, ihre Wäsche aufzuhängen, als sie die Herberge erreichte. Nachdem auch Laura geduscht, ihre Sachen gewaschen und auf den Wäscheständer gehängt hatte, stieg sie die Treppe nach oben.

Katharina lag auf ihrer Matratze und ruhte sich aus.

Laura tat es ihr gleich.

Es war still in der Herberge. Nur ganz selten war zu hören, wie ein Auto an der Kirche vorbei fuhr.

„Ist alles in Ordnung mit dir?", fragte Katharina nach einer Weile. „Du bist so schweigsam."

„Hm", meinte Laura. „Eigentlich ist alles gut. Aber es gibt da noch etwas, was ich dir sagen muss. Das will ich schon eine ganze Weile, aber irgendwie war bis jetzt noch nicht der richtige Zeitpunkt dafür. Erst vorhin, als ich Tagebuch geschrieben habe, habe ich mir fest vorgenommen, es dir endlich zu erzählen."

Katharina richtete sich auf. „Was musst du mir erzählen?"

„Etwas über meine Familie. Genauer gesagt, über meinen Papa."

„Was ist mit ihm?"

„Er ist querschnittgelähmt."

„Seit wann?"

„Seit ich ein Baby war. Mein Papa hatte einen Unfall. Mit dem Motorrad. Keiner weiß, was damals wirklich passiert ist. Aber alle, die die Unfallstelle gesehen haben, haben gesagt, er hatte wahnsinniges Glück, dass er es überhaupt überlebt hat."

„Dann ist dein Vater also auf den Rollstuhl angewiesen", sagte Katharina.

„Ja. Aber er kommt so gut damit zurecht, dass es fast gar nicht auffällt. Finde ich zumindest. Es ist sowieso ganz komisch, weil ich meinen Papa gar nicht anders kenne. Ich weiß gar nicht, wie es war, als er noch laufen konnte. Trotzdem wünsche ich mir nichts lieber, als dass er ganz gesund ist. Ich stelle mir vor, wie wir zusammen spazieren gehen oder wandern oder Fahrrad fahren. Oft träume ich nachts davon. Und dann muss ich jedes Mal heulen, weil es nicht so ist." Laura begann zu weinen. „So wie jetzt."

Katharina setzte sich zu ihr und streichelte über ihre Haare. „Was hilft dir in solchen Momenten?"

„Dass ich zu meinem Papa gehe und mich bei ihm ausheule. Meistens weint er dann auch immer mit. Und wenn mein Papa gerade nicht da ist, gehe ich zu meiner Mutti. Oder zu Freunden. Und heule mich bei denen aus." Laura schniefte. „Weißt du noch, wie ich dir gesagt habe, dass ich leider keine Geschwister habe? Und dass wir nicht so viel verreisen?"

„Natürlich weiß ich das noch."

„Das hängt alles damit zusammen. Und auch die Sache, als mein Papa so mit mir geschimpft hat, weil ich wegen Clemens solchen Liebeskummer hatte. Weißt du, was er mir da alles gesagt hat?"

„Ich kann es mir vorstellen."

„Tut mir leid, dass ich es dir nicht schon früher erzählt habe. Wenn es mir gut geht, kann ich drauflos plappern wie ein Wasserfall. Aber wenn mich etwas bedrückt, braucht es immer eine Weile, bis ich darüber reden kann."

„Ist nicht schlimm. Solange du es mir überhaupt gesagt hast."

„Na ja, irgendwann musste ich es ja tun. Ich konnte ja nicht bis Naumburg damit warten." Laura hörte auf zu weinen. Sie richtete sich auf und steckte suchend die Hände in die Hosentaschen. „So ein Mist. Wieder keine Taschentücher dabei."

Wortlos zog Katharina eine Packung aus ihrem Rucksack und reichte sie ihr.

„Danke." Laura schnäuzte sich.

„Gibt es außer dem gemeinsamen Weinen noch etwas, womit ihr euch trösten könnt?"

„Ja. Wir hören Musik oder machen ein schönes Brettspiel. Und natürlich beten wir auch. Dass wir zusammen beten, hilft uns eigentlich immer am besten. Es gibt uns so ein Gefühl, dass alles irgendwo einen

Sinn hat. Und dass wir nicht allein sind." Sie blickte Katharina an. „Wir haben schon einmal darüber geredet, weißt du noch? In Schönfeld, als es um das Leid in der Welt ging. Früher habe ich Gott oft gefragt, warum er den Unfall nicht verhindert hat, und das könnte ich auch heute noch ständig tun. Aber ich werde niemals eine Antwort darauf bekommen. Darum ist es sinnlos, so eine Frage zu stellen, wenn man nicht daran verzweifeln will. Stattdessen versuche ich, Gott einfach nur dankbar zu sein, dass er meinen Papa am Leben gelassen hat. Und lieber nehme ich meinen Papa so wie er ist im Rollstuhl als einen ganz normalen Vater, der sich aber nur halb so gut um mich kümmert. Man muss keine gesunden Beine haben, um ein guter Vater zu sein. Verstehst du?"

„Natürlich. Du liebst deinen Vater sehr, nicht wahr?"

„Ja", antwortete Laura entschieden. „Er ist der beste Papa der Welt. Auch wenn er manchmal ganz schön anstrengend ist."

Kirchenlieder

Nach ihrem gemeinsamen Frühstück brach Katharina auf. Das Packen des Rucksacks, die Gabe in die Spendendose und der letzte Blick zurück waren Routine geworden. Es war ein gutes Gefühl, sich eingepilgert zu haben. Der Morgen war sonnig und mild. Es machte Katharina keineswegs etwas aus, allein zu laufen, weil Laura noch zum Gottesdienst bleiben wollte. Auf den ersten Kilometern war der Weg weniger schön. Er führte am Rand einer Straße entlang und von der Autobahn ertönte unangenehmer Lärm. Aber bereits im nächsten Dorf wurde es ruhiger und das Laufen angenehmer. Das Land war weit und eben und die Seen des ehemaligen Braunkohletagebaus leuchteten in hellem Blau. Das schöne Wetter nutzten auch viele Radfahrer und die meisten von ihnen grüßten die Pilgerin mit einem freundlichen Lächeln. Es tat gut zu wandern und seinen Gedanken nachzuhängen.

Immer wieder dachte Katharina an Laura. Wie sie von ihrem Liebeskummer gesprochen hatte, sich mit dem Frauwerden beschäftigte und was sie über ihren Vater erzählt hatte – es war beruhigend, dass sie ebenso ihre Päckchen zu tragen hatte, so lebendig und unbeschwert sie meistens auch wirkte. Sie hatten verabredet, in der Neumarktkirche zu übernachten. Weil sie am Sonntag für Besucher geöffnet war, wurde Katharina die Herberge von einem Ehrenamtlichen gezeigt, der ihr auch den Schlüssel anvertraute. Die Pilgerin fand es seltsam, auf der Empore einer Kirche zu schlafen, in der es kühl war und jeder Schritt widerhallte. Allein hätte sie es nicht gewagt, hier zu übernachten. Es gab keine

Dusche, sondern nur ein Waschbecken mit Durchlauferhitzer, unter dem eine größere Waschschüssel stand. Katharina hoffte, dass ihre auf dem Geländer der Empore aufgehängten Kleider trotz der Kühle bis zum nächsten Morgen trockneten. Da sie davon ausging, dass Laura durch den Gottesdienst und die zahlreichen Bademöglichkeiten sicher erst gegen Abend in der Herberge eintreffen würde, schrieb sie ihr einen Zettel. Sie befestigte ihn an dem separaten Eingang für Pilger und schickte ihr zusätzlich eine SMS, dass sie anrufen solle, wenn um achtzehn Uhr die Kirche zugeschlossen wurde und Katharina bis dahin noch nicht zurück war.

Sie brach zu einem kleinen Stadtspaziergang auf. Zunächst folgte sie einem Stück der Saale, bis sie zum Schloss hinaufstieg und den Dom passierte. Mit ihrem Pilgerausweis hätte Katharina freien Eintritt in das Kirchenhaus gehabt, doch es genügte ihr, im Souvenirgeschäft einige Ansichtskarten zu kaufen. Über die Hälfte des Weges lag hinter ihr; es wurde also höchste Zeit, Grüße an die Verwandten und Freunde zu senden. In einem direkt am Schloss liegenden Café gönnte sie sich eine Eisschokolade und schrieb ihre Zeilen. Katharina war froh, so viel Positives vom Pilgern berichten zu können, nachdem sie sich zu Beginn regelrecht verloren auf dem Weg gefühlt hatte. Nicht, dass sie wieder ganz mit sich im Reinen war. Aber sie hatte das Gefühl, etwas Gutes zu tun, vielleicht sogar wirklich das Beste, was sie in ihrer Lage hätte tun können. Sie war richtig auf dem Weg; hier gehörte sie für den Augenblick hin. Laura hatte recht gehabt mit dem, was sie über das Pilgern gesagt hatte. Irgendwie zumindest.

Wenige Minuten nach achtzehn Uhr erreichte Laura die Neumarktkirche. An der Tür zur Herberge erblickte sie Katharinas Nachricht. Sie setzte ihren Rucksack ab und schaltete ihr Handy an. Eine einprogrammierte Stimme teilte ihr mit, dass Katharina nicht erreichbar war. Verwundert legte sie wieder auf. Sie setzte sich auf die Stufe unter dem Türrahmen und trank ihr restliches Wasser aus. Anschließend zog sie ihr Tagebuch hervor.

Eine knappe Stunde später kam Katharina zurück. Laura war froh, die Pilgerfreundin zu sehen. „Hallo!", rief sie ihr zu.

„Hallo. Bist du gerade erst gekommen?"

„Nein. Ich bin schon eine ganze Weile hier, aber ist nicht schlimm."

„Warum hast du mich nicht angerufen?"

„Ich habe dich angerufen. Aber dein Handy war aus."

„Mein Handy war aus?" Katharina zog ihr Telefon aus der Tasche. „Nein. Es war die ganze Zeit an."

„Komisch." Laura zuckte die Schultern. „Wer weiß. Vielleicht hattest du gerade keinen Empfang?"

„Glaube ich nicht. Es muss am Handy liegen. Ich hatte das schon einmal, kurz bevor ich nach Görlitz gefahren bin. Wie es aussieht, werde ich mir nach dem Pilgern wohl ein neues Handy zulegen müssen. Tut mir leid, dass du so lange warten musstest."

Laura winkte ab. „Kein Problem. Jetzt bist du ja da." Sie folgte Katharina die alte Holztreppe nach oben und war begeistert von der besonderen Atmosphäre. Nur das gelegentliche Knarren vom Kirchturm gruselte sie ein wenig. „Ohne dich hätte ich bestimmt ein bisschen Angst hier in der Nacht. Obwohl man sich ja gerade in einer Kirche nicht zu fürchten braucht. Aber die Akustik ist wirklich schön." Sie stimmte ein Lied an. Ihr Gesang hallte hell und klar durch das Gebäude.

„Du singst schön", sagte Katharina.

„Danke. Wenn du möchtest, kann ich dir heute Abend ein Gute-Nacht-Lied singen." Nachdem sie sich gewaschen und umgezogen hatte, lief Laura los, um sich etwas zu essen zu besorgen. Wie immer nahm sie ihren Fotoapparat mit, in welchen sie am Morgen eine neue Speicherkarte hatte stecken müssen.

Obwohl Katharina nicht gläubig war, sang Laura ihr „Weißt du wie viel Sternlein stehen" vor, nachdem sie sich in ihre Schlafsäcke gekuschelt auf ihre Matratzen gelegt hatten. Draußen war noch nicht völlige Dunkelheit eingekehrt; in der Kirche dagegen herrschte bereits fast Finsternis. Das Holz knarrte. Manchmal erklang es wie ein Klopfen. In regelmäßigen Abständen schlug die Glocke.

Ein dumpfes Schlagen und Poltern riss sie aus dem Schlaf. Es klang, als ob jemand einen schweren Gegenstand an einem alten Seil heraufziehen und die ganze Kirche dabei ächzen und stöhnen würde. „Was ist das, Katharina?", fragte Laura erschrocken.

„Gespenster."

„Gespenster? Bist du bescheuert? Ich bin doch kein kleines Kind mehr."

„Hast du mal auf die Uhr geschaut? Es ist Mitternacht."

„Jetzt hör aber mal auf! Was ist das für ein Lärm?" Der Krach hielt noch immer an.

„Woher soll ich das wissen?"

„Also Gespenster sind es jedenfalls nicht."
Sie schweigen.
„Jetzt hat es aufgehört", flüsterte Laura, nachdem der Lärm verebbt war.
„Ja", entgegnete Katharina.
„Aber was zum Kuckuck war das? Ich bin vor Schreck fast aus dem Bett gefallen. Ich meine, von der Matratze gerollt."
„Ich habe dir doch schon gesagt, dass ich es nicht weiß. Jetzt schlaf weiter. Gute Nacht." Ihr Schlafsack raschelte. Wahrscheinlich hatte sich Katharina auf die andere Seite gedreht.
„Also ich glaube nicht, dass ich so schnell wieder einschlafen kann", sagte Laura.
Eine Weile war es still. Plötzlich fragte Katharina: „Hast du heute Abend eigentlich die Tür abgeschlossen?"
„Die Tür? Klar", antwortete Laura sofort. „Zumindest glaube ich das", fügte sie nach einer Weile hinzu.
„Was soll das heißen, du glaubst das? Hast du sie zugeschlossen oder nicht?" Katharinas Stimme klang ernst.
„Denkst du etwa..." Laura hielt die Luft an. „Wollte hier einer rein?"
„Ob hier einer rein *wollte*? Sollten wir uns nicht lieber fragen, ob schon einer drin ist?"
„Ey, jetzt mach mir keine Angst, Katharina! Was sollte der denn hier wollen? Hier gibt's doch gar nichts!"
„Nichts? Hier sind zwei junge Frauen, die nicht gerade besonders kräftig sind."
„Aber..."

„Schhh!" Ihr Zischen echote durch die Kirche.

„Was..."

„Hörst du das? Da sind Schritte." Katharinas Worte waren fast nicht mehr zu hören. „Auf der Treppe."

Gespannt lauschte Laura in die Dunkelheit. Wenn sie nur wenigstens etwas sehen könnte! Wo war ihre Stirnlampe? Lag sie nicht gleich neben ihr? Aber war es überhaupt klug, sie anzuschalten?

In diesem Moment packte sie jemand am Bein. Laura schrie. Ihr Schrei war so laut und gellend, dass es mit dem Hall der Kirche in den Ohren fast schmerzte. Sie schrie und zappelte, bis sich die Hand von ihrem Bein löste.

Dann hörte sie, wie Katharina lachte. Sie brauchte eine Weile, bis sie realisiert hatte, was geschehen war. „Du blöde Kuh!", rief sie wütend und schaltete ihre Lampe an.

Katharina saß auf ihrer Matratze und hielt sich den Bauch vor Lachen.

„Du blöde, blöde Kuh!", schimpfte Laura noch einmal. „Hast du eine Macke? Ich dachte wirklich, da ist einer und will uns..."

„Tut mir leid", presste Katharina hervor. „Ich konnte einfach nicht anders. Die Versuchung war einfach zu groß." Vor Lachen bekam sie kaum noch Luft.

„Ha, ha, ich lach mich tot", sagte Laura spöttisch. Im nächsten Augenblick begann auch sie zu lachen. Wenn jemand in ihrer Umgebung lachte, konnte sie gar nicht anders als mitzulachen. Selbst, wenn sie diejenige war, über die gelacht wurde. „Jetzt aber mal im Ernst", sprach sie, nachdem sie sich etwas beruhigt hatten, „was war das für ein Lärm?"

„Das war die Kirchturmuhr, die sich selber aufzieht", erklärte Katharina. „Ein Pilger hat im Gästebuch davon geschrieben. Da habe ich mir gedacht, wenn wir zwei davon aufwachen sollten, ist es einen Versuch wert."

Laura schüttelte den Kopf. „Du bist echt so was von blöd." Sie knipste ihre Lampe wieder aus. Aber auch in der Dunkelheit mussten die Pilgerinnen noch lange kichern.

Urlaubsvertretung

Der Herbergsschlüssel sollte in der Bäckerei abgegeben werden. Darum hatten sie bereits am Abend zuvor beschlossen, dort gleich zu frühstücken.

„Oh Mann, meine Reisekasse muss ganz schön dran glauben", meinte Laura, während sie auf ihr Essen warteten. „Nachher muss ich gleich nochmal Geld abheben. Aber das ist es mir wert. Ich habe in den letzten Sommerferien vier Wochen gearbeitet und mir zum Geburtstag und zu Weihnachten immer nur Geld gewünscht. Zum Abi ist auch noch mal einiges dazugekommen. Obwohl das eigentlich für den Führerschein gedacht ist. Himmel, was so eine Fahrschule und die zwei Prüfungen alles kosten!"

„Dafür lohnt es sich."

„Na ja." Laura winkte ab. „Fürs Pilgern gebe ich gerade lieber Geld aus. Und wenn ich einmal mehr essen gehe – geknausert wird nicht. Ich will die Zeit hier auf dem Weg genießen, und ich finde, das habe ich mir bei diesem Job auch wirklich verdient."

„Wo hast du denn gearbeitet?"

„In einer Lagerhalle. Ich habe die ganze Zeit Pappen gefaltet und geklebt. Acht Stunden am Tag und fünf Tage die Woche. Und dabei durfte ich nicht einmal Musik hören."

„Hört sich nicht gerade nach einem tollen Job an."

„Nee, definitiv nicht. Es war einfach nur langweilig und stumpf. Aber immerhin ist dabei einiges an Geld reingekommen."

„Ich war in den Ferien auch immer arbeiten", erzählte Katharina. „Zuerst habe ich Werbeprospekte ausgetragen, dann im Café gejobbt und schließlich die Stelle beim Roten Kreuz bekommen. Ich hätte es nicht dringend nötig gehabt, weil meine Eltern gut verdient haben. Aber ich wollte unabhängig sein. Ich fand es immer schrecklich, um Geld bitten zu müssen, wenn ich mir etwas zum Anziehen kaufen oder mit meinen Freunden etwas unternehmen wollte."

„Mich hat es nie gestört, meine Eltern nach Geld zu fragen. Bei mir haben sie nur gesagt, dass sie mir nicht alles bezahlen können, was ja auch ganz klar ist, und dass es deswegen ganz gut wäre, wenn ich mir in den Ferien noch etwas dazu verdiene. Gerade für das Pilgern haben wir uns mal durchgerechnet, wie viel man am Tag für Herberge, Essen und Sonstiges ausgibt und wenn man das auf drei bis vier Wochen hochrechnet, kommt schon eine hübsche Summe zusammen. Gerade, wenn man ab und zu auch mal essen gehen will oder an jeder Eisdiele am Weg Rast macht."

„Hast du dir schon Gedanken gemacht, wie du später dein Studium finanzieren willst? Mit deinem FÖJ wirst du nicht gerade etwas ansparen können."

„Ja, da hast du recht. Meine Mutter sagt aber, dass ich Bafög bekommen müsste, und das Kindergeld dann direkt an mich überwiesen wird. Ein bisschen Geld wollen mir meine Eltern auch dazu geben. Aber das ist noch so lange hin, da zerbreche ich mir jetzt nicht den Kopf darüber. Wo ich doch sowieso noch nicht weiß, was ich studieren will."

Sie bekamen ihr Frühstück serviert und begannen zu essen.

„Wie hast du dein Studium bezahlt? Eine Freundin von mir will auch Medizin studieren. Sie hat aber gesagt, dass sie dann so viel zu tun haben wird, dass sie nebenbei nicht arbeiten kann. Dabei sind vor allem die Bücher so mächtig teuer, dass sie noch gar nicht weiß, wie sie das alles bezahlen soll."

„Ein Medizinstudium kostet tatsächlich sehr viel. Ich habe in den ersten Semestern einen Kredit genommen, obwohl mich meine Eltern großzügig unterstützt haben. Erst im Rahmen meiner Doktorarbeit habe ich ein Stipendium bekommen, was obendrein mit sehr viel Glück verbunden war."

„Heißt das, du hast noch Schulden?"

„Nicht mehr. Vor zwei Jahren habe ich die letzte Rate zurückgezahlt. Ein wirklich äußerst befreiendes Gefühl."

„Oh ja, das kann ich mir gut vorstellen!"

Eine Weile aßen sie schweigend.

„Hast du schon über die heutige Herberge nachgedacht?", fragte Katharina.

„Ja." Laura holte ihren Pilgerführer hervor, zog die Ergänzungsliste heraus und faltete das Blatt auseinander. „In Roßbach gibt es ein Ehepaar, das Pilger aufnimmt. Das sind ungefähr ... warte mal kurz ... siebzehn Kilometer von hier. Bis Naumburg wären es von dort aus dann ... Moment ... achtzehn Kilometer. Na ja, lass es zwei Kilometer mehr sein. Wir wohnen ja am Ortsausgang. Gegen um neun würde ich mal in Roßbach anrufen. Wenn es klappt, sage ich auch gleich meiner Mutti Bescheid, dass wir morgen kommen. Damit sie noch Zeit hat, einen Bienenstich zu backen." Sie grinste.

„Rufst du mich bitte an, wenn wir in der Herberge übernachten können?"

„Ich ruf dich an, wenn es nicht klappt und wir uns was anderes überlegen müssen, okay?"

„Na gut", willigte Katharina ein. „Ich hoffe nur, dass du mich dann auch erreichst. Ich frage mich wirklich, was mit meinem Handy nicht stimmt."

„Der Gedanke, nicht rund um die Uhr erreichbar zu sein, macht dich echt nervös, was? Warum lässt du es nicht einfach mal zu? Es ist doch dein Urlaub."

„Und wenn zu Hause etwas passiert? Es kann so schnell gehen, dass es in der Familie einen Notfall gibt. Dann will ich es wissen und nicht ahnungslos durch die Gegend wandern. Ich brauche diese Sicherheit einfach, und hier auf dem Pilgerweg ganz besonders."

„Also ich finde, du brauchst eher ein bisschen mehr Vertrauen. Es geht ja nicht darum, beim Pilgern ganz auf sein Handy zu verzichten. Aber vielleicht machst du es einfach mal so wie ich und schaltest es nur dann an, wenn du es wirklich brauchst."

„Nein, Laura, das werde ich nicht tun", widersprach Katharina entschieden. „Und jetzt lass uns nicht weiter darüber reden. Bei einem so guten Frühstück möchte ich mich wirklich nicht mit dir streiten."

„Ach, wir streiten uns doch nicht", wehrte Laura ab. Das Thema wechselte sie trotzdem.

Wieder liefen sie jeder für sich. Die Gegend war Laura vertraut. In den vergangenen Jahren war sie bereits mehrmals auf Teilen des Pilgerweges zwischen Merseburg und Eckartsberga gewandert oder mit dem Rad gefahren. Sie kannte den Merseburger Tierpark, die gefluteten ehemaligen Tagebaugebiete und selbstverständlich die Weinberge an der Unstrut und der Saale.

Die heutige Etappe führte hauptsächlich über Felder, zu großen Stücken jedoch auf asphaltierten Radwegen, über die Laura in der zunehmenden Hitze stöhnte. Katharina, die einige Kilometer vor ihr lief, mochte es sicher ähnlich ergehen.

Die Übernachtung in der Herberge war gesichert. Zwar war das Ehepaar, welches die Herberge führte, gerade im Urlaub, doch hatte sich dessen Nachbarin bereit erklärt, für die zwei Wochen vertretungsweise Pilger bei sich aufzunehmen. Katharina anzurufen hatte problemlos funktioniert, und wenn sie sich nicht unterwegs treffen sollten, hatten sie vereinbart, sich spätestens in der Herberge wiederzusehen.

Es tat Laura gut, allein zu laufen. Nach den Gesprächen am Frühstückstisch gab es für sie viele Themen, über die sie an diesem Tag nachdachte. Vor allem aber dachte sie daran, dass sie bereits am nächsten Tag nach Naumburg zu ihren Eltern pilgern würde. Sie freute sich auf ihre Mutter und auf ihren Vater, musste aber auch zugeben, dass sie aufgeregt war und es seltsam fand, in erster Linie als Pilgerin zu ihnen zu kommen und nicht als Tochter. Außerdem würde sie nicht allein kommen, sondern eine weitere Pilgerin mitbringen, die ihre Freundin geworden war.

Katharina fand das Alleinsein ebenfalls angenehm. Wenngleich sie sich auf den ersten Kilometern ein wenig über Lauras Ansichten ärgerte, war sie doch dankbar, dass sie die Organisation der Herberge wieder so selbstverständlich in die Hand genommen hatte und sie sich auf sie verlassen konnte. In einem Supermarkt in Frankleben kaufte sie sich eine dritte Flasche Wasser.

Sie hatte im Pilgerführer gelesen, dass sie von nun an bis zum Ziel die Ortschaften nur streifen würde und wollte nicht erst vom Weg abgehen, um nach Wasser zu fragen. Schon bald war sie froh über ihre Entscheidung. Die Sonne stand hoch am Himmel und schien heiß über das Land. Es gab kaum Schatten am Weg und der Wind stand still. Die zweieinhalb Liter Wasser reichten gerade so bis zum Ziel.

Gisela Straube hatte ein kleines Gästezimmer mit einem ausklappbaren Sofa. Es war sichtbar alt, erfüllte aber seinen Zweck. Nachdem Katharina beim Beziehen geholfen hatte, wurde sie im Wohnzimmer zu einer Tasse Kaffee eingeladen. „Mein Mann dürfte auch gleich zu Hause sein", erzählte die Gastgeberin. „Er dreht nachmittags immer eine große Runde mit dem Hund. Wissen Sie schon, wann die andere Pilgerin kommt?"

„Nein, leider nicht. Ich kann gern versuchen, sie anzurufen, aber da sie die meiste Zeit ihr Handy ausgeschaltet hat, werde ich sie wahrscheinlich nicht erreichen."

„Ach so. Na, ist nicht schlimm. Ich habe nur überlegt, ob ich noch ein bisschen Kaffee zur Seite stellen und warm halten soll."

„Das ist nett von Ihnen, aber darüber müssen Sie sich keine Gedanken machen. Sie trinkt keinen Kaffee."

Sie hörten, wie im Flur die Tür geöffnet wurde. Im nächsten Moment stürmte ein Beagle ins Wohnzimmer. Neugierig beschnüffelte er Katharina, die keine Scheu vor ihm hatte und ihn nach dem ersten Kennenlernen freundschaftlich streichelte. „Wie heißt er?", fragte sie interessiert.

„Das ist Max", erklärte Heinrich Straube, der nun ebenfalls ins Wohnzimmer kam. „Und soeben haben Sie einen großen Fehler gemacht. Wenn Sie ihn nämlich einmal streicheln, werden Sie ihn nicht wieder los."

Laura erreichte die Ersatzherberge eine Stunde später. Sie war so entzückt von Max, dass sie bis zum Abend im Garten mit ihm spielte und ihn liebkoste, obwohl sie sich während des Wanderns nach nichts anderem als einer erfrischenden Dusche gesehnt hatte. Die Eheleute lachten über die schnelle Zuneigung zwischen der Pilgerin und dem Haustier. „Morgen wird er darauf bestehen, Sie auf dem Weg zu begleiten", sagte Heinrich. „Wer einmal mit Max Freundschaft geschlossen hat, der wird ihn nicht wieder los. Das habe ich auch schon Ihrer Pilgergefährtin gesagt."

„Sie können morgen gern ein Stück mitgehen", erwiderte Laura. „Ich fände es schön."

„Sehr gern. Dann drehen wir unsere Vormittagsrunde morgen mal wieder auf dem Jakobsweg." Der Hausherr ging zurück ins Haus.

„Katharina?", wandte sich Laura an ihre Freundin, die auf einem Gartenstuhl saß und Zeitung las. „Kannst du bitte ein Foto von mir und Max machen?"

Sie erfüllte ihren Wunsch, sagte im Anschluss jedoch: „Jetzt geh aber duschen. Es gibt bald Abendbrot und es wäre wirklich unhöflich, sich so verschwitzt an den Tisch zu setzen."

„Ja, Mutti", erwiderte Laura. „Nur noch fünf Minuten, okay?"

Ein guter Vater

Bei Wein, Gesprächen und mehreren Runden Rommé hatten die Pilgerinnen und ihre Gastgeber den Abend ausklingen lassen. Nun bedankten sie sich für das reichhaltige Frühstück.

„Weil wir unsere Nachbarn schon seit ein paar Jahren im Urlaub vertreten, haben sie für uns sogar einen Stempel anfertigen lassen." Gisela setzte jedem das Motiv einer geöffneten Muschel, in welcher eine Perle lag, in den Pilgerausweis. „Sie haben ja schon eine ganze Menge Stempel gesammelt."

„Und es werden noch mehr", versicherte Laura. „Den von unserer Herberge habe ich zusammen mit meinem Papa entworfen. Ich finde, das ist einer der schönsten auf dem Pilgerweg. Aber Ihrer ist natürlich auch schön."

Katharina brach als Erste auf, doch Laura folgte ihr bereits wenige Minuten später. Wie verabredet wurde sie von Heinrich und Max bis zur nächsten Ortschaft begleitet. Beim Abschied bat er sie: „Kommen Sie uns mal wieder besuchen, wenn Sie in der Nähe sind."

Obwohl es nieselte und mitunter auch schauerte, erlebte die Pilgerin ein angenehmes Laufen über Felder und durch einen Wald. An der Neuenburg hielt sie eine längere Mittagsrast, bei der sie die Aussicht über Freyburg, die durch die Stadt fließende Unstrut und die Weinberge genoss. Der Himmel hatte wieder aufgeklart und Laura zog ihr Tagebuch hervor. Drei Seiten lang beschrieb sie, wie seltsam es sich für sie anfühlte, an diesem Tag nach für ihre Verhältnisse langem Wegsein nach Hause zu kommen und am folgenden Tag gleich weiterziehen zu wollen. Sie überlegte hin und her, ob sie einen Blick in ihr Zimmer werfen sollte. Dass sie im Pilgerzimmer schlief, stand für sie außer Frage, aber vielleicht war es gut, einmal ihre E-Mails durchzusehen oder wenigstens die Bilder von ihren beiden Speicherkarten auf den Computer zu kopieren. Gleiches galt für Post, die sie möglicherweise bekommen hatte: Sollte sie die Briefe öffnen oder so tun, als ob sie gar nicht zu Hause wäre? Denn im Grunde war sie ja auch nicht zu Hause, sie war nur ein Gast, irgendwie zumindest, und wollte von alledem eigentlich Ruhe haben. Wenn etwas sehr Wichtiges dabei gewesen wäre, hätten ihre Eltern sie gewiss darüber informiert, also ließ sie es am besten wirklich gleich bleiben. Die Fotos konnte auch ihr Vater auf den Rechner laden, damit sie wieder mehr freien Speicher hatte. Vor allem aber fragte sich Laura, wie sie sich ihren Eltern gegenüber verhalten sollte. Sie konnte ja so tun, als ob sie eine ganz fremde Pilgerin wäre. Ihr Vater würde sich auf dieses Spiel mit Sicherheit einlassen. Bei der Vorstellung musste sie kichern. Wie lange konnten sie das Theaterstück wohl durchziehen? Und ob auch Katharina mitmachte?

Sie klappte ihr Tagebuch zu. Nun war sie wirklich neugierig und wollte, im Gegensatz zu ihren sonstigen Etappen, einmal schnell in der Herberge ankommen. Aber sie hatte ihre Rechnung ohne die vielen Weintrauben gemacht, die direkt am Pilgerweg hingen.

„Vor denen wird Laura auch nicht Halt machen", dachte Katharina laut, während sie einen steilen, durch Steine und nasse Erde rutschigen Weg hinunter ins Tal stieg und die zahlreichen Weinreben erblickte, die zu großen Teilen über eine Mauer reichten. Verlockend sahen sie in der Tat aus, aber sie hielt sich an ihre Prinzipien. Kein ungewaschenes Obst und vor allem nicht von fremden Grundstücken. Vielleicht sollte sie aber in Freyburg eine Flasche Wein kaufen und diese als Geschenk mitbringen? Sie war wirklich gespannt, Lauras Eltern kennenzulernen.

Mit einem Kilo mehr im Gepäck setzte sie ihre Wanderung fort. Der Weg führte an der Unstrut und am Fuße der Weinberge entlang. Eine Besonderheit waren zwölf in einen langen Felsen eingeschlagene Bilder, die zusammen das *Steinerne Festbuch* genannt wurden. Obwohl sich Katharina nicht sonderlich für Kunst und Geschichte interessierte, fand sie das Werk beeindruckend und blieb bei jedem der Bilder für ein paar Minuten stehen, um es zu betrachten und die Informationen auf den dazugehörigen Texttafeln zu lesen.

Auf einer handgesteuerten Fähre gelangte sie ans andere Ufer der Saale, in welcher die Unstrut ihre Mündung gefunden hatte. Nach einem weiteren Kilometer zwischen dichtbewachsenen Wiesen erblickte sie schließlich das Ortseingangsschild von Naumburg. Es dauerte eine Weile, bis sie den Stadtkern erreichte und den Dom passierte.

Danach war es nicht mehr weit bis zum Hauptbahnhof, in dessen Nähe Lauras Elternhaus lag. Sie hatte Katharina gesagt, dass sie einfach nur dem Pilgerweg bis zur Brückenstraße folgen und nach dem Haus mit der Nummer 8 Ausschau halten sollte. Ihr Vater, der ohnehin die meiste Zeit von zu Hause aus arbeitete, würde auf jeden Fall auf sie warten und ihre Mutter wollte versuchen, zwei Stunden früher von der Arbeit nach Hause zu kommen, sodass sie spätestens um fünfzehn Uhr da war.

Katharina fand das Haus ohne Probleme. Es war ein schönes, einstöckiges Gebäude, umgeben von einem kleinen Blumengarten. Nebenan stand eine Garage, deren Tor geöffnet war und den Blick auf einen Kleintransporter freigab. Auch das Tor zum Grundstück war offen und obgleich Laura ihr gesagt hatte, sie sollte direkt zur Haustür gehen, drückte sie die Klingel am Zaun. Es dauerte einen Augenblick, bis sich an der Freisprechanlage eine Männerstimme meldete. „Ja bitte?"

„Guten Tag, ich bin Katharina Lihser. Die Pilgerin."

„Hallo Katharina! Schön, dass du endlich da bist! Komm doch gleich zur Tür, ich mache dir auf."

Mit leuchtenden Augen reichte Lauras Vater ihr die Hand. „Schön, dich endlich kennenzulernen, Katharina. Komm herein! Ich bin Matthias."

Sie trat ins Haus, schloss die Tür und zog ihre Schuhe aus.

„Du hast bestimmt Durst, nicht wahr? Das ist schon wieder eine ganz schöne Hitze, durch die ihr da wandert."

„Eigentlich geht es. Im Wald war es schattig und von den Flüssen kam ein bisschen Wind herüber. Aber ein Glas Wasser nehme ich trotzdem sehr gerne."

„Mit Kohlensäure oder ohne?"

„Mit Kohlensäure, bitte."

„Dein Wunsch ist mir Befehl." Matthias führte seinen Gast in die Küche. „Setz dich." Während er redete und Katharina bewirtete, lenkte er seinen Rollstuhl leicht und sicher. In all den Jahren war dieses Leben für Lauras Vater eine Gewohnheit geworden. „Laura hat schon so viel von dir erzählt. Na ja, eher geschrieben. Sie ruft ja nie an, die Nase."

„Nein. Und selber angerufen werden will sie auch nicht."

„Jawohl. Da kann man reden, wie man will. Das Kind setzt sowieso seinen Kopf durch. Hattest du einen guten Weg?"

„Oh ja, danke. Es ist wirklich eine schöne Gegend hier. Der Blick über die Weinberge war wunderbar. Auch dieses *Steinerne Festbuch* hat mich beeindruckt."

„Ja, davon sind alle Pilger, die bei uns waren, begeistert gewesen."

„Waren viele Pilger hier, seit Laura nach Görlitz gefahren ist?"

„Nein, nur zwei", antwortete Matthias. „Der letzte Besuch ist aber auch schon wieder fünf Tage her. Was ich ziemlich schade finde. Seit Laura ihren Rucksack aufgebuckelt hat und zum Bahnhof gelaufen ist, ist es so still im Haus. Vielleicht sollten wir uns bei der nächsten Auflage nun doch in den Pilgerführer aufnehmen lassen."

„So wie es sich Laura immer gewünscht hat?"

„Ja. Wobei das eigentlich ganz schön ungerecht ist, erst dann den Wunsch seiner Tochter zu erfüllen, wenn sie ausgezogen ist. Aber dadurch kommt sie uns vielleicht öfter besuchen, wenn sie bei ihren Ziegen wohnt und später ein lustiges Studentenleben führt."

Sie hörten, wie im Schloss der Haustür ein Schlüssel gedreht wurde.

„Oh, Wanderschuhe! Dann ist die erste ja schon da", erklang eine freudige Stimme aus dem Korridor. „Seid ihr in der Küche?"

„Ja, in der obersten Schublade", rief Matthias zurück. Im nächsten Moment trat seine Frau ein. Die Ähnlichkeit zu Laura war von Anfang an zu sehen. Katharina stand auf und reichte ihr die Hand.

„Ach was, dich drücke ich doch gleich im Ganzen", lachte Lauras Mutter und schloss sie herzlich in die Arme. „Weißt du, wie ich mich freue, dich endlich kennenzulernen? Ich bin Charlotte."

Sie gab ihrem Mann einen Kuss, nahm sich ebenfalls ein Glas Wasser und setzte sich an den Tisch. „Ich habe ja vor Staunen den Mund nicht mehr zubekommen, als Laura uns geschrieben hat, dass eine Pilgerin, die bei uns war, deine Patientin ist. Das war wirklich eine tolle Überraschung. Ich erinnere mich noch gut an Adele und auch daran, wie sie von ihrer Ärztin erzählt hat."

„Ja, das war wirklich eine tolle Zusammenfügung", meinte Matthias. „Aber so geht es zu auf dem Pilgerweg, nicht wahr?"

Katharina zuckte die Schultern, lächelte aber.

„Laura hat auch erzählt, dass du erst vor ein paar Tagen Geburtstag hattest." Charlotte stand auf und nahm ein kleines flaches, in farbiges Papier eingepacktes Geschenk aus dem Schrank. Es war . „Hier für dich. Alles Gute nachträglich."

Sie war so überrascht, dass sie zuerst nichts erwidern konnte. Etwas unsicher nahm sie das Geschenk entgegen.

„Pass nur auf, dass es nicht nach dir schnappt", sagte Matthias.

Katharina lachte. „Das wäre doch nicht nötig gewesen."

„Na los, jetzt mach es nicht so spannend und schau rein!"

Sie zog die Schleife ab und faltete das Papier auseinander. Dann hielt sie eine Packung Badesalz in den Händen.

„Im Zimmer nebenan wartet eine extra große Badewanne auf dich", verkündete Matthias.

„Zwar nicht so groß wie ein Steinbruch, aber doch so, dass man sich ausstrecken und entspannen kann", fügte Charlotte hinzu.

Katharina wurde rot. „Vielen Dank, aber das kann ich nicht annehmen. Eine Dusche genügt mir. Das Badesalz ist nicht schwer, das kann ich bis nach Vacha tragen. Und wenn ich wieder zu Hause bin..."

„Nein, Katharina", unterbrach sie Lauras Mutter liebevoll, aber bestimmt. „Du bist seit über zwei Wochen unterwegs. Gönn dir heute einfach mal den Luxus. Du hast es verdient."

Wieder wusste die Pilgerin nicht, was sie sagen sollte. Schließlich gab sie sich einen Ruck. „Na gut. Eine Badewanne habe ich wirklich vermisst. Danke!"

„Gern geschehen", sagte Charlotte.

„Ich zeige dir das Bad und euer Pilgerzimmer. Dort liegt auch unser Gästebuch. Da kannst du lesen, was Adele geschrieben hat. Unterstehe dich aber, etwas in die Spendendose zu stecken, verstanden?" Matthias hob drohend den Zeigefinger.

Sie wollte widersprechen.

„Nein, Katharina, darauf bestehen wir! Von den Freunden meiner Tochter nehmen wir kein Geld an."

„Wir sind so froh, dass Laura auf dem Weg eine Freundin gefunden hat", erklärte Charlotte. „Wir wollten nicht, dass sie allein pilgern geht, aber sie hat sich nicht davon abbringen lassen. Dabei ging es uns gar nicht darum, dass rund um die Uhr jemand bei ihr ist. Wir wissen ja, wie wichtig es beim Pilgern ist, auch mal allein zu sein. Aber wenn es wenigstens jemanden gibt, mit dem sie sich abends in der Herberge trifft und sich dabei auch noch gut mit ihm versteht, dann können wir Eltern wesentlich ruhiger schlafen."

„Noch dazu, wenn wir wissen, dass es ein Erwachsener ist, der mit Laura geht", bemerkte Matthias. „Sie mag achtzehn geworden sein, aber sie ist noch so grün hinter den Ohren, dass man sie mit einer Ampel verwechseln könnte. Du musst unbedingt ein Auge auf sie werfen, tust du das?"

„Ich gebe mein Bestes."

„Danke", sagte Matthias erleichtert.

„Es ist schwer loszulassen, nicht?"

„Ja", seufzte Charlotte.

„Du triffst den Nagel auf den Kopf."

Katharina zog ihren Rucksack heran. „Wenn ich schon kein Geld geben darf, wie sieht es dann mit Geschenken aus?" Sie stellte den Wein, den sie in Freyburg gekauft hatte, auf den Tisch. „Ein kleines Mitbringsel nehmen Lauras Eltern doch bestimmt an?"

„Oh!" Mit offenen Händen nahm Matthias die Flasche entgegen und schaute auf das Etikett. „Das ist eine gute Sorte, die du da ausgesucht hast. In Ordnung, ein Geschenk nehmen wir an, oder Charlotte?"

„Natürlich. Vielen Dank, Katharina."

„Keine Ursache."

„Jetzt zeige ich dir aber endlich mal euer Zimmer. Und nachher gibt's Kaffee und Kuchen", bestimmte Matthias.

„Bienenstich?"

Charlotte lächelte. „Wie es sich Laura gewünscht hat. Übrigens will ich später noch eine Wäsche anstellen. Gib mir deine Sachen gleich dazu, Katharina. Wenn wir einmal mit dem Luxuspilgern angefangen haben, sollten wir es auch weiterführen."

Obwohl sie das Buch aus Stein bereits kannte, hielt Laura jedes der zwölf Motive mit ihrem Fotoapparat fest. Schließlich gehörte es zu ihrer Pilgerreise. Auch kürzte sie den Weg nicht ab, indem sie einfach der Saale folgte und Naumburg damit umging, sondern lief die ganze Strecke vom Ortseingang bis zum Zentrum und wieder hinaus Richtung Bahnhof. Fest entschlossen schritt sie an den zahlreichen Eisdielen vorbei. Um keinen Preis würde sie sich verführen lassen, wenn sie wusste, dass sie zu Hause der frisch gebackene Kuchen ihrer Mutter erwartete.

Schließlich stand sie vor dem Tor. Das Auto war in der Garage und auch das Fahrrad, mit dem ihre Mutter immer zur Arbeit fuhr, hatte seinen gewohnten Platz zwischen Wand und Auto. Vor Aufregung schlug Lauras Herz so wild, dass ihr fast schlecht davon wurde. Dabei stand sie nur vor ihrem Elternhaus. Doch weil sie als Pilgerin gekommen war, klingelte sie.

„Ja bitte?", meldete sich die Stimme ihres Vaters.

Mit größter Mühe unterdrückte sie das Lachen. „Einen schönen guten Tag. Ich bin Laura Wildner, die Pilgerin."

„Hallo Laura! Warte kurz, ich bin gleich bei dir."

Nun musste sie doch kichern. Ihr Vater kam aus dem Haus gefahren. Sie lief auf ihn zu und reichte ihm höflich die Hand. „Hallo!"

Er drückte sie fest. „Herzlich willkommen in unserer Herberge. Ich bin Matthias. Komm doch herein. Hattest du einen guten Weg?"

„Ja, danke, es war eine wirklich schöne Etappe. Nur bei Freyburg war der Weg ein bisschen gefährlich." Sie schaute an ihren Beinen herunter. Ihre Knie und Schienbeine waren aufgeschürft. Nicht sonderlich tief, aber doch mit einigen Stellen, an denen es geblutet hatte.

Ihr Vater hob die Augenbrauen. „Na so ein Glück, dass deine Pilgerfreundin Ärztin ist. Sie sitzt schon am Kaffeetisch. Meine Frau hat Kuchen gebacken. Möchtest du raten, was für einen?"

Laura tat, als überlegte sie. „Vielleicht Bienenstich?"

„Alle Achtung. Bist du eine Wahrsagerin?"

„Nein, das war nur Zufall." Sie schlüpfte aus den Schuhen und Socken und folgte ihrem Vater ins Wohnzimmer. Kaum hatte sie den Raum betreten, sprang ihre Mutter auf.

„Charlotte, das ist unser zweiter Gast heute", sagte der Vater.

„Ich heiße Laura", spielte die Pilgerin ihre Rolle weiter und reichte ihrer Mutter die Hand.

„Sehr angenehm", ging auch diese auf die Vorstellung ein. „Katharina kennst du ja schon."

„Ja." Laura drehte sich zu ihr. „Hallo."

„Hallo." Sie entdeckte die Wunden an ihren Beinen. „Was hast du denn gemacht?"

„Weintrauben geerntet. Sie wollten sich aber nicht essen lassen, darum sind sie mit Stecknadeln auf mich losgegangen und haben mir die Beine zerkratzt."

„Du bist wirklich unmöglich." Katharina holte die Erste-Hilfe-Tasche.

„Ich will dir nur helfen, ein bisschen Gewicht loszuwerden", rief Laura ihr hinterher.

„Dieses Mädchen muss immer das letzte Wort haben", sagte Katharina zu Lauras Eltern, als sie zurückgekommen war.

„Ja, ja, ganz wie unsere Tochter", bemerkte Matthias. „Sie heißt übrigens genau wie du, Laura. Aber sie ist gerade nicht zu Hause. Sie ist in die weite Welt gezogen, um das Abenteuer zu suchen. Ich glaube fast, sie hat uns alte Herrschaften vergessen. Sie ruft uns nie an, weißt du? Nur manchmal erhalten wir mit der Post oder dem Short-Message-Service ein kleines Lebenszeichen von ihr. Aber du meldest dich ganz bestimmt regelmäßig bei deinen Eltern, nicht wahr?"

Da hielt es Laura nicht länger aus. „Nun ist es aber gut, Papa! Ich bin auf dem Pilgerweg, nicht im Krieg." Sie ließ sich auf seinen Schoß fallen und drückte ihn fest und innig. Ihre Mutter schloss sie ebenso herzlich in die Arme. „Ist das schön, euch zu sehen! Ich habe euch echt vermisst."

„Nun fang noch an zu schleimen!", protestierte ihr Vater. Er spielte den Beleidigten, aber seine Augen strahlten vor Glück.

„Keine Sorge, ich habe die richtige Medizin für sie. Das wird jetzt nämlich sehr angenehm brennen."

Laura musste die Beine ausstrecken und ihre Wunden säubern lassen. Es schmerzte wirklich, wie Katharina an ihr herum schrubbte. „Was ist denn nun wirklich passiert?", wollte sie wissen.

„Die Mauer war ein bisschen spröde. Beim Hochklettern ist ein Stein abgebröckelt und da bin ich abgerutscht." Sie schnüffelte. „Das ist aber nicht das Desinfektionsspray, das hier so gut duftet, oder?"

„Nein. Das bin ich. Ich war in der Badewanne."

„Du durftest in die Wanne? Boah, Luxuspilgern! Ich will auch baden!"

Katharina schüttelte den Kopf. „Nicht mit den Schrammen."

„Och nö! Die sind doch nicht schlimm."

„Es ist trotzdem besser, wenn du heute nur duschst."

„Menno", maulte Laura.

„Selber schuld", meinte Katharina nur.

„Du kannst ja einen Tag Pause einlegen und morgen in die Wanne", schlug Matthias vor.

„Nee, Papa, das kannst du mal schön vergessen. Darauf falle ich nicht rein. Morgen gehe ich weiter. Bis ich in Vacha ankomme. So lange kann ich schon noch auf die Badewanne verzichten."

„Schade", bedauerte Lauras Vater.

„Aber deine Wäsche kannst du mir wenigstens geben", sagte Charlotte.

Nach dem Verarzten tranken sie Kaffee und Saft und aßen Kuchen. Der Bienenstich war luftig und frisch und schmeckte wunderbar. Es glich einem Wunder, dass Laura vier Stück davon essen und gleichzeitig am meisten von allen reden konnte. Sie erzählte ohne Unterlass, so wie alle sie kannten. Die Eltern hörten ihr aufmerksam zu und sahen sie an, als hätten sie ihre

Tochter schon seit Jahren nicht mehr gesehen. Ihr Familienglück erfüllte das Wohnzimmer, harmonisch und ganz normal. Es fiel gar nicht auf, dass Lauras Vater in einem Rollstuhl saß.

„Jetzt sag aber mal, willst du in deinem Zimmer schlafen oder im Pilgerzimmer?", fragte Charlotte.

„Im Pilgerzimmer natürlich! Mein Zimmer werde ich erst wieder betreten, wenn ich den Pilgerweg zu Ende gegangen bin. Aber kann mir bitte einer von euch die Bilder von meiner SD-Karte auf den Rechner ziehen?"

„Sicher", antwortete die Mutter.

„Dürfen wir sie auch schon ansehen?", bat gleich darauf Lauras Vater.

„Nein. Erst wenn ich wieder da bin. Okay?"

„Na gut", brummte Matthias. „Dann halten wir so lange eben noch aus."

„Sei nicht traurig, Papa. In zwei Wochen hast du mich ja wieder."

„Ja. So lange, bis du zu deinen Ziegen gehst."

Die Zeit bis zum Abendessen verging wie im Flug. Während Laura ihre Wandersachen in die Waschmaschine steckte, erzählte sie von der Herberge in Strehla und dass sie für saubere Wäsche sogar bereit gewesen wäre, sich ein geblümtes Nachthemd anzuziehen. Ihre Mutter lachte. „Das hätte ich wirklich gern gesehen." Sie begann, das Abendessen vorzubereiten. Katharina half ihr, Gemüse für einen gemischten Salat zu schneiden.

„Wenn wir morgen zusammen frühstücken wollen, müssen wir spätestens um sieben am Tisch sitzen", sagte Charlotte. „Halb acht muss ich zur Arbeit."

„Klar", entgegnete Laura. „Ich gehe Brötchen holen."

„Was gibt's heute Abend denn Schönes?", erkundigte sich Matthias, der hinzu gekommen war.

„Kürbissuppe, Kräuterbrot und Salat."

„Mmmh, das klingt lecker. Ich finde, dazu würde Katharinas Wein sehr gut passen. Oder was meint ihr?"

„Du hast Wein mitgebracht?", fragte Laura ihre Pilgergefährtin überrascht.

Katharina nickte. „Dafür musste ich mir nicht einmal die Beine aufscheuern."

„Ha, ha." Laura suchte Geschirr, Besteck und Gläser heraus. „Du, Papa, drehen wir nach dem Essen wieder unsere Abendrunde?"

„Aber gern. Wenn sich die Damen um den Haushalt kümmern?" Er schaute zu Katharina und seiner Frau.

„Schon gut, macht nur euer Ding", sagte Charlotte. „Wir werden uns schon nicht langweilen."

Die Abendrunde war ein langer Spaziergang, den Laura vor ihrer Pilgerreise fast täglich mit ihrem Vater unternommen hatte. Je nach Wetter, Zeit und Laune, fiel die Strecke mal kürzer, mal länger aus. Sie fasste die Griffe seines Rollstuhls. „Große Runde?"

„Große Runde! Wir haben uns doch so viel zu erzählen."

Während die beiden in die langsam aufkommende Dämmerung aufbrachen, half Katharina beim Einräumen der Spülmaschine. „Setzen wir uns ins Wohnzimmer", schlug Charlotte vor, als in der Küche wieder Ordnung herrschte.

Ein wenig Wein war vom Abendessen noch übrig geblieben. Sie verteilte ihn auf die Gläser. „Das ist wirklich eine gute Sorte. Vieles aus der Gegend kennen wir ja schon, aber diesen hatten wir noch nicht."

„Das freut mich, dass ich die richtige Wahl getroffen habe."

Charlotte schmunzelte. „Da muss ich gleich wieder daran denken, wie Matthias und ich selber Kirschwein gemacht haben. Im Sommer hängt hier alles voll von Kirschen und der Cousin von Matthias hatte einen Gärballon. Unser Wein wurde richtig gut. So gut, dass wir mehr davon getrunken haben, als uns gut getan hat. Ach ja, die Jugend."

„Wie habt ihr euch kennengelernt?"

„Unsere Eltern waren miteinander befreundet. Wir hatten schon von Kindesbeinen an miteinander zu tun. So richtig näher gekommen sind wir uns aber erst durch den Kirschwein." Sie machte ein vielsagendes Gesicht. „Im letzten Jahr meiner Ausbildung sind wir zusammen gezogen. Matthias hatte da schon zwei Jahre als Raumausstatter gearbeitet und konnte in der Zeit ein bisschen Geld zur Seite legen. Es dauerte nicht lange, bis unsere Eltern uns fragten, ob nun nicht bald die Hochzeit käme. Aber wir wollten lieber unser Land besser kennenlernen. Zu der Zeit war die Wiedervereinigung ja noch ganz frisch. Wir waren an der Nordsee, in den Alpen und in Schweden. Von dort haben wir Laura mitgebracht. Eigentlich hätten wir ihr einen nordischen Namen geben müssen. Aber Matthias hatte immer gesagt, wenn wir einmal Kinder haben würden, dann wüsste er bereits ihre Namen: Jakob für einen Jungen und Laura für ein Mädchen."

Im Zimmer wurde es dämmerig. Charlotte holte eine Kerze und zündete sie an.

„Eigentlich war es mir zu früh, um schwanger zu sein. Es war schön, zu wissen und später auch zu sehen und zu fühlen, dass da ein Kind in mir heranwächst. Aber es war auch beängstigend. Ich hatte solche Angst vor der Geburt, vor diesen Schmerzen, die noch viel schlimmer waren, als ich es mir vorgestellt habe. Aber dann war Laura da. Ich habe so geweint, als ich sie sah. Die Hebamme hat sie mir auf die nackte Brust gelegt und ich habe sie gewärmt. Sie war so klein. Alles an ihr war so winzig. Sie hat meine Brust gesucht und ich habe sie gestillt. Dabei ist sie eingeschlafen. Ich habe sie gar nicht hergeben wollen, als sie gemessen und gewogen werden sollte. Ich habe überhaupt nicht mitbekommen, was um mich herum passiert ist. Nicht einmal, wie Matthias, der direkt neben mir saß, auch geweint hat."

Katharina sah, wie Lauras Mutter Tränen in die Augen stiegen. „Und jetzt ist sie achtzehn Jahre alt und wird bald ihre eigenen Wege gehen. Ach, was sage ich, sie tut es ja schon."

„Ja."

Eine Weile schwiegen sie. Charlotte schaute ins Kerzenlicht.

„Laura war sechs Monate alt, als es passiert ist. Wir wissen nicht, wie es zu dem Unfall kam. Zu schnell kann Matthias nicht gefahren sein, hatte die Polizei damals gesagt. Es war helllichter Tag, schönes Wetter und wenig Verkehr. Die Polizisten kamen direkt zu mir nach Hause. Laura lag im Stubenwagen und hat friedlich geschlafen, als sie geklingelt haben. Bis heute sehe ich sie an der Tür stehen und sagen, dass mein Mann einen schweren Unfall hatte.

Was danach passiert ist, weiß ich nur vom Erzählen meiner Schwester her. Sie war gerade für ein paar Tage zu Besuch und nur kurz einkaufen. Als sie zurück in die Wohnung gekommen ist, hat sie gesehen, wie ich stocksteif dagesessen und kein Wort gesagt habe. Sie hat sofort unsere Eltern angerufen und die Hebamme. Erst als Laura wach geworden ist und geweint hat, bin ich wieder zu mir gekommen. Ich wollte ihr die Brust geben, aber es kamen nur noch ein paar Tropfen. Sie hat so gebrüllt, aber meine Milch war einfach weg. Mit einem Schlag. Mir ist der Schweiß ausgebrochen, ich habe am ganzen Körper gezittert, geweint und geschrien, mein Herz raste, mir war übel, alles hat sich verkrampft. Es war so schlimm, Katharina. Die Hebamme musste einen Notarzt rufen. Zwei Tage lang lag ich selber im Krankenhaus. Laura habe ich nur kurz zu den Besuchszeiten gesehen. Meine Schwester und unsere Mutter haben sich um sie gekümmert."

Charlotte war deutlich anzusehen, wie sehr sie noch immer unter dem Geschehenen litt. Doch Katharina fiel auch eine Stärke in ihr auf, eine Kraft, die wie Licht durch eine schwere Dunkelheit strahlte.

„Als ich aus dem Krankenhaus entlassen wurde, war unsere ganze Familie da. Wir wussten, dass Matthias inzwischen außer Lebensgefahr war. Seine Eltern hatten ihn sogar schon besuchen können. Wir wussten auch darüber Bescheid, dass seine Wirbelsäule so schwer verletzt worden war, dass er wahrscheinlich nie wieder würde laufen können. Wir haben so geweint, wir alle. Aber wir haben es gemeinsam getan. Wir alle haben uns gegenseitig Halt gegeben und so einen tiefen inneren Zusammenhalt, wie wir ihn erlebt haben und erleben, wünsche ich allen Familien. Du weißt ja, dass wir sehr gläubig sind. Darum haben wir auch gebetet. Und da hat mein Schwiegervater etwas zu mir gesagt, dass ich nie vergessen werde: *Egal, was geschieht, du kannst nie tiefer fallen als in die Hände Gottes.* Und so war es. Wir sind aufgefangen worden.

Von allen Seiten haben wir Hilfe bekommen, damit wir uns ein neues Leben aufbauen konnten. Es war schwer und das ist es auch heute noch oft. Dinge, die für andere selbstverständlich sind, gibt es in unserem Leben einfach nicht mehr.

Du bist Ärztin. Du weißt, was wir alles durchgemacht haben. Den langen Krankenhausaufenthalt, die Reha, die Pflegekraft zu Hause, die Therapie, die Eingliederung, das Finanzielle und die Behördengänge. So oft sind wir an unsere Grenzen gestoßen, haben geweint und wollten einfach nicht mehr. Aber wir hatten ein Kind. Wir hatten Laura. Sie war es, die uns immer wieder Kraft gegeben hat, und die uns auch heute noch Kraft gibt, selbst wenn sie bald nicht mehr bei uns wohnt. Für sie haben wir uns immer wieder aufgerappelt. Und wenn ich sie zusammen mit ihrem Vater erlebe und sehe, was für eine innige Beziehung sie miteinander haben, dann macht mich das so dankbar. Dann höre ich auf, mir vorzustellen, wie es sein würde, wenn der Unfall nicht gewesen wäre. Dann nehme ich unser Leben einfach so an, wie es ist, und bin dankbar dafür."

Charlotte nahm ihr Weinglas und trank den letzten Schluck. Sie trocknete ihre Tränen und lächelte. „Das hat gut getan, mal wieder darüber zu reden."

„Danke für dein Vertrauen."

Eine nachdenkliche, aber angenehme Stille erfüllte das Wohnzimmer. Katharina leerte ebenfalls ihr Glas.

„Wir haben noch anderen Wein. Aber vielleicht sollten wir wieder auf Wasser umsteigen."

„Das ist eine gute Idee. Was ich auf dem Pilgerweg schon alles an Wein getrunken habe ... So habe ich mir diese Reise wirklich nicht vorgestellt."

„Wie hast du dir das Pilgern denn vorgestellt?"

„Ernst. Anstrengend. Und einsam. Bevor ich mich mit Laura angefreundet habe, war es das auch. Alle haben mich für verrückt erklärt, als ich ihnen meine Urlaubspläne offenbart habe, allen voran ich selbst. Aber jetzt ...

Ich weiß nicht, was ich hier suche und ich bezweifle, dass ich das jemals wissen werde. Trotzdem tut es mir gut, auf diese Weise unterwegs zu sein. Ich fühle mich angekommen, auf dem richtigen Weg. Zu Hause werden sie mich nicht wiedererkennen, wenn ich ihnen erzähle, was ich dir gerade gesagt habe. Manchmal erkenne ich mich ja selbst nicht wieder. Ich erinnere mich an Dinge, an die ich mich seit Jahren nicht mehr erinnert habe und denke über Dinge nach, über die ich sonst nie nachgedacht habe. Ich hätte es nicht für möglich gehalten, dass mich das Pilgern so verändert." Eine Weile schwieg sie. „Oder es liegt am Wein."

„Nein, am Wein liegt es ganz bestimmt nicht. Es ist der Weg." Charlotte holte eine Flasche Wasser und zwei neue Gläser aus der Küche. Dabei warf sie einen Blick aus dem Fenster. „Weißt du übrigens, woran man erkennt, dass man eingepilgert ist? Daran, dass man nach einer Etappe von 20 Kilometern abends immer noch anderthalb Stunden spazieren kann."

Es war bereits dunkel, als Matthias und seine fröhlich plappernde Tochter nach Hause zurückkehrten. „Jetzt musst du aber nochmal dein Lalulala-Trallala-Gedicht aufsagen", forderte er Laura im Wohnzimmer auf.

„Solange es nicht die Ballade von John Maynard ist", bemerkte Katharina. Sie saß gemütlich mit ausgestreckten Beinen auf der Couch und gähnte. „Ich würde gern so langsam ins Bett gehen wollen."

„Keine Sorge", versicherte Laura. „Länger mache ich nämlich auch nicht mehr mit." Sie rezitierte das Gedicht und änderte die letzte Zeile so, dass sie sprach: „Lalu lalu lalu gute Nacht la!" Danach schloss sie ihre Eltern fest in die Arme. „Das war ein wirklich schöner Tag heute. Aber morgen gehe ich trotzdem weiter."

„Ja ja, die jungen Vögel soll man ziehen lassen", seufzte Matthias. „Aber wollen wir es mal so sehen wie Pippi Langstrumpf: Wenn du morgen nicht weitergehst, kannst du in zwei Wochen nicht wieder kommen. Und das wäre wirklich schade."

Loslassen

Bevor Charlotte zur Arbeit aufbrach, packte sie Katharina und Laura einen großen Beutel Proviant ein. Den restlichen Kuchen steckte sie ebenfalls dazu. „Bis Eckartsberga habt ihr keine Einkaufsgelegenheiten", begründete sie.

„Und du willst ja nicht, dass wir unterwegs verhungern", fügte Laura mit einem frechen Grinsen hinzu.

„Ich will vor allem nicht, dass du dich nur von Pflaumen ernährst und den Rest des Tages auf dem Topf sitzt."

„Ach, da bin ich doch längst trainiert. Das Wort Bauchschmerzen kenne ich gar nicht."

„Natürlich."

Matthias leistete ihnen etwas länger Gesellschaft. Er wollte seine Gäste nicht weiterziehen lassen, doch wurde Laura bald so unruhig, dass schließlich auch er bereit war, die Pilgerinnen zu verabschieden. Es war herrliches Wetter und er begleitete sie das letzte Stück bis zum Ortsausgang. Seine guten Wünsche, Ratschläge und Mahnungen waren so zahlreich, dass Laura glaubte, sie würden gar kein Ende mehr nehmen. Als sich Katharina zu ihm herab beugte, um ihn zu umarmen und für alles zu danken, flüsterte er: „Pass gut auf sie auf, ja? Sie ist noch so jung."

Bis zur nächsten Ortschaft führte der Weg etwas ungemütlich an einer lauten Straße vorbei. Anschließend wurde das Laufen angenehmer, wenngleich es zunächst bergauf ging. Für die nächsten Kilometer erwartete die Pilgerinnen ein langes Stück Feldweg. Der

Gesang von Goldammern und Feldlerchen mischte sich mit dem Zirpen der Heuschrecken, die sich zu Tausenden im hohen Gras verbargen. Da Laura einen Baum mit kleinen roten Pflaumen entdeckt hatte, fiel sie zurück. Mit nur wenigen Worten vereinbarten die Freundinnen, sich spätestens in der Herberge von Eckartsberga wiederzusehen.

Katharina fühlte sich frisch und munter. Sie erinnerte sich an die Gespräche des vergangenen Abends und kam mit sich überein, dass es nicht dem Wein geschuldet war, was sie gesagt hatte. Sie fühlte sich wirklich wohl auf dem Pilgerweg und war dankbar, dass ihre Patientin von ihm erzählt hatte. Sie begann, sich etwas für den Abend zu überlegen und es machte Spaß, sich damit zu beschäftigen. Nachdem sie einige Kilometer auf dem Feldweg gegangen war, erblickte sie im Schatten eines Baumes eine Bank. Ein älterer Mann mit Hut, Wanderschuhen, Stock und einem großen Rucksack hatte sich auf ihr niedergelassen. Er blickte über das Land und schien Katharina gar nicht zu bemerken.

„Erich?"

Überrascht schaute er auf. „Kennen wir uns?"

„Nein. Das heißt, ein bisschen vielleicht schon. Wenn Sie der Erich sind, von dem ich in den Gästebüchern gelesen habe?"

„Ach! Jetzt! Entschuldigung, ich war gerade so in Gedanken und Sie stehen direkt in der Sonne, dass ich gar nicht erkannt habe, dass Sie auch Pilger sind." Er lächelte freudig. „Ja, ich bin Erich. Aber wollen wir nicht du zueinander sagen?"

„Sehr gern. Ich heiße Katharina." Sie reichten sich die Hände.

Sie setzte sich ebenfalls. „Das ist ein schöner Rastplatz."

„Ja, das stimmt. Bist du allein unterwegs?"

„Nicht direkt. Ich bin allein aufgebrochen und laufe tagsüber oft allein. Aber ich habe mich mit einer anderen Pilgerin angefreundet, mit der ich abends in die Herberge gehe. Sie ist gerade hinter mir, weil sie einen Pflaumenbaum entdeckt hat."

Erich lachte. „Das ist gut. Von wo seid ihr heute losgelaufen?"

„Von Naumburg."

„Ich habe in Roßbach übernachtet. Es war eine nette, aber einsame Unterkunft. Ich habe schon seit Tagen keinen Pilger mehr gesehen. Das letzte Mal war kurz vor Wurzen, da kamen zwei junge Männer. Aber die waren so flott, dass sie gleich wieder weg waren."

„Ich glaube, ich weiß, von wem du sprichst." Katharina erzählte von Daniel und Peter.

„Die Beschreibung passt. Habt ihr vielleicht auch Elisabeth und Rüdiger kennengelernt? Unsere Wege haben sich in Kamenz getrennt."

Katharina berichtete auch von ihren anderen Freunden, mit denen sie ein Stück des Weges geteilt hatte. Sie erzählte so frei und selbstverständlich, dass sie sich über sich selbst wunderte. Doch auf irgendeine Weise war ihr Erich von Anfang an so sympathisch und vertraut, dass sie gar nicht anders konnte. Gerade hatte sie von ihrem Wiedersehen in einem Restaurant in Wurzen erzählt, als sie in der Ferne Laura erblickte.

„Ist sie das?", fragte Erich.

„Ja, das ist Laura. Mach dich auf etwas gefasst, sie wird dir vor Freude wahrscheinlich gleich um den Hals fallen." Sie hatte ihre Worte mehr im Scherz gesagt, doch durfte sie keine fünf Minuten später erfahren, dass es tatsächlich so ablaufen würde.

Lauras Gesicht war ein einziges Strahlen. „Erich! Du hast ihn gefunden, Katharina! Oh Mann, ich glaub's nicht!" Sie konnte nicht anders, sie musste den Pilger einfach umarmen.

Er nahm es mit Humor. „Sachte, sachte! Ich komme mir ja vor wie ein berühmter Schauspieler."

„Für mich bist du das ja auch fast. Ich hab so viele Gästebucheinträge von dir gelesen. Deine Handschrift ist mir immer gleich aufgefallen und ich wollte dich so gern treffen. Und jetzt haben wir dich tatsächlich eingeholt. Echt klasse! Ich bin Laura."

„Das habe ich mir bereits gedacht."

„Sitzt ihr schon lange hier?"

„Ja, so ein halbes Stündchen werden wir uns jetzt schon unterhalten haben."

„Und in welchen Herbergen bist du die letzten Tage gewesen? Das letzte Mal haben wir von dir in Kleinliebenau gelesen. Du warst immer genau einen Tag vor uns."

„Ja, wo war ich denn? Nach Kleinliebenau kam dieses Strohlager in Luppenau. Dann bin ich die Variante nach Mücheln gegangen, von dort nach Freyburg und gestern nach Roßbach."

„Und willst du auch nach Vacha?"

„Nein, noch ein bisschen weiter."

„Bis wohin?", erkundigte sich Katharina.

„Nun ja, wenn alles so klappt, wie ich es mir vorstelle und vor allem die Beine mitmachen, dann bis zum Schluss."

„Du gehst nach Santiago?" Vor Staunen blieb Laura der Mund offen stehen.

Auch Katharina war deutlich überrascht. „Aber nicht an einem Stück, oder?"

„Doch, eigentlich schon. Ich bin diesen Sommer in den Ruhestand getreten. Ich habe Zeit, das nötige Kleingeld und wollte so eine Wanderung schon immer mal machen."

„Dann bist du ja noch mindestens vier Monate unterwegs", sagte Laura.

„Ja, das kommt so etwa hin."

„Und was sagt deine Familie dazu?", fragte Katharina.

„Nun, begeistert sind sie nicht gerade. Meine geschiedene Frau und meine beiden Söhne halten mich für verrückt. Sie glauben nicht, dass ich es schaffe. Meine Enkel sind die einzigen, die es toll finden." Erich zuckte die Schultern. „Wir werden ja sehen, wie weit ich am Ende komme."

Für die nächsten Minuten verstummten sie alle.

„Das ist echt krass", sagte Laura.

Zu dritt liefen sie weiter. In Punschrau lag die Hälfte der Etappe hinter ihnen. An einem Feuerlöschteich fanden die drei Pilger einen gemütlichen Platz zum Picknicken. Charlotte hatte so reichlich Essen eingepackt, dass Erichs Proviant daneben eher kläglich wirkte, obwohl er auch nicht gerade wenig dabei hatte. Sie legten zusammen, aßen und tranken und redeten über eine Stunde lang. Erich war anzusehen, wie froh er war, wieder in Gesellschaft zu sein. Er erzählte, wie er den Weg erlebt hatte und lauschte gebannt, wenn Katharina und Laura von ihren Erfahrungen berichteten. Keine drei Stunden waren seit ihrem Kennenlernen vergangen, doch ihnen erschien es wie drei Wochen, als ob sie bereits seit Görlitz zusammen gelaufen wären. Laura verwunderte diese auf Anhieb freundschaftliche Beziehung nicht im Geringsten und auch Erich hatte sich ganz selbstverständlich darauf eingelassen. Nur Katharina musste immer wieder sagen, dass sie nicht glauben konnte, wie schnell sie zueinander Vertrauen gefasst hatten.

Erich hatte zuerst vorgehabt, bereits in Lißdorf, wenige Kilometer vor Eckartsberga, um ein Quartier zu bitten, doch schon bald stand außer Frage, dass er zusammen mit Laura und Katharina in die Herberge gehen würde. Sie rappelten sich zum Weitergehen auf, was mit den gefüllten Mägen nicht ganz einfach war, und blieben für den Rest der Strecke zusammen. Ohne Unterbrechung miteinander redend nahmen sie kaum davon Notiz, dass der Weg über die Dörfer die ganze Zeit über asphaltierte Straßen führte, auf denen das Gehen so unangenehm war. Am Nachmittag erreichten sie ihr Ziel. Die Herberge befand sich im Pfarrhaus. Der Küster zeigte den Pilgern die Räumlichkeiten: ein größeres Zimmer, in dem sie essen und schlafen konnten, Toiletten und Duschen und die kleine, aber voll ausgestattete Küche. Was ihr in den ersten Tagen des Pilgerns immer schwer gefallen war, tat Katharina nun frei und selbstverständlich: Sie schaute in den Kühlschrank und in alle Regale und Schränke. Dann trat sie mit einem feierlichen Lächeln in das Zimmer, in dem Laura und Erich gerade ihre Schlafstätten einrichteten. „Heute Abend koche ich für euch. Und weil wir drei Pilger sind, wird es ein Drei-Gänge-Menü."

Laura wollte ihr helfen und auch Erich erklärte sich dazu bereit. Sie bestand jedoch darauf, allein einzukaufen und auch allein in der Küche zu arbeiten. „Ruht ihr euch aus oder geht hoch zum Schlosspark. Da gibt es eine Sommerrodelbahn, das muss doch etwas für dich sein, Laura. Alles, was ich von euch erwarte, ist, dass ihr pünktlich um sieben Uhr wieder hier seid."

„Und Hände gewaschen habt", fügte Laura hinzu.

„Ja, ganz genau", entgegnete Katharina. Dann setzte sie sich an den Tisch, um ihre Einkaufsliste zu schreiben.

Die Zeit des Wartens wurde Erich und Laura nicht lang. Nachdem sie geduscht und sich um ihre Wäsche gekümmert hatten, schrieb Laura draußen vor dem Pfarrhaus Tagebuch, während Erich drinnen ein wenig döste. Als Katharina vom Einkaufen zurück kam, versuchte sie einen Blick auf die mitgebrachten Sachen zu erhaschen. Doch die Freundin schob ihre Tasche rasch auf die andere Seite.

„Was gibt es heute Abend denn?"

„Gebratene Fliegenpilze mit Ameisensoße. Und zum Nachtisch flambierte Schneckenhäuser."

„Mmmh, das klingt ja köstlich. Gibt es auch Feuerwanzenwein dazu?"

„Los, geh spielen!"

Laura sprang von der Mauer. „Ich frag mal Opa, ob er mitkommt." Eine Viertelstunde später begab sie sich mit Erich zum Eckartsberg. Sie schauten sich die Ruine an, bestiegen den Aussichtsturm und während sich Laura auf der Sommerrodelbahn vergnügte, trank Erich einen Kaffee. Anschließend besuchten sie den Irrgarten. „Gut, dass es nicht auf dem Pilgerweg so zugeht", fand Laura, als sie endlich ihr Ziel erreicht hatten. Um achtzehn Uhr wurde das Gelände um die Ruine abgeschlossen. Gemächlich schlenderten sie zurück zur Herberge. „Ich bin echt gespannt, was Katharina uns zu essen kocht", sagte Laura. „So etwas hat sie bis jetzt noch nie gemacht. Ich meine, so lange kenne ich sie ja noch gar nicht. Es sind nicht mal drei Wochen. Aber mir kommt es vor, als würden wir schon ewig auf diesem Pilgerweg gehen und uns schon viel länger kennen. Wir haben so viel miteinander erlebt. Dabei fand ich Katharina am Anfang echt spießig. In den ersten Tagen hat sie nur rumgemotzt und war unfreundlich und hat kaum ein Wort mit mir geredet."

„Ach wirklich?", erwiderte Erich überrascht.

„Ja. Ich habe mir zwar schon gedacht, dass sie irgendeinen Kummer mit sich zu tragen hat, aber sie hätte ja trotzdem nett zu mir sein können. Na ja, ein bisschen hatte Katharina auch wegen mir schlechte Laune, aber das hat sich dann nach ein paar Tagen zum Glück geklärt. Jetzt finde ich es einfach nur super, dass wir so dicke Freundinnen sind und zusammen nach Vacha pilgern. Ich hab sie echt liebgewonnen. Sie ist wie eine große Schwester für mich. Ich hoffe, dass wir nach dem Pilgern immer noch Freunde bleiben, auch wenn wir so weit voneinander entfernt wohnen. Ich will ihr nachträglich zum Geburtstag ein Fotobuch mit Bildern von unserer Wanderung schenken. Und ich will sehen, wo sie wohnt und arbeitet. Und dann wünsche ich mir natürlich auch, dass sie mich mal auf dem Ziegenhof besuchen kommt. Bei mir zu Hause war sie ja gerade erst."

„Ihr werdet bestimmt miteinander in Kontakt bleiben", sagte Erich. „So eine Reise verbindet doch über das Pilgern hinaus."

„Ja, so heißt es. Schade, dass du bis jetzt die meiste Zeit allein gewesen bist."

„Ja. Zuweilen war es schon ein bisschen einsam ohne Gefährten."

„Wir hatten öfter Pilger im Haus, die unterwegs kaum oder gar keine anderen Pilger getroffen hatten", erzählte Laura. „Ein paar von ihnen fanden es schön, weil sie durch ihre Berufe ständig Leute um sich haben und einfach mal Ruhe haben wollten. Viele haben aber auch darunter gelitten. Deswegen habe ich mich schon vor meiner Pilgerreise darauf eingestellt, dass ich vielleicht keine anderen Pilger treffen werde. Ich wollte nachher nicht enttäuscht sein."

„Mit der Einstellung bin ich auch losgelaufen. Und mit der selben Einstellung werde ich auch weitergehen, wenn sich in Vacha unsere Wege trennen. Bis ich nach Frankreich komme, werde ich wohl kaum anderen Pilgern begegnen. Aber das ist nicht schlimm. Oftmals kommt man viel schneller mit den Einheimischen ins Gespräch, wenn man allein unterwegs ist."

Es war ein schöner Sommerabend und da zum Pfarrhaus ein kleiner Garten gehörte, hatte Katharina den Tisch draußen gedeckt. Sie hatte sogar eine Vase gefunden und ein paar Blumen gepflückt. Außerdem hatte sie zwei Kerzen angezündet. Es sah wirklich hübsch aus. „Und ich habe nur meine Schlabberhose und ein T-Shirt an", sagte Laura.

Erich pflückte eine Ringelblume und steckte sie ihr ins Haar. „Da hast du dein Festtagskleid."

Pünktlich um neunzehn Uhr saßen sie am Tisch. Bis zum Schluss hatten sie Katharina nicht helfen dürfen. Bevor sie das Essen servierte, schenkte sie Wein aus. „Lasst uns anstoßen", sagte sie. „Auf den Weg und auf unsere Freundschaft."

„Auf den Weg und auf unsere Freundschaft!" Hell erklangen ihre Gläser.

„Das ist aber ein guter Wein", lobte Erich.

Laura stimmte ihm zu. „Einer der besten. Und dabei haben wir schon viel Wein auf dem Pilgerweg getrunken."

„Habt ihr Hunger?", fragte Katharina.

„Und wie!", antwortete Laura.

„Dann bringe ich euch jetzt die Vorspeise."

Im nächsten Moment stand vor jedem ein großer Teller mit gemischten Salat und Jogurtdressing. In die Mitte des Tisches stellte Katharina eine Schale mit Fladenbrot.

„Wow!", rief Laura begeistert aus. „Das sieht ja aus wie in einer Gaststätte!" Sie nahm ihre Kamera, die sie griffbereit an ihrem Stuhl hängen hatte, und fotografierte ihren Teller. Auch Erich lobte Katharina in vollen Zügen.

„Ach was", winkte sie ab, konnte aber nicht verbergen, dass sie sich durch ihre Komplimente geschmeichelt fühlte. Sie stellte auch einen Teller für sich hin und wünschte allen einen guten Appetit.

„Mmmh, ist das lecker", seufzte Laura. „In das Fladenbrot könnte ich mich glatt reinlegen. Darf ich das letzte nehmen?"

„Solange du danach noch Hunger hast. Es gibt noch einen Hauptgang und ein Dessert."

„Keine Sorge, das passt auf alle Fälle noch rein. Wir haben uns im Irrgarten wieder so hungrig gelaufen, dass wir es gar nicht erwarten können."

„Na, wenn das so ist." Katharina stand auf und nahm die Teller gleich mit.

„Das klingt ja wirklich vielversprechend", meinte Erich zu Laura.

„Oh ja! Das ist richtiges Luxuspilgern."

In den mit Topflappen geschützten Händen trug Katharina den zweiten Gang. „Brokkoli-Quiche mit Schinken und Pinienkernen. Zwar nicht in der richtigen Form, aber..."

„Boah!", unterbrach sie Laura mit weit aufgerissenen Augen. „Das wird ja immer besser! Und wie das duftet!"

„Sei vorsichtig, es ist noch heiß."

„Dann machen wir in der Zwischenzeit am besten ein Foto, bis es abgekühlt ist. Mit Selbstauslöser." Laura suchte einen geeigneten Platz für ihre Kamera, stellte alles ein und setzte sich wieder an den Tisch. „Die Weingläser hoch!"

Katharina teilte die Quiche in sechs Stücke und verteilte die ersten drei auf den Tellern. Es schmeckte wunderbar. Bis zum Nachtisch ließen sie eine halbe Stunde verstreichen, damit das Essen Zeit genug hatte, „herunterzurutschen", wie Laura meinte. Sie fragte Erich, womit er vor dem Ruhestand seinen Lebensunterhalt verdient hatte und er gab bereitwillig Antwort. In Gießen hatte er Mathematik studiert und seitdem die Universität nicht mehr verlassen. Nach dem Diplom hatte er mit einer Dissertation angeschlossen und war ein paar Jahre später Professor geworden. Er hatte zwei erwachsene Söhne, drei Enkel und lebte seit neunzehn Jahren von seiner Frau geschieden. Er war aber immer noch gut mit ihr befreundet. „Eigentlich hatte ich noch nicht vor, in den Ruhestand zu gehen. Aber in den letzten Jahren habe ich eben doch gemerkt, dass ich ein bisschen vergesslich werde und mir die Studenten langsam auf die Nerven gehen. Es wird Zeit, einen neuen Lebensabschnitt zu beginnen, den letzten."

Bei diesen Worten lief es Laura kalt den Rücken hinunter, obwohl es draußen immer noch angenehm warm war.

„Ich bin wirklich froh, dass es diesen Pilgerweg gibt. So habe ich mal etwas Zeit, ein bisschen über mein Leben nachzudenken und mich auf das Neue vorzubereiten."

„Warum bist du nicht schon eher pilgern gegangen?", fragte Laura.

„Weil ich mir nie die Zeit dafür genommen habe. Ich fand immer etwas anderes wichtiger. Meistens war es meine Arbeit. Aber die habe ich auch geliebt."

„Also ich fand Mathe nie sonderlich berauschend", murmelte Laura.

„Für mich war es immer nur ein Mittel zum Zweck", fügte Katharina hinzu.

„Ja, die Mathematiker sind schon ein recht eigenes Volk. Das Gute an der Mathematik ist aber, dass es immer nur Richtig oder Falsch gibt. Ein Zwischending, eine Grauzone, mehrere Möglichkeiten zum Interpretieren – damit muss man sich nicht herumärgern. Entweder, oder. Entweder die ganze Strecke bis nach Santiago de Compostela oder gar nicht."

„Warum bist du dafür erst nach Görlitz gefahren?", wollte Katharina wissen. „Du hättest doch gleich von zu Hause aus loslaufen können."

„Ja, ganz nach dem Motto: Der Weg beginnt vor deiner Haustür."

„Ihr habt Recht. Dieser Pilgerweg war aber der erste, auf den ich gestoßen bin, als ich mich nach Pilgerwegen in Deutschland informierte. Er wirkte gut ausgebaut und bestens mit Herbergen ausgestattet. Da dachte ich mir, ist dieser für den Einstieg nicht schlecht. Ich habe solche langen Wanderungen vorher ja noch nie gemacht. Außerdem hatte ich in meinem ganzen Leben kaum etwas von den neuen Bundesländern gesehen, darum habe ich beschlossen, in Görlitz anzufangen. Und das war eine sehr gute Idee. Vor allem, wenn man von seinen Mitpilgern so köstlich bekocht wird."

Katharina lächelte. „Willst du damit sagen, dass du jetzt gern einen Nachtisch hättest?"

„Nun ja, so langsam vielleicht…"

„Schon gut. Ich bin gleich wieder da." Als Dessert hatte sie Mascarpone-Quark mit Himbeeren und karamellisierten Mandelstückchen vorbereitet. Die Portionen in den Glasschüsseln waren so schön angerichtet, dass es fast zu schade war, sie zu essen. „Nun fang schon an", forderte sie Laura auf, die voller Vorfreude ihr Essen anstarrte.

„Oh Mann, du bist echt unglaublich! Ich sage dir, ich werde jeden einzelnen Löffel davon mit allen Sinnen genießen."

Sie dankten der Köchin über alle Maßen für das gute Essen und unterhielten sich, bis es dunkel wurde. „Um den Aufwasch kümmere ich mich morgen früh", verkündete Laura. „Wehe, mir kommt jemand dazwischen! Ganz besonders jemand, der Katharina heißt."

„Gegen diese Verordnung werde ich bestimmt keinen Einspruch erheben." Sie freute sich sichtlich, dass es allen so gut geschmeckt hatte und der Abend so gelungen war. Als die Pausen zwischen den Gesprächen länger wurden, erhob sich Erich vom Tisch. Er war müde und wollte sich schlafen legen. Laura wünschte ihm eine gute Nacht, sagte aber, dass sie selbst noch eine Weile draußen sitzen wollte. Katharina schloss sich ihr an.

Die Flasche Wein war geleert. Sie waren wieder zu Wasser übergegangen, schauten in die Dunkelheit und schwiegen. Grillen zirpten. Um die Kerze schwirrte ein kleiner Falter.

Laura dachte an ihren ersten gemeinsamen Abend in Arnsdorf. Ein paar Sterne waren am Himmel zu sehen, doch leuchteten die Lichter der Stadt viel zu hell, um in ihnen Bilder zu erkennen.

„Mein Freund war Koch", durchbrach Katharina die Stille. „Was heißt war? Er ist es noch. Er ist nur nicht mehr mein Freund."

„Hat er dich verlassen?", fragte Laura leise.

„Nein. Wir waren uns gleichermaßen über die Trennung einig."

„Warum habt ihr euch getrennt?"

„Weil wir zu wenig Zeit miteinander verbracht haben. Durch mein Studium und später durch meine Arbeit war mein Tag voll ausgefüllt und Ben war in einem Restaurant angestellt. Da waren Wochenenddienste der Regelfall und abends war er natürlich auch oft auf Arbeit. In den ersten Jahren hat das unserer Beziehung gut getan. Weil wir uns so wenig gesehen hatten, konnten wir uns umso mehr vermissen und nacheinander sehen. Hatten wir dann endlich mal einen Tag oder länger nur für uns, konnten wir jeden Moment miteinander genießen und voll auskosten. Wir haben herrliche Urlaube miteinander verbracht, wunderbare Gespräche geführt und so viel miteinander gelacht. Wir haben uns über alles geliebt.

Aber irgendwann ist das Gefühl der Sehnsucht und dass wir so wenig Zeit füreinander hatten, eine Last geworden. Es war nicht mehr dieses romantische Sehnen und Vermissen. Wir haben uns ernsthaft gefehlt und waren nicht da, wenn uns der andere brauchte. Ben wollte aufsteigen und seinen Meister machen und bei mir standen immer mehr Prüfungen an. Wenn ich Halt brauchte, hatte Ben Dienst und wenn Ben geschafft von der Arbeit kam, habe ich schon geschlafen. Wir waren beide sehr ehrgeizig. Es kam für niemanden in Frage, kürzer zu treten oder sich für den anderen aufzuopfern. Keiner sollte seine eigene Karriere für den anderen aufgeben, darin waren wir uns immer einig. Also mussten wir uns zusätzliche Netze knüpfen. Ben hat viel gelesen und Filme geschaut, wenn ich nicht da war. Ich habe angefangen, zweimal in der Woche schwimmen zu gehen. Und natürlich habe ich viel Zeit mit meinem Bruder und seiner Familie verbracht und auch regelmäßig auf die Kinder meiner Freunde aufgepasst. Wir lebten ganz gut auf diese Weise. Freie Tage und gemeinsame Urlaube hatten wir ja trotzdem noch. Und was Kinder betraf, konnten wir beide uns sowieso nicht vorstellen, Eltern zu werden."

Für eine Weile verstummte Katharina.

„Meine Mutter hat nie an unsere Beziehung geglaubt. Sie war enttäuscht, weil sie sich auch von mir Enkel gewünscht hatte. Auf meinem Weg zur Ärztin hat sie mich unterstützt, aber sie konnte nie verstehen, warum mir berufliche Sicherheit immer wichtiger war als eine Familie zu gründen. So lange ich mit Ben zusammen war, war unser Verhältnis darum etwas angespannt. Erst später habe ich begonnen, die Zweifel meiner Mutter zu verstehen und zu teilen. Nicht, was die Familienplanung betrifft, sondern wie Ben und ich unsere Beziehung geführt haben. Wir haben begonnen, uns an unsere Situation zu gewöhnen. Irgendwann war Ben nicht mehr der erste, mit dem ich gesprochen habe, wenn es mir besonders schlecht ging oder ich etwas sehr Schönes erlebt hatte. Er war einfach nicht mehr der wichtigste Ansprechpartner für mich. Als ich das realisiert habe, bekam unsere Beziehung den ersten Riss. Wir hatten darüber geredet und Ben sagte, dass ihm das Gleiche aufgefallen war. Er meinte, dass er manchmal das Gefühl habe, wir würden nur noch funktionieren. Wir wollten deswegen nicht gleich Schluss machen, sondern versuchen, eine Lösung zu finden. Wir haben beschlossen, uns endlich unseren Traum zu erfüllen, gemeinsam für einen Monat nach Island zu fliegen. Als wir uns im vergangenen Herbst vier Wochen von unserer Arbeit freigeschaufelt und alles gebucht hatten, war unsere Beziehung wieder genauso innig wie in den ersten Jahren. Wir haben uns die lange gemeinsame Reise so schön ausgemalt. Manchmal habe ich sogar davon geträumt, dass mir Ben auf Island einen Heiratsantrag macht und wir nicht vielleicht doch Kinder haben wollen.

Aber dann war es wieder so ein Jahr, in dem Ben an Heiligabend und dem ersten Weihnachtsfeiertag arbeiten musste und ich ohne ihn bei meinen Eltern und meinem Bruder gefeiert habe. Ich saß im Kreis meiner Familie, alle waren fröhlich, wir hatten wunderbar gegessen, überall lagen die Geschenke, bis auf die, die für Ben bestimmt waren. Er hatte mir nicht gefehlt an diesen Abenden. Als er sich am Zweiten Feiertag von seiner Arbeit erholte und ich ihn lange beim Schlafen ansah, wurde mir schließlich bewusst, dass ich mir etwas vorgemacht hatte und dass die Reise nach Island unsere Beziehung auf Dauer nicht retten würde. Ob mit Kindern oder ohne, früher oder später hätten wir genauso wieder nur noch funktioniert. Ben dachte das gleiche. Einen Tag vor Silvester haben wir uns getrennt. Elf Jahre waren wir zusammen. Dann war mit einem Tag alles vorbei.

Wir haben die Islandreise storniert und uns jeder eine neue Wohnung gesucht. Und weil alles ganz friedlich und freundschaftlich gelaufen ist, war die Trennung gar nicht so schlimm. Vielmehr war es für uns eine Bestätigung, dass wir die richtige Entscheidung getroffen hatten. Wenn wir uns zufällig begegneten, konnten wir immer noch gut miteinander reden. Ich bin auch noch in dem Restaurant, in dem Ben arbeitet, essen gegangen. Ich hatte meine Familie, meine Freunde, meinen Beruf und meinen Sport. Mein über Jahre hinweg geflochtenes Netz hatte mich bestens aufgefangen. So lange, bis Karen mir von ihrer neuen Arbeit erzählt hat und dass sie wegziehen würden. Es war Anfang Mai. Da hat mir Ben plötzlich wieder gefehlt. Aber er war nicht mehr mein Freund.

Ich fühlte mich so allein. Zwei der wichtigsten Menschen im meinem Leben waren nicht mehr in meiner Nähe oder würden es bald nicht mehr sein. Ich habe mich auf die Arbeit und auf das Schwimmen konzentriert, um nicht so viel über alles nachzudenken. Ich wollte nicht weinen, obwohl es mir gut getan hätte. Ich wusste nicht, was ich mit meinem Urlaub im Sommer anfangen sollte. Es war so schwierig gewesen, einen ganzen Monat von der Arbeit freizunehmen. Darum wollte ich auf keinen Fall zu meiner Chefin gehen und alles wieder rückgängig machen. Ich hätte für eine Woche nach Frankreich ans Meer fahren und die restliche Zeit mit meiner Familie und meinen Freunden verbringen können. Aber es erschien mir nicht richtig. Ich fand es schrecklich, allein ans Meer zu fahren und dabei zu wissen, dass ich, wenn ich wieder zurück kam, noch einsamer sein würde.

Dann erzählte mir meine Patientin von ihrer Wanderung auf dem Pilgerweg. Du weißt, warum sie aller vier Wochen zu mir in die Sprechstunde kommen muss. Sie war anders als sonst. Sie wirkte glücklich, selbstbewusst und befreit. Ihre Augen strahlten regelrecht, als sie mir sagte, dass sie durch das Pilgern endlich einen Weg gefunden hatte, ihre Krankheit anzunehmen und mit ihr zu leben. Ich hielt mich für schwachsinnig, als ich mich über den Weg informiert habe. Aber ich wusste einfach nicht, was ich in den vier Wochen sonst tun sollte. Also habe ich mir den Pilgerführer bestellt, Wandersachen zugelegt und eine Fahrkarte nach Görlitz gekauft.

Ich habe oft an Ben gedacht. Ob wir es vielleicht noch einmal miteinander versuchen sollten. Ich habe darauf gewartet, dass er sich bei mir meldet oder mich wenigstens an meinem Geburtstag anruft, obwohl ich ihn selber lange nicht mehr angerufen habe.

Er hat es nicht getan. Es ist vorbei. Aber nun ist das in Ordnung. Es ist an der Zeit, loszulassen. Und das tue ich jetzt."

Befreit schaute Katharina in die Nacht.

Mensch auf Erden

Wie angekündigt kümmerte sich Laura am nächsten Morgen um den Abwasch. Weil es für sie in Ordnung war, allein zu laufen, brachen Katharina und Erich ohne sie auf. Zuvor hatten die drei vereinbart, sich im 22 Kilometer entfernten Schwerstedt vor der Kirche zu treffen, um dort zu entscheiden, ob sie in der dortigen Herberge bleiben oder noch ein paar Kilometer weiter nach Stedten laufen wollten.

Es versprach wieder ein heißer Tag zu werden. Laut Wetterbericht sollten auch die folgenden Tage warm und regenfrei bleiben.

Der Weg führte zunächst über eine Dorfstraße und bog danach für längere Zeit auf ein Feld ein. Erich lief deutlich langsamer als Katharina, doch sie passte sich ihm gern an. Sie kamen auf ihren Beruf zu sprechen. Ausführlich erzählte sie von ihrem Studium und den Jahren, in denen sie als Assistenzärztin gearbeitet hatte.

„Hast du eine eigene Praxis?", wollte Erich wissen.

„Nein. Zur Zeit bin ich noch angestellt. Im vergangenen Sommer hatte ich allerdings ein längeres Gespräch mit meiner Chefin. Sie sagte, dass sie sehr zufrieden mit mir sei und fragte mich, ob ich mir vorstellen könnte, in zwei oder drei Jahren ihre Praxis zu übernehmen. Das hat mich wirklich sehr geehrt."

„Und? Möchtest du die Praxis übernehmen?"

„Ja. Es wird eine Menge Arbeit und Verantwortung bedeuten, aber ich will es trotzdem. Ich bin jung und habe keine Kinder – und ich habe auch nicht vor, Kinder zu bekommen."

„Nicht? Du möchtest keine Kinder haben?"

„Nein. Es liegt nicht nur daran, weil ich gern die Praxis übernehmen möchte. Ich denke auch, dass ich einfach nicht fürs Kinderkriegen geschaffen bin. Ich bin gern für meine Nichte und meinen Neffen da und springe öfter bei Freunden als Babysitterin ein. Aber rund um die Uhr Verantwortung für ein Kind zu haben, kann ich mir einfach nicht vorstellen, noch dazu wenn ich berufstätig bin. So oft haben sich meine Schwägerin und meine Freundinnen bei mir ausgeheult, weil ihnen alles zu viel geworden ist: die unruhigen Nächte, die Trotzanfälle, die ständigen Wege zum Kinderarzt, die fehlende Zeit für sich selbst. Und ich kenne sie gut genug, um zu wissen, dass sie keineswegs übertreiben. Wenn ich selber Kinder hätte, könnte ich sie nicht mehr unterstützen. Außerdem brauche ich meinen Freiraum. Und obendrein fehlt mir sowieso der Mann fürs Kinderkriegen."

„Dabei wird es doch aber nicht lange bleiben. Bei einer so schönen und intelligenten Frau wie dir müssten die Männer doch Schlange stehen."

„Solange die Männer nicht ebenso schön und intelligent sind wie ich, wird mir das aber nicht viel nützen."

Sie lachten.

„Trotzdem. Auch mit einem guten Mann möchte ich nicht Mutter werden. Wenn die Kinder von Vornherein ein bisschen größer und verständiger wären, sagen wir mal, das Grundschulalter hätten, wäre es etwas anderes. Aber gerade als Mutter muss man ja von Anfang an alles mitmachen."

„Oh ja, die Frauen können einem schon leid tun. Vor allem meine Frau. Ich war kein guter Vater für meine Söhne. Ich konnte einfach nichts mit ihnen anfangen, als sie noch so klein und hilflos waren. Man konnte nicht vernünftig mit ihnen reden, sie haben immer nur das gemacht, was sie nicht sollten, haben sich blutige Nasen geholt und beim Essen vollgekleckert. Ich bin wesentlich lieber zur Arbeit gegangen als auf den Spielplatz."

„Habt ihr euch deswegen scheiden lassen?"

„Nein. Sie war ja gern Hausfrau und Mutter und ehe sie sich mit ansehen musste, wie tollpatschig ich mich anstelle und alles falsch mache, hat sie alles lieber gleich selbst gemacht. Bei uns herrschte klare Rollenverteilung: Ich brachte das Geld und sie kümmerte sich um den Haushalt und die Kinder. Die Scheidung kam erst, als unsere Kinder aus dem Haus waren. Es hat ihr gefehlt, dass sie niemanden mehr bemuttern konnte und sie wollte gern noch einmal beruflich von vorn anfangen. Kannst du dir vorstellen, dass sie sich mit 42 Jahren, ganze 20 Jahre, nachdem sie nur zu Hause gewesen ist, zur Altenpflegerin ausbilden lassen hat? Sie hat den Führerschein gemacht, sich ein kleines Auto gekauft und ist damit durch die Stadt zu den alten Leuten gefahren, wie ich jetzt einer bin. Und es ging ihr so gut damit, dass sie gemerkt hat, dass sie mich eigentlich gar nicht mehr braucht. Während ich mich in der Zeit ganz neu in sie verliebt habe. Ja, so war das. Damals hat es mich wirklich gewurmt. Aber inzwischen ist so viel Zeit vergangen und was hilft es, alten Schuhen nachzutrauern? Freunde sind wir ja immer noch und ich hatte nach wie vor meine Arbeit und natürlich ein paar nette Kollegen zum Biertrinken und Skatspielen. Meine Jungens sind mir auch treu geblieben. Sie nehmen es mir nicht übel, dass ich nie mit ihnen zum Fußballplatz gegangen bin. Außerdem haben sie beide hübsche Frauen geheiratet und gesunde Enkel in die Welt gesetzt. Und so ist alles doch eigentlich ganz gut."

An einer Bank im Schatten legten sie eine Pause ein. Erich schnaufte ein wenig. „Geht es dir gut?", fragte Katharina.

„Oh ja. Ja, ja. Ich bin eben nicht mehr der Jüngste."

„Gib mir mal deine Hand." Sie maß seinen Puls. „Trinkst du ausreichend?"

„Ja, bestimmt. Gerade eben wollte ich meine Flasche aus dem Rucksack holen. Hier, da ist sie schon." Er nahm ein paar kräftige Schlucke.

„Wie viel trinkst du am Tag?"

„Ach, so ein bis zwei Liter, denke ich."

„Das ist viel zu wenig, Erich. Wenn du bei solchen Temperaturen wanderst, musst du doppelt so viel trinken."

„Wenn du das sagst."

Katharina sah ihn bittend und gleichzeitig streng an. „Du bist wirklich nicht mehr der Jüngste. Wenn du es tatsächlich bis nach Santiago schaffen willst, dann höre auf meinen Rat. Und lege öfter Pausen ein, in Ordnung?"

„Ja. Ist gut."

Katharina wollte noch etwas sagen, aber da sah Erich, wie Laura auf sie zukam. „Hallo!", rief sie fröhlich, setzte sich zu ihren Pilgergefährten und trank aus ihrer Wasserflasche. „Puh, ist das eine Hitze heute! Dabei ist es noch nicht mal Mittag. Worüber habt ihr denn gerade geredet?"

„Darüber, dass Kinder selten das tun, was sie tun sollen", sagte Katharina.

„Aha. Wie kommt ihr denn auf so ein Thema?"

„Weil ich gerade das Gefühl habe, mit Kindern unterwegs zu sein."

Laura zuckte die Schultern. „Na und? Ist doch nicht schlimm. *Nur wer erwachsen wird und ein Kind bleibt, ist ein Mensch.* Der ist von deinem Namensvetter, Erich."

„Ja, von Erich Kästner, ich weiß."

„Na, dann fang mal an, erwachsen zu werden." Katharina stand auf. „Ich gehe ein Stück allein weiter. Ihr wisst ja, wo wir uns treffen."

„Hä?" Fragend blickte Laura zu Erich. „Hab ich was verpasst?"

„Nein, nein. Katharina hat nur ein bisschen mit mir geschimpft, dass ich zu wenig trinke."

„Ach so. Na ja, bei mir ist sie auch schon oft Mutti und Frau Doktor gewesen. Aber daran gewöhnt man sich." Sie lachte. „Eigentlich ist es schade, dass sie keine Kinder hat. Ich finde, sie macht das echt gut. Hat sie sich bei dir auch schon beschwert, dass ich beim Pilgern nie mein Handy angeschaltet habe?"

Auf den Stufen der Kirchentreppe in Schwerstedt wartete Katharina auf ihre Mitpilger. Erich kam zuerst und gesellte sich zu ihr. Gleich nachdem er sie begrüßt hatte, zog er seine Flasche aus dem Rucksack und trank mehrere kräftige Züge. „Wenn wir weiter nach Stedten gehen, werde ich sie wohl noch einmal auffüllen lassen müssen", sagte er im Anschluss.

Sie nickte zufrieden. „Es dürften nicht mehr als drei Kilometer bist nach Stedten sein. Wenn es dir nicht zu viel wird, würde ich die gern noch laufen, damit wir es morgen nach Erfurt ein wenig kürzer haben. Laura sagt, es sei eine sehr schöne Stadt, dir wir uns unbedingt näher ansehen sollten."

„Ja, das habe ich auch schon von mehreren Seiten gehört. Ein paar Mal war ich in Erfurt, aber hauptsächlich beruflich. Da habe ich nicht viel von der Stadt gesehen. Von mir aus können wir es also gern so machen, wie du vorgeschlagen hast."

Sie sah ihn prüfend an, hatte aber den Eindruck, dass er sich wirklich nicht zu viel zumutete. „Gut. Dann warten wir also nur noch auf Laura."

Die Pilgerin stimmte ihrem Vorschlag freudig zu. Auf dem Feldweg nach Stedten fiel sie jedoch bald wieder zurück.

Die Herberge war eine kleine Kirche, die viele Jahre lang baufällig gewesen war, nun aber saniert und einladend das Herz des kleinen Dorfes bildete. Auf dem Weg zum Eingang war mit Steinen eine Muschel eingefasst und daneben stand eine hölzerne Rundbank mit einem Tisch in der Mitte. Damit sie für Pilger ein einfaches Zimmer mit Matratzen schaffen konnten, hatten die Einwohner auf die Glocke verzichtet. Vom ersten Moment an fühlte sich Laura in der Herberge wohl. „Allerdings fehlt mir irgendwie etwas, wenn ich im Gästebuch nicht mehr schauen kann, ob sich Erich eingetragen hat", sagte sie zu ihrem Zimmergenossen, der sich auf seiner Matratze ausruhte.

„Du kannst ja nach dem jungen Paar Ausschau halten. Wie hießen sie doch gleich, Daniel und Paul?"

„Daniel und Peter. Und erinnere mich bloß nicht an die. Das war so peinlich mit den beiden! Aber ich kann ja mal nach den Maipilgern schauen, die den Zaun gestrichen haben. Und nach Adele." Sie blätterte durch die Seiten. „Ha! Adele war hier. Aber sie hatte ganz schreckliches Wetter gehabt, die Arme. Den ganzen Tag Regen. Wo ist eigentlich Katharina?"

„Unten im Bad. Aber sie dürfte gleich fertig sein."

„Ach, sie soll sich ruhig Zeit lassen. Ich wollte sowieso nochmal raus. Da sind ein paar Kinder auf dem Spielplatz, die spielen *Mensch auf Erden*. Das habe ich seit der Grundschule nicht mehr gespielt. Dabei habe ich das Spiel so geliebt. Ich habe ihnen gesagt, dass ich mitspielen will und wiederkomme, sobald ich ein bisschen angekommen bin." Im nächsten Moment lief sie die leicht knarrende Holztreppe wieder hinunter.

Katharina schüttelte den Kopf, als Erich ihr erzählte, dass Laura mit den Kindern aus dem Dorf auf dem Spielplatz war. Gleichzeitig musste sie lachen. Sie nahm Lauras Fotoapparat, der griffbereit auf der Matratze lag, und versteckte ihn in ihrer Tasche. „Das will ich festhalten, wie sie als blinde Kuh über den Sand läuft." Erich folgte ihr.

Laura winkte ihnen zu, als sie sie zum Spielplatz kommen sah.

„Sind das auch Pilger?", fragte ein Junge namens Moritz.

„Ja, das sind Katharina und Erich. Die wollen aber bestimmt nicht mitspielen. Seht nur, sie setzen sich auf die langweilige Erwachsenenbank."

Die Kinder lachten. Nach zwei Runden, in denen Laura dem jeweiligen Fänger glücklich entwischen konnte, hatte sie das Pech, genau in dem Moment auf dem Boden zu sein, als ein Mädchen mit dem Namen Saskia „Mensch auf Erden?" rief.

„Jetzt ist Laura dran", raunte Katharina Erich zu. Sie kicherten, als ob sie selbst Kinder wären, während sie den Fotoapparat hervorzog.

Laura stellte sich an einen Baum, schloss die Augen und rief: „Eins, zwei, drei, vier, den Rest erspar' ich mir." Mit ausgestreckten Armen lief sie los und tastete sich, immer wieder, aber nicht zu oft, „Mensch auf Erden?" rufend um die Geräte.

Als die Kinder bemerkten, dass sie heimlich fotografiert wurde, hatten sie große Mühe, sich durch ihr Lachen nicht zu verraten. Was besonders schwer war, da Katharina sie ununterbrochen mit albernen Kommentaren neckte.

„Eigentlich ist das ja schon ein bisschen ungerecht", sagte Laura, als sie endlich ein Kind in die Hände bekommen hatte und abtastete. „Ich habe ja gerade erst eure Namen gelernt. Und ihr zwei Jungen seht euch ganz schön ähnlich." Schließlich riet sie einfach: „Yannik?"

„Ja!" Alle bis auf Yannik, der es tatsächlich gewesen war, jubelten. Laura durfte die Augen wieder öffnen. In diesem Moment sah sie, dass Katharina Fotos von ihr gemacht hatte.

„Tut mir leid, dass ich ohne zu fragen deine Kamera genommen hatte", entschuldigte sie sich. „Aber die Chance konnte ich einfach nicht ungenutzt lassen."

„Ey, du bist echt fies", beschwerte sich Laura, musste aber selber über die Bilder lachen. Natürlich wollten die Kinder und Erich sie auch sehen.

„Jetzt lassen wir euch aber in Ruhe weiterspielen", sagte Katharina. „Soll ich deinen Fotoapparat wieder mit rein nehmen?"

„Ja, bitte." Sie gab ihn zurück. „Du bist echt eine Nummer, weißt du das?"

Bis ihre jungen Freunde nach Hause gerufen wurden, um Abendbrot zu essen, blieb sie bei ihnen. Saskia, die gleich nebenan wohnte, fragte ihre Mutter, ob sie nachher wieder mit ihr auf den Spielplatz durfte. Und weil sie Ferien hatten und Laura volljährig war, erlaubten es auch die Eltern der anderen Kinder.

So kam die Pilgerin ebenfalls nur zum Essen in die Herberge. In Buttelstedt hatte Katharina eine Packung Nudeln, Tomatensoße und geriebenen Käse besorgt, was die Pilger in Schwerstedt auf ihre Rucksäcke aufgeteilt hatten. Während Laura sich wusch, kümmerten sich ihre Freunde um das Essen, das sie draußen vor der Kirche einnahmen. Kaum hatte sie ihren Teller leer gegessen, wurde sie auch schon von Saskia abgeholt.

Erich und Katharina sprachen sie vom Spüldienst frei und gingen anschließend in die kleine Dorfkneipe unweit der Herberge.

„Eigentlich müsste man mal etwas Alkoholfreies nehmen", meinte Katharina, nachdem beide ein Maß Bier bestellt hatten. „Wir sind hier ja nur am Süffeln."

„Ach, was soll der Geiz. Wir haben uns schließlich den ganzen Tag bewegt und sind im Urlaub."

Eine Weile sprachen sie über Reisen, die sie in ihrem Leben unternommen hatten. Katharina erzählte von ihrem geplanten Islandurlaub, wenngleich nicht ganz so ausführlich wie am Abend zuvor.

Erich zuckte mit den Schultern. „So geht es eben manchmal zu im Leben. Dafür hast du deine Erlebnisse auf diesem Pilgerweg. Und ich habe den Eindruck, dass du die Zeit hier nicht missen möchtest."

„Nein, das möchte ich wirklich nicht. Ich habe viele schöne Dinge erlebt und wirklich gute Freunde gefunden. Dich, Elisabeth und Rüdiger und natürlich Laura." Sie schüttelte den Kopf. „Dabei fand ich sie die ersten Tage so furchtbar. Ich wollte meine Ruhe haben und diese damals für mich völlig sinnlose Wanderung einfach nur hinter mich bringen. Und dann sitzt da so ein junges Ding im Baum, das von nichts anderem redet, als wie toll das Pilgern ist. Laura war so vorlaut und viel zu freimütig für ihr Alter. Ich wollte ihr aus dem Weg gehen, aber wir sind immer wieder in den selben Herbergen gelandet. Erst als ich sie bei Gerda ein bisschen besser kennengelernt habe, habe ich meine Meinung über sie langsam geändert. Und als ich am Tag darauf in Bautzen zum ersten Mal allein in einer Herberge war, das, was ich eigentlich die ganze Zeit wollte, hat sie mir gefehlt. Es war so einsam dort, dass ich es fast nicht aushalten konnte. An dem Abend hatte mein Bruder angerufen und zum hundertsten Mal gefragt, was ich eigentlich auf dem Weg verloren habe. In dieser Stunde habe ich mir gesagt, dass ich noch zwei Tage auf diesem Pilgerweg bleiben werde. Wenn sich in dieser Zeit nichts bessern sollte, wollte ich wieder zurück nach Hause fahren. Ich war mir sicher, dass es soweit kommen würde."

„Aber in der nächsten Herberge hast du Laura wiedergetroffen."

„Ja. Sie ist mir um den Hals gefallen wie einer Freundin. Laura ist so jung und in vielen Dingen noch unreif und naiv. Aber ich glaube, genau das ist es, was ich gerade brauche. Diese kindliche Unbeschwertheit und diese pure Lebensfreude, selbst das bedingungslose Gottvertrauen, obwohl ich mit der Kirche nichts zu tun habe. Ich habe sie wirklich liebgewonnen. Sie ist wie eine kleine Schwester für mich. Es tut mir gut, in ihrer Nähe zu sein."

Erich lächelte, denn er erinnerte sich daran, was ihm am Vortag Laura anvertraut hatte.

„Ich fühle mich verantwortlich für sie und nehme es mir zu Herzen, wenn ihr Vater mich bittet, auf sie aufzupassen. Und ich ärgere mich, wenn Laura nicht auf mich hören will, wenn sie eigensinnig und ignorant ist. Aber letztendlich bin ich einfach nur froh und dankbar für ihre Freundschaft. Ohne sie wäre ich schon längst nicht mehr auf dem Weg."

Der Wirt holte die leeren Krüge vom Tisch. „Darf es noch etwas für die Herrschaften sein?"

„Ich denke, noch einmal das Gleiche, oder?"

„Wollten wir in der nächsten Runde nicht Saft nehmen?"

„Ach, Saft ist doch was für Kinder. Wir nehmen noch einmal dasselbe."

Zufrieden ging der Wirt zum Zapfhahn.

„Du erinnerst mich an meinen Vater", sagte Katharina. „Wenn er im Sommer mit meinem Bruder und mir zelten war, hat er auch immer auf den Putz gehauen. Limo, Eis und Pommes, so viel wir nur wollten. *Aber sagt es bloß nicht eurer Mutter*, hat er immer gesagt."

„Deine Mutter ist wohl nicht mit zelten gegangen?"

„Nein. Sie sagte immer: *Wenn ich Urlaub habe, will ich mich erholen und nicht auf Luftmatratzen schlafen und im Regen quer über den Zeltplatz marschieren, nur weil ich mal aufs Klo muss.* Aber Robert und ich waren immer wahnsinnig gern mit unserem Vater zelten. Es war jedes Mal ein Abenteuer für uns."

Als sie mit ihren neu gefüllten Gläsern anstießen, kam Laura zu ihnen.

„Na, ausgetobt?", fragte Erich.

„Ja. Von mir aus hätte es gern noch weitergehen können, aber die Eltern wollten ihre Kinder jetzt gern im Haus haben. Na ja, in dem Alter musste ich auch immer halb neun im Bett sein. Selbst wenn Ferien waren."

„Aber wir erlauben dir, noch ein bisschen aufzubleiben", sagte Katharina großzügig. „Ich denke, bis zur allgemeinen Nachtruhe um zehn ist es in Ordnung, oder Erich?"

„Ja, das können wir schon mal durchgehen lassen."

„Oh danke, liebe Mutti und lieber Opa. Ich putze mir auch ganz schnell die Zähne und ziehe mir sofort meinen Schlafanzug an."

Sie lachten.

„Möchtest du noch etwas trinken?", fragte Erich.

„Ja, auf alle Fälle. Ich hab bloß gerade kein Geld dabei. Kann mir einer von euch was auslegen?"

„Schon gut", erklärte Erich. „Heute Abend lade ich euch ein."

„Danke", sagte Laura.

„Was darf's sein?", war der Wirt schon zur Stelle. Für einen kurzen Moment überlegte sie. „Ich denke, heute nehme ich einfach mal nur Saft. Haben Sie Kiba?"

Des Anderen Last

Laura war als erste wach. Sie lief hinunter in das kleine Badezimmer und war froh, dass ihre Wäsche über Nacht getrocknet war, obwohl sie sie am Vortag so spät aufgehangen hatte. Als sie wieder nach oben kam, schliefen auch Katharina und Erich nicht mehr. Katharina stand auf und ging ins Bad. Erich wollte noch ein bisschen liegen bleiben.

Laura setzte sich an den Tisch, um einen Gästebucheintrag zu verfassen. Zehn Minuten später kam Katharina zurück. „Du liegst ja immer noch", sagte sie zu Erich.

„Ja", brummte er. „Mir tun morgens manchmal die Beine ein bisschen weh."

Katharina wurde hellhörig. „Fühlen sie sich auch ein wenig taub an?"

„Taub? Na ja..."

Sie hockte sich zu ihm. „Lass mich deine Beine mal anschauen."

„Ach, das ist doch nicht der Rede wert. Das wird nur ein bisschen Muskelkater vom Wandern sein. Ich bin nun einmal..."

„... nicht mehr der Jüngste, ganz genau. Komm schon, lass mich einen Blick auf deine Beine werfen."

Mit einem Seufzen schälte sich Erich aus seinem Schlafsack. Von ihrem Platz aus beobachtete Laura, wie Katharina Erichs Beine untersuchte. „Mach langsam, wenn du aufstehst", sagte sie. „Und trink gleich etwas. Es ist wirklich ganz wichtig, dass du ausreichend trinkst, Erich. Verstanden?" Sie schickte Laura hinunter in die Küche. „Nimm eines der großen Gläser. Fülle es bis zum Rand mit Wasser." Die Pilgerin folgte ihrer Anweisung, ließ sich aber Zeit. Erneut maß Katharina Erichs Puls.

„Nun ist aber gut", lachte er. „Ich bin doch nicht krank."

„Nein. Ich will aber auch nicht, dass du krank wirst. Tust du mir einen Gefallen und läufst heute nicht allein? Oder wenigstens so, dass einer von uns hinter dir ist und dich ein bisschen im Auge hat?"

„Jetzt übertreibst du aber, Katharina. Es geht mir gut. Wirklich." Erich stand auf. Als Laura ihm sein Wasser reichte, rollte sie die Augen, worauf Erich kaum merklich mit den Schultern zuckte.

Das Frühstück nahmen die Pilger vor der Kirche ein. Sie teilten Obst, Brot und Käse und tranken dazu Tee. Katharina und Laura spülten das Geschirr. Erich packte seinen Rucksack und war als erster aufbruchbereit. „Ich gehe schon einmal los", verabschiedete er sich. „Ich bin ja nicht so schnell, da werdet ihr mich bestimmt bald einholen."

„Auf jeden Fall", antwortete Laura fröhlich. „Es sei denn, ich komme wieder an Pflaumenbäumen vorbei."

Nachdem auch die Frauen ihre Rucksäcke gepackt hatten, bat Katharina Laura, den Schlüssel wieder zurückzugeben. „Die Frau wohnt gleich am Ende der Straße. Wirf den Schlüssel in den Briefkasten mit der Nummer 23."

„Okay. Wenn es mit der Herberge nicht klappt, legt mir ein Zeichen auf den Weg. Damit ich weiß, dass ich mal mein Handy anmachen sollte." Sie ging los.

„Willst du nicht deinen Rucksack mitnehmen?", hielt Katharina sie zurück.

„Warum? Ich bin doch gleich wieder da. Ich muss ja sowieso an der Kirche vorbei."

„Nimm wenigstens deine Wertsachen mit."

„Ach, hier auf dem Dorf passiert doch nichts. Mach dir nicht immer so viele Sorgen." Laura winkte und lief unbeschwert weiter. „Geh ruhig los."

Katharina zögerte. Eine Minute später setzte sie sich in Bewegung. Es war wichtiger, die Verantwortung für Erich zu übernehmen als für einen Rucksack. Laura war alt genug; wenn sie meinte, ihren Rucksack unbeaufsichtigt lassen zu können, dann sollte sie es eben tun. Kam am Ende etwas weg, war es ihre eigene Schuld.

Das erste Stück bis zum nächsten Dorf führte an einem Bach entlang. Anschließend verlief der Weg auf einer wenig befahrenen Straße zur nächsten Ortschaft, von welcher es über ein Feld weiterging. Kurz hinter dem Abzweig hatte Laura Katharina eingeholt. „Du bist ja heute langsam unterwegs. Wenn ich erst den Schlüssel weggeschafft und zweimal an Mirabellenbäumen Halt gemacht habe und jetzt schon bei dir bin. Da vorne läuft ja auch Erich! Habt ihr etwa schon eine längere Pause gemacht?"

„Nein."

„In Ollendorf müssen wir mal nach einem kleinen Laden Ausschau halten. Im Pilgerführer steht, dass es dort eine Einkaufsmöglichkeit gibt. Mein Essen reicht zwar noch bis Erfurt, aber ich habe Appetit auf einen Joghurtdrink oder eine Fruchtmolke oder irgendsowas in der Art. Es ist schon wieder so warm. Und auf den langen Feldwegen hier bekommt man kaum Schatten."

„Hm", machte Katharina nur.

„Was ist los mit dir? Du sagst ja gar nichts."

„Oder du redest einfach nur wieder zu viel."

Laura hob die Augenbrauen.

„Ich mache mir Sorgen um Erich", erklärte Katharina nach einer Weile.

„Warum?"

„Weil ich denke, dass er sich mit dieser Pilgerwanderung zu viel vorgenommen hat. Es ist verrückt, was er sich in den Kopf gesetzt hat."

„Es ist verrückt?" Laura musste lachen. „Was geht denn hier ab? Du läufst auf dem Pilgerweg und sagst über andere Pilger, dass sie verrückt sind?"

„So meine ich das nicht. Es geht darum, dass Erich nicht für so eine lange Fußreise gemacht ist. Er packt das gesundheitlich nicht."

„Erich packt es nicht? Blödsinn. Er ist seit fast drei Wochen unterwegs, genauso wir wir."

„Wir sind aber deutlich jünger als Erich."

„Na und? Ob man pilgern kann, hängt doch nicht vom Alter ab. Wir hatten schon Pilger bei uns, die noch zehn Jahre älter als Erich waren und trotzdem topfit."

„Wahrscheinlich, weil sie ihr Leben lang regelmäßig gewandert sind oder anderen Sport getrieben haben. Aber Erich hat immer nur im Büro gesessen oder Vorlesungen gehalten. Bis auf einen kurzen gelegentlichen Spaziergang hat er sich nie bewegt. Er ist nie Fahrrad gefahren oder schwimmen gewesen und nun will er über 3000 Kilometer durch Europa pilgern?"

„Was denn? Wo ein Wille ist, ist auch ein Weg. Ist doch toll, wenn er sich jetzt noch so eine große und vor allem besondere Reise vornimmt."

„Nein, es ist nicht toll!" Katharina wurde lauter. „Es ist einfach nur dumm und naiv."

„Oh Mann. Jetzt kommt wieder die nervige Mutti bei dir durch."

Sie meinte es spaßig, aber ihre Weggefährtin sah sie streng an. „Pass auf, was du sagst, Laura!"

„Hey, jetzt komm mal wieder runter. Ich meine ja nur, dass du dir nicht immer so viele Sorgen machen sollst. Du hast ständig Angst: vorm Fuchsbandwurm, vor Zecken, davor, dass mir jemand mein Portemonnaie klaut. Aber hey, ist jemals was passiert? Solltest du nicht inzwischen gelernt haben, dass du im Leben ruhig ein bisschen mehr Vertrauen haben kannst? Sieh nicht immer so schwarz, glaub doch mal an das Gute und an Wunder. Selbst wenn Erich nie zuvor so etwas gemacht hat, muss das noch lange nicht heißen, dass er es nicht schaffen kann. Wenn er es wirklich will, dann kommt er auch nach Santiago. Habe ich dir mal von der Pilgerin erzählt, die..."

„Laura, hör auf damit!", fuhr Katharina dazwischen. „Hier geht es nicht um irgendwelche tollen wundersamen Geschichten auf dem Pilgerweg! Hier geht es um echte gesundheitliche Risiken."

„Bloß weil Erich mal zu wenig getrunken hat und ihm heute Morgen die Beine ein bisschen weh getan haben? Das ist doch nichts Besonderes. Ich hatte am Anfang auch Muskelkater und wenn ich mal ein Stückchen weiter gelaufen bin, als es mir gut getan hat, dann hatte ich genauso Schmerzen."

„Laura, du sollst aufhören!" Katharina blieb stehen. „Du redest hier über Dinge, von denen du keine Ahnung hast. Also lass es einfach! Lass es!"

Einen Augenblick war sie sprachlos. „Sag mal, bist du deswegen so langsam? Hast du dir jetzt etwa vorgenommen, wie eine Krankenschwester auf Erich aufzupassen? Das ist doch bescheuert. Erich ist doch kein Kind mehr."

„Und das sagt mir eine, die selber noch ein Kind ist und mit Grundschülern auf dem Spielplatz tobt?"

Laura wurde rot. „Jetzt mach mich nicht schon wieder kleiner, nur weil ich erst achtzehn bin. Bloß weil du ein paar Jahre älter bist, brauchst du dir nichts darauf einbilden, das hab ich dir schon einmal gesagt. Du bist nichts Besseres deswegen. Nicht im Geringsten! Erich wird es bis nach Santiago schaffen. Er wird seinen Traum erfüllen. Darauf kannst du Gift nehmen!" Wütend zog sie davon.

Kurz vor Ollendorf holte Laura Erich ein. Sie keuchte ein wenig.

„Heute gibt es wohl nichts zu essen unterwegs?", fragte er.

„Nein, nicht so richtig. Aber ich habe sowieso gerade keinen Appetit."

„Warum?"

„Weil ich mich gerade ziemlich mit Katharina gezofft habe."

„Wirklich?" Erich war sichtlich erstaunt. „Ich denke, ihr seid so gut miteinander befreundet?"

„Ja, eigentlich sind wir das. Aber manchmal ist sie so spießig und neunmalklug und übervorsichtig. Und so eine Schwarzmalerin und Pessimistin und ach!" Laura schüttelte sich.

„Worüber habt ihr denn gestritten?"

„Über dich. Katharina hat gesagt, dass sie sich Sorgen um dich macht und dass sie glaubt, dass du es nicht bis nach Santiago schaffst. Da habe ich gesagt, dass sie nicht immer so ängstlich sein soll und dass ich an dich glaube. Na ja, und das alles einen ganzen Zacken schärfer. Echt ätzend. Ich hab gerade überhaupt keine Lust, mit ihr in die Herberge zu gehen. Hast du uns schon angemeldet?"

„Ja, uns alle drei."

„Dann sollte ich mich vielleicht gleich wieder abmelden und in eins von den Hostels gehen."

„Aber Laura! Das ist doch kein Grund, gleich auseinander zu gehen. Schon gar nicht wegen mir."

„Findest du es etwa nicht nervig, wie sie dich bemuttert? Katharina läuft schon den ganzen Tag so hinter dir her, dass sie dich immer sieht. Das ist doch nicht normal! Will sie die ganze Zeit bis Vacha so weitermachen? Danach kann sie doch auch nicht mehr auf dich aufpassen."

„Das stimmt natürlich. Trotzdem möchte ich nicht, dass ihr euch wegen mir streitet. Lass uns an der nächsten Bank Rast machen und auf sie warten. Dann reden wir darüber und ihr vertragt euch wieder, ja?"

Begeistert war Laura von seinem Vorschlag nicht, aber sie willigte ein. An der Kirche fanden sie eine Bank, auf der sie Platz nahmen und etwas tranken. Katharina kam nicht. Plötzlich schien sie wie vom Erdboden verschluckt.

„Hattest du nicht gesagt, sie ist direkt hinter uns?", wunderte sich Erich. „Nicht, dass sie sich verlaufen hat."

„Glaube ich nicht. Sie kommt wegen mir nicht."

„Nein, das ist doch albern. Ich rufe sie an. Katharina hat mir gestern ihre Nummer gegeben."

„Wenn du meinst."

Erich wählte und hielt das Telefon an sein Ohr. Dann nahm er es wieder fort. „Seltsam. Ihr Handy ist ausgeschaltet."

„Kann nicht sein. Katharina schaltet ihr Handy nie aus. Wahrscheinlich ist es nur wieder kaputt." Sie erzählte, was sie in Merseburg erlebt hatte.

„Das ist mir jetzt aber gar nicht recht", meinte Erich.

Laura zuckte die Schultern. „Sie wird sich schon nicht verlaufen haben. Und wenn doch, ist sie erwachsen und kann nach dem Weg fragen. Und merkt dann vielleicht selber, dass sie dich nicht rund um die Uhr behüten kann. Komm, lass uns weitergehen. Ich will heute noch was von Erfurt sehen." Sie stand auf.

Erich blieb sitzen.

„Willst du lieber allein weitergehen?"

„Allein? Ach nein, ich hatte so lange keine Gesellschaft. Und ab Vacha werde ich wieder für längere Zeit allein sein. Du müsstest vielleicht nur ein bisschen langsamer laufen."

„Na klar, kein Problem. Ich habe nämlich auch keine Lust, allein zu sein. Da ärgere ich mich bloß über Katharina."

„Wollen wir also über etwas anderes reden?"

„Unbedingt. Wenn du willst, kann ich dir ein paar Gedichte vortragen. Kennst du *Das große Lalula* von Christian Morgenstern?"

„Nein."

Sie sagte es ihm auf. Das Dorf war schnell verlassen und der Weg führte wieder über ein weites Feld. Nach einer Weile drehte sich Laura ohne einen besonderen Grund um.

„Da hinten läuft Katharina. Habe ich es dir doch gesagt, dass sie sich wegen mir nicht zu uns setzen will. Bei der nächsten Pause rufe ich in einer anderen Herberge an."

„Nein, tu das bitte nicht. Du gibst mir ja das Gefühl, mich für eine von euch entscheiden und die andere verraten zu müssen. Lasst euch jetzt einfach Zeit und Abstand, damit sich jeder von euch beruhigen kann. Und wenn wir heute Nachmittag in Erfurt sind, wird alles schon wieder ganz anders aussehen. Kennst du noch andere Gedichte?"

Sie liefen weiter von Ortschaft zu Ortschaft. Machten sie in den Dörfern eine Pause, war Katharina nicht zu sehen, doch auf den langen unbewohnten Strecken lief sie immer wenige Hundert Meter hinter ihnen.

„Jetzt haben wir es bald geschafft", sagte Laura, als sie ein Dorf namens Töttleben verließen. „Der nächste Ort ist Kerspsleben und dann geht es direkt an der Bundesstraße nach Erfurt. Das ist bestimmt wieder genauso eine Tortur wie damals nach Großenhain. Und dann noch bei der Hitze. Schrecklich."

Sie versuchte, nicht an Katharina zu denken, obwohl ihr der Streit mit ihr mehr zu schaffen machte, als sie zugeben wollte. Die Mittagshitze hatte beständig zugenommen. Eine leichte Brise wehte, doch brachte sie keinerlei nennenswerte Abkühlung. Schwitzend und schwer atmend setzten Erich und Laura Schritt um Schritt. Bald sprachen sie gar nicht mehr miteinander, weil es dafür einfach zu heiß war.

Die Felder, die sie durchwanderten, waren abgeerntet und der von Stoppeln gezeichnete Boden wirkte verbrannt. Nachdem der Weg einen Knick nach rechts genommen hatte, ging er wieder stur geradeaus. In der Ferne waren die Häuser von Kerpsleben zu sehen. Aber eben nur in der Ferne. Laura starrte zu ihnen. Sie merkte nicht, dass sie unbewusst, um eher anzukommen, ihr Tempo beschleunigt hatte und Erich sich bemühte, mitzuziehen, dabei aber immer ein paar Schrittlängen hinter ihr blieb.

Plötzlich hörte sie einen dumpfen Aufschlag. Aus ihren Gedanken gerissen blieb sie stehen. Erich lief nicht mehr neben ihr. Sie drehte sich um und erstarrte. Erich war zu Boden gestürzt. Reglos lag er auf der Erde. Im nächsten Moment schrie Laura. Sie schrie, so laut sie konnte.

Den ganzen Tag war Katharina hinter ihnen hergelaufen. Wenn sie gesehen hatte, dass die beiden eine Pause einlegten, hatte sie sich ebenfalls einen Platz zum Rasten gesucht, meist einen weniger schönen und immer im Abstand zu ihnen. Es war kindisch, aber sie konnte und wollte Laura einfach nicht sehen. Ihr Ärger war so groß, dass sie sich nicht einmal sicher war, ob sie am Abend die Herberge mit ihr teilen wollte.

Lauras Leichtsinn und Naivität waren das Eine. Darüber konnte sie noch am ehesten hinwegsehen, wenn sie daran dachte, wie jung Laura war. Doch die Art, wie sie, und das nicht zum ersten Mal, mit ihr gesprochen hatte, würde sie keineswegs so leicht verzeihen können. Natürlich hatte Laura Recht, wenn sie sagte, dass sie Erich nicht rund um die Uhr bis Vacha im Blick behalten konnte. Das hatte sie ja auch gar nicht vor. Nur weil er am Morgen gesagt hatte, er habe Schmerzen in den Beinen, hatte Katharina das Gefühl, ihn an diesem Tag nicht allein lassen zu dürfen. Nicht zuletzt, weil Erich zu der Sorte Patienten gehörte, die unvernünftig waren und nicht einsehen wollten, dass ihnen etwas fehlte. Sie musste noch einmal in aller Ruhe mit ihm reden, und wenn er am folgenden Morgen wieder schmerzende Beine haben sollte, würde sich das Gespräch wesentlich ernster gestalten. Natürlich hoffte sie, dass sich ihre Vorsicht nicht bestätigte. Sie gönnte Erich die Erfüllung seines Traumes von ganzem Herzen. Aber sie machte sich auch darauf gefasst, dass er seine Reise abbrechen musste. Und dass sie diejenige sein würde, die ihm dazu riet.

Katharina war ein wenig überrascht, als der Weg plötzlich scharf nach rechts abknickte. Weil sie schon seit längerer Zeit kein Muschelzeichen mehr wahrgenommen hatte, setzte sie ihren Rucksack ab und warf einen Blick in ihren Pilgerführer. Die Karte versicherte ihr, dass sie richtig war. Noch einmal die selbe Strecke Feldweg, dann würde sie in Kerpsleben sein. Zum Glück, da sie ihren Wasservorrat fast schon wieder aufgebraucht hatte. Sie trank ein paar Schlucke, dann steckte sie Flasche und Pilgerführer zurück in ihren Rucksack.

Plötzlich hörte sie einen Schrei. „Katharina! KATHARINA!"

Sie ließ alles stehen und liegen und rannte, so schnell sie konnte, zu Laura. Wie versteinert stand sie neben Erich. „Er ist einfach umgekippt."

Katharina beugte sich zu ihm herab, rüttelte ihn und rief seinen Namen. „Erich! Erich! Hörst du mich?" Sie befreite ihn von seinem Rucksack, knöpfte sein Hemd auf und überprüfte seine Atmung. „Erich! Erich!"

Er stöhnte, hielt die Augen aber geschlossen.

„Ruf einen Rettungswagen!", befahl Katharina.

Die Pilgerin reagierte nicht.

„Laura!", rief sie noch einmal lauter.

Sie zuckte zusammen, stand aber ebenso hilflos wie zuvor. Katharina zog Erichs Handy aus dem Rucksack und wählte den Notruf. Laura verstand nicht, was sie am Telefon sagte. Stocksteif und fassungslos harrte sie daneben, unfähig etwas zu tun und unfähig, überhaupt zu realisieren, was soeben geschah. Es klang wie aus weiter Ferne, als Katharina sie noch einmal rief. „Laura! Laura! LAURA!"

Endlich rührte sie sich.

„Kannst du mich verstehen, Laura?"

Sie nickte.

„Du musst mir helfen, okay?"

Wieder nickte Laura.

„Hör mir zu: Du setzt jetzt deinen Rucksack ab, nimmst deine Wasserflasche und rennst nach Kerpsleben. Bis zur ersten Straße, verstanden? Dort wartest du auf den Rettungswagen und winkst ihn heran. Du zeigst dem Fahrer, wo er langfahren muss und kommst dann gleich wieder hierher. Und du trinkst, hast du mich verstanden?"

Laura begann zu weinen. „Ja."

„Du musst dich jetzt zusammenreißen!"

„Ja, Katharina." Sie schluckte ihre Tränen herunter.

„Lauf!"

Laura rannte los. Sie traf auf die erste Straße, blieb dort stehen und trank. Ihr Herz raste, sie rang nach Atem und wollte das alles nicht wahrhaben. Es musste ein schlechter Traum sein.

Doch dann hörte sie das Martinshorn. Sie sah den Rettungswagen, winkte mit beiden Armen und zeigte auf den Feldweg. Die Sirene verstummte und der Wagen fuhr davon.

Mit Hilfe seines Rucksacks hatte Katharina Erichs Füße hochgelagert und seinen Kopf überstreckt. Als die Sanitäter aus dem Wagen stiegen, sagte sie ihnen alles, was sie wissen mussten. Sie holten die Trage heraus. In diesem Moment erwachte Erich aus seiner Bewusstlosigkeit. Sie nahm seine Hand und redete beruhigend auf ihn ein. Seine Antwort glich einem Flüstern. „Ach, Katharina..."

„Schon gut, Erich. Rede jetzt nicht."

Die Sanitäter hoben ihn auf die Trage und schoben ihn in den Wagen. Katharina nahm seinen Rucksack und hob ihn ebenfalls hinein. Erich streckte die Hand nach ihr aus. „Lass mich nicht allein, Katharina! Bitte lass mich jetzt nicht allein."

„Ja, Erich. Ich bleibe bei dir."

Die Türen wurden zugeschlagen. Gerade als Laura den Unfallort wieder erreichte, fuhr der Rettungswagen davon. Sie starrte ihm hinterher, bis sie ihn nicht mehr sehen konnte. Nur das Martinshorn hörte sie noch einmal, bis auch dieses verstummte.

Es war still auf dem Pilgerweg, so still.

Einsam stand Laura zwischen den Feldern. Ihr Rucksack lag am Wegrand. Auf dem trockenen Gras war noch zu sehen, wo Erich gelegen hatte. Und nun war er fort. Zusammen mit Katharina. Langsam begann der Schock sich zu lösen. Der Schleier fiel und gab alles, was geschehen war, in seiner klaren und schrecklichen Realität preis. Erich. Katharina. Laura.

Sie fiel auf die Knie, vergrub ihr Gesicht in den Händen und begann bitterlich zu weinen.

Jegliches Gefühl für Zeit war verlorengegangen. Wie lange sie geweint hatte, wusste sie nicht. Aber was spielte das auch für eine Rolle, wenn sie daran dachte, wo Erich gerade war? Wenn er überhaupt noch ... Nein, bloß nicht daran denken! Katharina hatte doch schnell reagiert, sie hatte doch gewusst, was zu tun war und sie war bei ihm. Nur was sollte Laura jetzt tun?

Sie würde sie suchen müssen. Ja, sie musste ebenfalls ins Krankenhaus. Sie musste nach Erfurt. Dorthin, wo der Pilgerweg sie ohnehin führte. Schwach und trotz der Hitze zitternd stand Laura auf und wischte sich die letzten Tränen aus dem Gesicht. Die vorerst letzten. Sie steckte ihre Flasche in den Rucksack und hob ihn auf die Schultern. Dann lief sie los. Im nächsten Augenblick blieb sie stehen. Was war mit Katharinas Rucksack? War sie nicht ohne ihn zu Erich und Laura gerannt? So schnell wie alles gehen musste, konnte sie ihn nicht erst noch geholt haben!

Sie ging den Weg zurück. Schon bald sah sie etwas rot Schimmerndes im verbrannten Gras liegen. Katharinas Rucksack. Erneut begann sie zu weinen. Sie hob den Rucksack auf die Arme und trug ihn wie ein eingeschlafenes Kind vor ihrer Brust.

Katharina hörte auf zu zählen, zum wievielten Mal sie versuchte, mit Erichs Handy ihr eigenes Telefon und damit Laura zu erreichen. Warum nur hatte sie nicht eher reagiert und sich unterwegs ein neues Handy zugelegt? Wo blieb sie nur so lange? Es war nicht richtig, sie in ihrem Schock allein gelassen zu haben. Aber es war sinnlos, sich deswegen Vorwürfe zu machen. Alles, was sie jetzt noch tun konnte, war warten. Hoffen. Und vertrauen.

Seit Laura Katharinas Rucksack auf den Arm genommen hatte, waren fast zwei Stunden vergangen. Seltsamerweise hatte niemand sie unterwegs angesprochen, so mancher der wenigen Leute, denen sie begegnete, hatte zwar etwas verwundert geschaut, aber keiner etwas gesagt. Endlich hatte sie den Haupteingang der Klinik erreicht. Sie weinte schon wieder, als sie durch die breite, sich von allein öffnende Glastür trat. Vor ihr erstreckte sich ein großer Raum. Auf der rechten Seite befand sich ein Informationstresen und auf der linken Seite, direkt an einem großen Fenster, durch das helles Licht schien, ein Wartebereich mit blauen Polsterstühlen und einigen Pflanzen.

Ihre Blicke trafen sich. Sie blieb stehen und setzte ihren Rucksack vorsichtig ab. Katharina sprang auf und eilte zu ihr. „Da bist du ja endlich!"

Ängstlich sah Laura ihr Gegenüber an. „Wie geht es Erich? Ist er…"

„Mach dir keine Sorgen. Erich ist in guten Händen."

Sie nickte, weinte aber umso mehr.

„Warum kommst du erst jetzt? Bist du etwa das ganze Stück bis hierher gelaufen?"

„Nur bis zum Stadteingang", murmelte Laura mit gesenktem Kopf. „Den Rest bin ich mit der Straßenbahn gefahren."

Ungläubig sah Katharina auf sie herab. „Und die ganze Zeit hast du meinen Rucksack getragen? Warum hast du denn kein Taxi gerufen?"

„Es hätte sich nicht richtig angefühlt", sagte Laura leise. Dann brach es aus ihr heraus. „Es tut mir so leid, Katharina! Bitte entschuldige, was ich zu dir gesagt habe." Unaufhaltsam flossen die Tränen über ihre Wangen. Ihr Gesicht sah furchtbar aus, rot und blass zugleich, verschmiert von Schweiß, Staub und Rotz.

„Ach, Laura!" Katharina lief den letzten Schritt, der sie noch voneinander entfernte, hob den nur locker aufgesetzten Rucksack von ihren Schultern und nahm sie fest in die Arme. Sie streichelte über ihren verschwitzten Rücken und über ihren Kopf, während Laura hemmungslos schluchzte und am ganzen Körper zitterte. Es dauerte lange, bis sie sich ein wenig beruhigt hatte und bereit war, sich zu setzen. Katharina drückte ihr ein Päckchen Taschentücher in die Hand und lief zu einem Getränkeautomaten, von dem sie mit einer kleinen Flasche Wasser für Laura zurückkam. Mit einem geflüsterten „Danke" nahm sie das Getränk und trank es in wenigen Zügen leer. „Kann ich Erich sehen?"

„Nein. Heute nicht mehr. Und so wie es dir gerade geht und du aussiehst, schon gar nicht."

„Was hat er denn? Was machen sie jetzt mit ihm?"

„Sie stabilisieren ihn und überwachen ihn. Und morgen werden die Ärzte ihn gründlich untersuchen."

„Ist er wach?"

„Nein, er schläft. Ich konnte ihn nicht fragen, ob ich mir sein Handy und etwas Geld von ihm ausleihen darf. Aber ich denke, er wird schon nichts dagegen haben."

Katharina zog ihr eigenes Telefon aus dem Rucksack und schaute auf das Display. „Es ist angeschaltet. Aber es hat nicht geklingelt, als ich versucht habe, dich zu erreichen." Sie warf es zurück. „Ich wünschte, ich hätte mir gleich ein neues Handy zugelegt. Oder wenigstens deine Nummer auswendig gelernt. Ich hätte es nicht zugelassen, dass du allein auf dem Weg bleibst. Vor allem hätte ich es nicht zugelassen, dass du kilometerweise zwei Rucksäcke schleppst. Weißt du, wie unvernünftig das war? Nach allem, was passiert ist und noch dazu bei der Hitze hättest du gleich die Nächste sein können, die umkippt. Aber dann wäre niemand dagewesen, um dir zu helfen."

„Tut mir leid", sagte Laura betroffen. „Ich wusste nicht, was ich machen sollte."

„Im Krankenhaus anrufen! Nach mir fragen und darauf warten, dass ich dir ein Taxi schicke. Das hättest du tun sollen."

Eine Weile schwiegen sie.

„Und jetzt? Was machen wir jetzt?"

„Wir fahren zur Herberge", entschied Katharina. „Für Erich können wir im Moment nichts tun. Wir duschen, essen etwas und fragen, ob es auch möglich ist, zwei Nächte in der Herberge zu übernachten. Wenn nicht, suchen wir uns eine andere Unterkunft. Auf jeden Fall bleiben wir noch einen Tag hier in Erfurt, damit wir Erich morgen Nachmittag besuchen können. Wir werden ihn nicht allein lassen. Einverstanden?"

Laura nickte sofort.

„Dann lass uns jetzt gehen."

Müde und erschöpft erhob sie sich von ihrem Platz und folgte Katharina aus dem Krankenhaus.

Gleich nach dem Duschen legte sie sich auf ihr Bett. Wie viel sie geweint hatte, war ihr noch immer anzusehen. Sie sagte nichts, sondern starrte einfach nur in den Raum. Katharina setzte sich zu ihr. „Willst du nicht essen? Ich habe noch etwas dabei, wenn du nichts mehr hast."

Laura schüttelte den Kopf. „Ich kann nicht. Ich will gerade einfach nur schlafen."

„Na gut. Aber wenn ich geduscht und mich auch ein wenig ausgeruht habe, besorge ich uns etwas zu essen. Magst du gebratene Nudeln?"

„Gebratene Nudeln hatte ich seit Weißenberg nicht mehr."

„Heißt das ja?"

„Ja. Danke", flüsterte Laura. Dann schloss sie die Augen.

Kurz vor sieben Uhr kehrte Katharina von ihren Besorgungen zurück. Ihre Zimmergenossin hatte bereits zwei große Teller aus der kleinen Küchenzeile auf den Tisch gestellt und Kräutertee gekocht.

„Hast du schlafen können?"

„Ein bisschen." Laura nahm ihrer Freundin das Essen ab und verteilte die Portionen auf den Tellern. „Ich dachte mir, so lässt es sich besser essen als aus den Thermoschalen. Oder wie auch immer das Zeug zum Warmhalten heißt." Erst als sie begann zu essen, merkte Laura, wie hungrig sie eigentlich war. „Schmeckt gut."

„Ja, finde ich auch."

Eine Weile aßen sie schweigend.

„Ich habe vorhin mit meinen Eltern telefoniert", nahm Katharina das Gespräch wieder auf. „Für den Fall, dass sie auch versucht haben, mich zu erreichen, es aber nicht konnten. Ich wollte nicht, dass sie sich Sorgen machen."

„Und? Haben sie versucht, dich anzurufen?"

„Nein. Sie waren aber trotzdem froh, dass ich mich bei ihnen gemeldet habe. Sie haben sich für meine Karte bedankt und wollten wissen, wie es mir gerade geht. Außerdem sollte ich dich von ihnen grüßen."

„Hast du ihnen erzählt, was heute passiert ist?"

„Ja. Ich musste mit jemandem darüber reden. Mein Bruder ist gerade mit seiner Familie in den Niederlanden im Urlaub. Ich wollte ihn nicht stören."

„Hast du deinen Eltern alles erzählt? Auch wie wir uns vorher gestritten haben?"

„Ja. Aber ich habe es etwas abgemildert."

Schon rollten bei Laura wieder die Tränen. „Es tut mir so leid. Ich habe es nicht verdient, dass du dich so um mich kümmerst. Bei all den dummen und gemeinen Sachen, die ich von mir gegeben habe."

„Hör auf, dir Vorwürfe zu machen. Du hast dich bereits entschuldigt und ich habe deine Entschuldigung angenommen. Jetzt lass es gut sein. Außerdem hast du nicht nur Dummes gesagt. Während ich im Krankenhaus auf dich gewartet habe, hatte ich viel Zeit zum Nachdenken. Zum Beispiel habe ich darüber nachgedacht, wann Erich zusammengebrochen ist. So lange war er allein unterwegs, aber es ist genau in dem Moment passiert, als wir in der Nähe waren. Wenn wir nicht da gewesen wären, hätte der schlimmste Fall eintreten können."

Bei der Vorstellung mochte Laura erst recht nicht mehr essen. „Nein, Katharina", widersprach sie entschieden. „Wenn du nicht gewesen wärst. Ich habe doch nur dagestanden und gar nichts getan."

„Weil du unter Schock standest. Und weil du wusstest, dass ich Erich helfen konnte. Aber ich bin mir sicher, dass du es auch ohne mich geschafft hättest, nach dem ersten Schreck wenigstens einen Rettungswagen zu rufen. Immerhin hast du es auch geschafft, zu mir in die Klinik zu finden. Dabei hast du sogar noch einen zweiten Rucksack getragen. Von dessen Gewicht allein zwei Kilo meine Erste-Hilfe-Tasche ausmacht."

Laura wurde rot.

„So dünnhäutig bin ich nicht, dass mich die Sprüche einer manchmal noch sehr spätpubertierenden Achtzehnjährigen aus der Ruhe bringen. Also sei es vergeben. In der Hoffnung, dass du heute etwas gelernt hast."

„Oh ja!", rief Laura sofort. „Das habe ich!"

„Dann iss jetzt auf", entgegnete Katharina. „Sonst wird Mutti nämlich böse."

Erichs Bitte

Nach dem Frühstück begaben sich Laura und Katharina auf den Weg zur Innenstadt. Zuerst machten sie Halt im Waschsalon und vereinbarten, sich in anderthalb Stunden wieder vor seiner Tür zu treffen. Während Katharina einen Mobilfunkbetreiber suchte, ging Laura in ein Drogeriegeschäft. Ihr war die Idee gekommen, am Fotoautomaten ein paar Bilder für Erich auszudrucken. Sie wählte hauptsächlich Aufnahmen der vergangenen Tage und hätte gern auch das Foto gedruckt, auf dem sie mit Katharina, Elisabeth und Rüdiger vorm Armenhaus in Königsbrück zu sehen war. Doch das hatte ihr Vater bereits auf dem Computer gespeichert.

Sie druckte auch Fotos für Katharina aus. Ihre gemeinsame Wanderung auf dem Pilgerweg neigte sich dem Ende, was ihr erst richtig bewusst geworden war, seit Erich nicht mehr mit ihnen laufen konnte. Wenn alles gut ging, würden sie in weniger als einer Woche in Vacha ankommen und ihre Wege sich trennen. Laura mochte gar nicht daran denken, wie traurig der Abschied sein würde. Die gemeinsame Zeit hatte sie und Katharina so zusammengeschweißt, dass es ihr unendlich schwer fallen würde, Lebewohl zu sagen, selbst wenn sie sich versprochen hatten, sich wiederzusehen.

Weil ihr bis zum Treffen noch genügend Zeit blieb, lief sie zu einem Buchladen. Katharina hatte gesagt, dass Erich mit Sicherheit ein paar Tage im Krankenhaus würde bleiben müssen, darum wollte sie ihm für die langweiligen Stunden eine Lektüre mitbringen. Zuerst dachte sie an einen Reise- oder gar Pilgerbericht, sagte sich im nächsten Augenblick aber, dass Erich solcher Lesestoff eher traurig machen als ablenken würde. Aus diesem Grund entschied sie sich für einen Roman. Katharina gefiel ihre Idee mit dem Geschenk. Sie wollte sich gern daran beteiligen, aber Laura sagte: „Ist schon in Ordnung. Dafür hast du gestern das Essen bezahlt."

Sie brachten ihre frisch gewaschene und getrocknete Wäsche zurück in die Herberge. Es blieb noch etwas Zeit bis zum Mittag, die Katharina gern nutzen wollte, um ihr neues Handy einzurichten. Laura setzte sich solange in den Hof, um Tagebuch zu schreiben. Sie hatte viel zu schreiben. Anschließend aßen sie ihre restlichen Vorräte und begaben sich auf einen Stadtrundgang ins Zentrum. Laura, die sich in Erfurt bereits ein wenig auskannte, zeigte Katharina die schönsten Sehenswürdigkeiten und machte zahlreiche Fotos. „Jetzt kann ich gleich noch mal zum Fotoautomat gehen, damit Erich auch was von Erfurt zu sehen bekommt", sagte sie.

Sie hatten ausgemacht, gleich zu Beginn der Besuchszeit um fünfzehn Uhr im Krankenhaus zu sein. Es waren nur wenige Stationen mit der Straßenbahn bis dorthin. War Laura über den Vormittag verhältnismäßig ruhig geblieben, wurde sie nun sehr aufgeregt. Katharina hatte ihr zwar mehrmals versichert, dass sie sich keine Sorgen um Erich machen musste, aber es war trotzdem ein unangenehmes Gefühl für sie, in die Eingangshalle des Krankenhauses einzutreten, in der sie am Tag zuvor so sehr geweint hatte. Am Informationsschalter erkundigte sich Katharina nach Erich. Mit einem Lächeln kehrte sie zurück. „Heute Mittag haben sie ihn auf die normale Station gebracht. Das ist eine gute Nachricht."

Sie liefen zum Fahrstuhl. „Ich mag ihn nicht, diesen typischen Krankenhausgeruch", flüsterte Laura.

„Mir ist er vertraut", entgegnete Katharina.

„Freust du dich, bald wieder arbeiten zu gehen?"

„Ja. Ich mag meinen Beruf."

„Da vorne ist es. Zimmer 506."

„Bist du bereit?"

Laura wirkte blass, nickte aber. Katharina klopfte. Im nächsten Augenblick war ein leises „Herein" zu hören. Sie öffnete die Tür. Erich lag im hinteren Bett direkt am Fenster. Helles Sonnenlicht strömte durch die Gardine. Das Zimmer teilte er sich mit einem jüngeren Mann, der Zeitung las.

„Katharina! Laura!" Erich freute sich unbeschreiblich, die beiden zu sehen. Er lag ein wenig aufgerichtet und streckte die Arme nach ihnen aus. Katharina drückte ihn liebevoll und Laura noch ein ganzes Stück herzlicher. „Bin ich froh, euch zu sehen! Ihr, meine beiden Lebensretterinnen."

„Wie geht es dir?", fragte Katharina.

„Ach. Es tut schon gut, nur noch an *einem* Draht zu hängen." Er hob seine Hand, in der eine Flexüle steckte, von welcher ein Schlauch zu einem Tropf führte. „Auf der Intensivstation war ich ja mit zehnmal so vielen Geräten verkabelt."

Nun musste sich Laura doch über die Augen wischen, obwohl sie sich ganz fest vorgenommen hatte, nicht zu weinen.

„Aber, aber!", sagte Erich zu ihr wie zu einem kleinen Kind. „Wer wird denn deswegen gleich in Tränen ausbrechen? Kommt, setzt euch. Erzählt mir von eurer Herberge. Ist es schön im Kloster?"

Sie nahmen sich jede einen Stuhl und setzten sich an Erichs Bett. Laura schnäuzte sich, schluckte tapfer die Tränen hinunter und begann zu erzählen. „Ja, es ist eine sehr schöne Herberge. Wir sind in einem Zimmer mit drei Betten und einer kleinen Kochecke. Bis zur Innenstadt ist es gar nicht weit. Vorhin haben wir eine kleine Tour gemacht und Eis gegessen. Und wir haben dir ein Geschenk mitgebracht." Sie zog ein kleines Päckchen heraus und legte es dem Freund in die Hand.

„Ach, das wäre doch nicht nötig gewesen", erwiderte Erich, wenngleich ihm deutlich anzusehen war, wie sehr er sich darüber freute. „Ich mache es heute Abend auf, wenn die Besuchszeit vorbei ist und die abendliche Einsamkeit hereinbricht, in Ordnung? Um vier will mein ältester Sohn kommen. Könnt ihr so lange bleiben? Richard möchte gern, dass du dabei bist, wenn der Arzt mit ihm redet. Damit du ihm das Gesagte übersetzen kannst."

„Natürlich!", sagte Katharina sofort. „Hat bisher schon ein Arzt mit dir gesprochen?"

„Nein. Und eigentlich bin ich auch ganz dankbar dafür. Was ich wissen muss, weiß ich ohnehin schon. Das war's wohl, was? Nun hat es sich ausgepilgert."

Er nahm es tapfer, aber Laura fühlte schon wieder einen Tränenfilm in ihren Augen. „Es tut mir so leid, Erich!"

„Ach was! Immerhin habe ich es von Görlitz bis nach Erfurt geschafft. Na ja, das letzte Stück war ein bisschen gemogelt. Aber trotzdem ist das doch schon mal allerhand."

„Ja, ganz genau so ist es", sagte Katharina nachdrücklich. „Du bist in drei Wochen über 300 Kilometer gelaufen! Wehe, wenn nicht einer den Hut vor so einer Leistung zieht."

„Na dann geh mal zu dem Schrank neben der Tür. Da drin liegt nämlich mein Pilgerhut. Zusammen mit all den anderen Wandersachen. Dafür trage ich jetzt ein gepunktetes Nachthemd. Ist auch schick, nicht wahr?" Er sprach in einem so humorvollen Ton, dass Laura kichern musste.

Auch Katharina schmunzelte.

Erich wurde ernst. „Ich bin so dankbar, dass ihr dagewesen seid und mir geholfen habt. Aber noch dankbarer bin ich, dass ich euch überhaupt kennenlernen und ein Stück mit euch gehen durfte. Du hattest Recht, Katharina. Es war wirklich verrückt, was ich mir in den Kopf gesetzt habe. Ich habe nicht auf dich hören wollen, und dabei hast du es nur gut mit mir gemeint."

Sie lächelte schwach. „Ich gehöre mit Sicherheit nicht zu den Ärzten, die sofort die chemische Keule verschreiben. Aber bei deinen Symptomen, Erich, haben bei mir alle Alarmglocken geläutet. Ich wünschte mir wirklich für dich, dass du deinen Traum hättest verwirklichen können. Und wenn du erst wieder auf den Beinen bist, musst du das Pilgern auch nicht gänzlich aufgeben. Nur etwas anders organisieren. Wenn du nur ganz kurze Strecken läufst und zwischendurch auch mal ein Stück mit dem Bus oder der Bahn fährst, einen kleinen Tagesrucksack nimmst und dafür in einem richtigen Gästehaus schläfst und vor allem nicht bei solcher Hitze wanderst, musst du das Pilgern durchaus nicht für immer an den Nagel hängen."

„Nein, nein", sagte Erich. „Jetzt kommt es erst einmal darauf an, hier wieder heraus zu finden. Es ist schon seltsam, wenn man jeden Tag gewandert ist und dann mit einem Schlag nicht mehr, was?"

„Oh ja", stimmte Laura zu. „Es war zwar mal ganz entspannend, einen Tag Pause zu machen, aber morgen will ich unbedingt weiter. Mir kribbelt's schon ganz schrecklich in den Beinen."

„Geht ihr morgen nach Gotha?"

„Ja. Ganze 27 Kilometer, aber zwischendurch gibt es nun mal keine Herberge", erklärte Laura.

„Na, das werdet ihr schon schaffen mit euren jungen Beinen. Was habt ihr denn heute den ganzen Tag so gemacht?"

Sie erzählten, bis es ein weiteres Mal an der Tür klopfte. Auf Erichs „Herein" trat ein Mann Anfang Vierzig ein. „Richard! Schön, dich zu sehen."

„Hallo Väterchen! Was machst du denn für Sachen?" Er drückte fest seine Hand und streichelte mit der anderen seine Schulter. „Geht es dir gut?"

„Den Umständen entsprechend, wie man so schön sagt." Erich stellte seine Besucher einander vor.

„Sind Sie die Ärztin?", fragte Richard Katharina.

„Ja, die bin ich."

„Es wollte gleich jemand kommen. Wir sollen solange hier warten", sagte Richard.

„In Ordnung."

„Wie geht es deiner Frau und den Kindern?", wechselte Erich das Thema.

„Abgesehen von dem Schrecken, den du uns eingejagt hast? Eigentlich ganz gut. Die zwei Rabauken haben ja noch Ferien. Ich soll dir auch schöne Grüße von Andreas und seinem Anhang ausrichten. Mutti lässt dich ebenfalls schön grüßen."

„Danke. Wie war die Fahrt hierher?"

„Es ging schon. Ich glaube, ich bin dem Berufsverkehr gerade so entgangen. Aber die Parkplätze hätten sie hier ruhig ein bisschen großzügiger anlegen können."

„Tja, man kann nicht alles haben", zuckte Erich mit den Schultern.

„Außer man kommt mit der Bahn", sagte Laura. „Wir hatten jedenfalls keine Probleme, einen Parkplatz zu finden."

„Nein", stimmte Richard zu. Er sah sich die beiden Frauen genauer an. „Sie sind also auch bis hierher gepilgert? Von Görlitz aus?"

„Ganz genau", antwortete Laura stolz.

„Eine schöne Gesichtsfarbe haben Sie jedenfalls bekommen. Mich wundert es nur, dass auch so junge Leute diesen Weg gehen. Wie alt sind Sie?", wandte sich Richard speziell an Laura. „Zwanzig?"

„Nein, achtzehn. Ich habe gerade mein Abi gemacht."

„Alle Achtung. Und wie soll es danach weitergehen?"

„Ich mache ein FÖJ auf einem Ziegenhof. Im September geht es los."

Erneut klopfte es an der Tür. Der Arzt wartete jedoch nicht, bis er zum Eintreten aufgefordert wurde. „Guten Tag, Herr Frebe. Wie geht es Ihnen?" Er stellte sich an das Fußende seines Bettes.

„Es geht schon."

„An Besuch scheint es Ihnen jedenfalls nicht zu mangeln. Herr Frebe, Sie wollten gern, dass ich vorerst nur mit Ihrem Sohn und der Kollegin spreche?"

„Ja, tun Sie das bitte. Wissen Sie, Herr Doktor, ich fühle mich noch nicht so ganz fit im Kopf. Ich muss mich erst einmal in meiner neuen Lage zurechtfinden. Ankommen, wie man so schön sagt. Das Wichtigste werden die beiden schon an mich weitergeben."

„Einverstanden", nickte der Arzt. „Würden Sie mir dann bitte nach draußen folgen?"

Katharina und Richard standen auf und verließen mit ihm das Zimmer.

„Pah, nicht ganz fit im Kopf!", raunte Erich Laura zu. „Ich bin so fit im Kopf, dass dieser ganze Mist hier nicht auszuhalten ist. Ich will gar nicht hören, was der Arzt zu sagen hat. Ich will einfach nur nach Hause. Wenn ich schon nicht zurück auf den Weg kann. Es war nett, wie Katharina versucht hat, mich zu trösten. Aber weißt du, Laura, ich bin ein schrecklicher Dickkopf und das war ich schon immer. Für mich gibt es nur ein Ganz oder Garnicht. Auf dem Pilgerweg wandern und im Hotel übernachten?" Er tippte sich an die Stirn. „Die Herbergen sind doch das Schönste. Die einfachen Matratzen und die netten Leute, die einen hinein lassen und darauf vertrauen, dass man den Schlüssel wieder zurück gibt. Weißt du, ich glaube genau darin liegt der Unterschied zwischen einem Pilger und einem Touristen: Wie man von seinen Gastgebern und den Landsleuten gesehen wird. In einer Pension werde ich als wirtschaftliche Einnahmequelle gesehen. In einer Herberge aber bin ich mehr. Da bin ich ein Mensch, der auf der Suche ist, der nicht einfach nur Urlaub machen will. Und wenn ich schon nicht bis nach Santiago gekommen bin, hat das Laufen wenigstens zu dieser Erkenntnis geführt. Und zu wunderbaren Freunden."

„Ach, Erich!" Sie fasste seine Hand.

„Schon gut. Wir wollen nicht jammern", winkte er ab, zog die Hand jedoch nicht zurück. „Aber weißt du Laura, wenn ich dich noch um einen letzten Gefallen bitten dürfte, bevor du morgen weiterziehst und wir uns für längere Zeit nicht mehr sehen werden..."

„Ja?"

„In der Kommode neben mir liegt ein Stein. Im Fach ganz oben. Mach die Tür auf und hol ihn heraus."

Laura tat, worum Erich sie gebeten hatte.

„Weißt du, was für ein Stein das ist?"

Sie betrachtete ihn eingehend von allen Seiten. Er war rotbraun mit dunklen Flecken, nicht größer als ein üblicher Kieselstein. Plötzlich glaubte Laura zu wissen, welche Bedeutung ihm zukam. „Den hast du von zu Hause mitgenommen", sagte sie leise. „Für den Weg nach Santiago. Du wolltest ihn am Cruz de Ferro ablegen."

„Jawohl. Trage du ihn für mich und lege ihn am Kreuz für mich ab." Erich sah sie eindringlich an. „Ich kann es nicht mehr. Ich schaffe es nicht bis nach Santiago und Busreisen sind das Letzte für mich. Aber du Laura", er fasste ihre Hand, die den Stein festhielt, mit beiden Händen, „du, Laura, bist jung und hast dein ganzes Leben noch vor dir. Du wirst eines Tages nach Santiago gehen und wenn es soweit ist, nimmst du diesen Stein mit und legst ihn für mich ab. Tust du das für mich, Laura?"

Tränen liefen über ihre Wangen, als sie nickte und ihre freie Hand auf seine Hände legte. „Ich tue es, Erich. Ich verspreche es dir!"

Honigwaffeln

Die ersten Kilometer liefen sie gemeinsam. Durch eine ruhige Siedlung verließ der Weg Erfurt und führte an einer Kleingartenanlage vorbei. In Schmira versorgten sie sich mit reichlich Wasser. Sie hatten im Pilgerführer gesehen, dass sie bis zur nächsten Ortschaft über sechs Kilometer Feldweg erwartete, für die sie gerüstet sein wollten. Außerdem meldeten sie sich bei einer freundlichen Frau in der Herberge am Ortseingang von Gotha an.

Die Sonne strahlte an einem hellblauen Himmel, wurde aber gelegentlich von kleinen Wolken überdeckt. Sie und eine leichte Brise machten das Wandern durchaus angenehm. „Das hat mir wirklich gefehlt!", meinte Laura glücklich. „Wenn ich daran denke, dass wir bald in Vacha ankommen, will ich es fast noch gar nicht. Ich freue mich auf das Ziel, aber gleichzeitig macht es mich traurig, dass dann alles vorbei ist. Natürlich will ich zu meinen Ziegen, aber seit Leipzig ist die Zeit auf einmal so schnell vergangen. In den ersten Tagen war alles noch so neu und unbekannt und aufregend. Ich fand jeden Tag so lang und intensiv. Nun fließen sie irgendwie so schnell dahin. Das Pilgern für mich normal geworden. Geht es dir auch so?"

„Ja, mir geht es auch so. Aber im Gegensatz zu dir bin ich nur froh, dass wir bald ankommen. Mich macht der Gedanke, bald am Ziel zu sein, überhaupt nicht traurig. Ich bin lange genug unterwegs gewesen und freue mich, in ein paar Tagen wieder zu Hause zu sein. Ich möchte meine Familie wieder sehen und meine Freunde. Ich will auch wieder arbeiten und regelmäßig in die Schwimmhalle gehen, abends auf meiner Terrasse liegen und lesen und mich von Zeit zu Zeit hübsch anziehen und durch Bremen bummeln. Ich fand es gestern sehr angenehm, mal einen Tag Pause einzulegen und nicht zu pilgern."

„Und kannst du dir vorstellen, irgendwann wieder pilgern zu gehen? Vielleicht sogar mal auf dem Jakobsweg in Spanien?"

„Nein, eher nicht. Ich glaube, dass dieses Pilgern eine einmalige Sache war. Aber eine gute Zeit, die ich in meinem Leben nicht missen möchte."

„Schade", bedauerte Laura. „Ich will auf jeden Fall noch bis nach Santiago gehen. Wenn ich nächstes Jahr mit Studieren anfange, klappt es wahrscheinlich noch nicht. Bis Ende August arbeite ich ja und wenn das Semester im Oktober losgeht, brauche ich den September, um mir eine WG zu suchen und auszuziehen, wo auch immer ich dann überhaupt landen werde. Aber vielleicht kann ich ja in den Semesterferien im Sommer danach wieder pilgern gehen. Und weißt du was? Dann frage ich dich, ob du es dir vielleicht anders überlegt hast und doch noch mal mitkommen möchtest. Mit dir könnte ich mir eine Pilgerreise immer wieder vorstellen. Auch wenn wir uns manchmal gestritten haben. Manchmal versuche ich mir vorzustellen, wie es gewesen wäre, wenn ich dich nicht getroffen hätte. Aber Spaß macht diese Vorstellung nicht. Ohne dich wäre alles nur halb so schön gewesen."

„Du Schleimerin."

Es war ein ruhiger Sonntag und auf den Feldwegen still. Nur selten wurden sie von einem Radfahrer überholt oder trafen einen Spaziergänger. Nach der Hälfte der Strecke lief jede wieder in ihrem eigenen Tempo. Wenige Kilometer vor Gotha erreichte Laura eine überdachte Raststätte. Zwischen den trockenen leeren Feldern wirkte der Ort wie eine kleine Oase, in der Bäume und Sträucher wuchsen und ein ein schmaler Bach floss. Laura setzte ihren Rucksack ab. Auf dem Tisch lagen ein Zettel und eine zur Hälfte geleerte Packung Honigwaffeln, die ihn vor Wind schützte. *Lass es dir schmecken!*, hatte Katharina mit einem Smiley darauf geschrieben. Bevor sie sich das Geschenk der Freundin genüsslich einverleibte, hielt sie es mit dem Fotoapparat fest.

Am späten Nachmittag erreichte Laura die Herberge. Sie wurde ebenso freundlich aufgenommen wie vor einer Stunde Katharina. Sie duschte und setzte sich zur Familie an die Kaffeetafel, mit der sie sich über das Pilgern, Gott und die Welt unterhielt. Später zog sie sich zum Tagebuchschreiben zurück, während Katharina half, im Garten Bohnen zu ernten und zum Blanchieren und Einfrieren in kurze Stücke zu schneiden. Die Zeit des Abendessens und der Nachtruhe kam schnell.

Gewitternacht

Zum Frühstück reichten die Herbergseltern Müsli, Obst und Joghurt. „Heute Nachmittag solltet ihr nicht zu spät in der Herberge ankommen", rieten sie. „Ab 16 Uhr sind schwere Gewitter angesagt."

„Das schaffen wir", versicherte Laura entspannt. „Wir wollen heute sowieso nicht so weit."

„Bis wohin wollt ihr denn?"

„Zum Bauernhof nach Neufrankenroda."

„Oh, da ist es schön. Unsere Patentochter war dort für ein Freiwilligenjahr."

„Auch ein FÖJ?", fragte Laura interessiert.

„Ja. Da arbeiten jedes Jahr junge Leute. Und wer den Platz einmal hat, gibt ihn nicht wieder her. Ich habe wirklich nur Gutes von dem Hof gehört."

„Da freue ich mich ja gleich umso mehr."

„Abendessen könnt ihr dort bekommen. Ihr braucht also nur ein wenig Proviant für unterwegs zu besorgen. Direkt am Pilgerweg ist ein großer Supermarkt, kurz nach dem Zentrum. Dort bekommt ihr alles, was ihr braucht. Aber wie gesagt, denkt an die Gewitterwarnung."

„Danke, das werden wir", sagte Katharina.

Die Luft war in der Tat sehr schwül. Regen und eine Abkühlung waren nach der langen Trockenheit bitter nötig. Der Weg bis zur Innenstadt zog sich, doch wie beschrieben stießen die Pilgerinnen auf den Supermarkt und versorgten sich mit Lebensmitteln. Außerdem kaufte sich jede eine zusätzliche Flasche Wasser, da sie bis zum Etappenziel keine weitere Ortschaft passieren würden.

Durch eine ruhige Wohnsiedlung verließen sie Gotha. Der Weg führte ein wenig bergauf, ging in einen Wiesenweg über und für eine Weile durch einen Wald, der angenehmen Schatten spendete. Laura fiel ein Stück zurück, traf Katharina jedoch an einem Aussichtsturm, der einige Hundert Meter vom Pilgerweg entfernt lag, wieder. Sie legten eine Trinkpause ein, stiegen nach oben und genossen die Aussicht. „Da hinten sieht es schon verdächtig aus", sagte Katharina. Laura stimmte ihr zu. Sie fotografierte in alle Richtungen und nahm zuletzt ein Selbstportrait von ihnen auf.

Anschließend ging es wieder für jeden allein über die Felder. Die Hitze drückte auf ihre Köpfe und ließ die Luft flimmern. Als Laura in der Herberge ankam, hatte Katharina bereits geduscht und ihre Wäsche aufgehangen. Sie saß auf einer Bank am Rand einer Streuobstwiese und blickte über das Land. Es überraschte sie keineswegs, wie begeistert ihre Weggefährtin vom Bauernhof war und dass sie bereits nach kurzer Zeit mit den Bewohnern des Grundstücks ins Gespräch gekommen war. Ausführlich ließ sich Laura alles zeigen und erklären, stellte unzählige Fragen und erzählte von dem Ziegenhof, auf dem sie in knapp drei Wochen zu arbeiten beginnen würde.

Die vierte Stunde war bereits angebrochen und Wolken aufgezogen, die die Sonne mehr und mehr verdeckten. Von einem Gewitter war jedoch noch nichts zu spüren. Laura setzte sich nach draußen, um eine Ansichtskarte zu schreiben. Sie hatte nie einen Stapel auf einmal abgearbeitet, sondern immer nur vereinzelt Grüße geschrieben, wenn sie an einen Verwandten oder einen Freund besonders denken musste.

Was das Thema Postkarten betraf, wollte sie sich ebenso wenig verpflichten wie für das Telefonieren. Während sie schrieb, kam ihr in den Sinn, dass sie noch gar nicht Erichs Nummer eingespeichert, sondern nur auf einem Zettel in ihrem Pilgerführer liegen hatte. Bevor das Blatt womöglich noch abhanden kam, beschloss sie, es gleich nachzuholen. Sie lief in ihr Zimmer, holte das Handy aus dem Rucksack und schaltete es an. Bis ihre Speicherkarte für einen neuen Eintrag bereit war, vergingen einige Minuten. Plötzlich erklang der Signalton, dass Laura eine SMS bekommen hatte. Kurz darauf summte es ein zweites Mal.

Beide Mitteilungen stammten von ihren Eltern. Die letztere beinhaltete nur, dass sie gegen Mittag versucht hatten, sie anzurufen. Laura machte sich keine ernsthaften Gedanken über den Grund. Sicherlich waren sie einfach nur neugierig, wie es ihr ging oder wollten sich wieder beschweren, dass sie sich so selten bei ihnen meldete oder beides. Gleich im Anschluss öffnete sie die neueste Mitteilung.

Laura!, stand in der Nachricht. *Wenn du das liest, ruf bitte gleich bei uns zu Hause an! Papa.*

Doch dazu kam sie gar nicht, weil im selben Moment ihr Handy klingelte. Sie drückte den grünen Hörer und hielt das Telefon ans Ohr. „Hallo", grüßte sie, allerdings nicht ganz so unbeschwert wie sonst.

„Hallo Laura", meldete sich ihre Mutter. Ihre Stimme klang freundlich, gleichzeitig aber auch angespannt. „Na, wo bist du denn gerade?"

„In Neufrankenroda. Auf einem Bauernhof hinter Gotha. Es ist total schön hier. Hier gibt es alles: Obstbäume, Tiere, einen großen Gemüsegarten..."

„Ist Katharina auch mit in der Herberge?"
„Klaro! Sie sitzt gerade draußen und liest."
„Und du? Sitzt du auch gerade?"
„Nö, ich stehe."
„Dann solltest du dich jetzt besser setzen", sprach ihre Mutter ein wenig zögerlich.
„Warum?"
„Tu es einfach, Laura."
„Na gut." Sie nahm auf ihrem Bett Platz. „Jetzt sitze ich. Was ist denn los? Warum habt ihr heute Mittag versucht mich anzurufen? Warum sollte ich mich bei euch melden?"
Lauras Mutter atmete tief durch. Dann erklärte sie den Grund für ihren Anruf.

Mit einem Schlag hatte sich der Himmel verdunkelt. Der Regen hatte so plötzlich begonnen, dass Katharina es nicht mehr rechtzeitig ins Haus geschafft und ein paar Tropfen abbekommen hatte. Ein wenig außer Atem stieß sie zu Laura ins Zimmer. „Jetzt geht's aber los. Da muss man hier drinnen ja gleich das Licht anschalten." Sie schloss das Fenster, damit keine Mücken hinein kamen.

Laura lag auf ihrem Bett und starrte an den Lattenrost des Bettes über ihr. „Alles in Ordnung?"
„Nein."
„Was ist passiert?"
„Meine Mutter hat gerade angerufen. Ich soll dich lieb von ihr grüßen."
„Aber deswegen siehst du doch nicht so verstört aus." Katharina nahm sich einen Stuhl und setzte sich zu Laura ans Bett. „Was ist los?"

„Mein FÖJ", sie schluckte, „auf dem Ziegenhof... Es ist geplatzt."

„Wie meinst du das?"

„Es hat einen Wasserrohrbruch gegeben. In der Nacht von Samstag zu Sonntag. Ganz oben im Haupthaus. Das Wasser ist überall reingeflossen und weil es mitten in der Nacht war, haben sie es zu spät gemerkt. Die ganzen Möbel, alle Sachen, die sie hatten, sind nass geworden. Meine Mutti hat gesagt, es klang so, als ob sie die Hälfte davon gleich wegschmeißen müssen. Die Fußböden, die Wände und Decken – es ist alles nass."

„Ist die Familie versichert?"

„Keine Ahnung. Darüber hat Mutti nichts gesagt. Nur, dass Fanny angerufen und gesagt hat, dass ich das FÖJ nicht machen kann. Ich hab ihr gesagt, dass das Quatsch ist. Dass sie mich da gerade gebrauchen können. Dass ich sogar gleich nächste Woche nach dem Pilgern kommen würde, um ihnen zu helfen. Aber Mutti hat gemeint, ich soll vernünftig sein. Es würde ihnen sehr leid tun, aber es sei einfach unmöglich, mich aufzunehmen. Weil sie sich ja selbst erst mal eine Notunterkunft suchen müssen und ich nicht eingearbeitet bin und ihnen mehr Arbeit machen als abnehmen würde. Und der ganze Kram eben. Fanny wollte selber mit mir reden, hatte aber meine Handynummer nicht. Und weil sie jetzt mehr als genug um die Ohren hat, hat sie meine Eltern gebeten, mir alles auszurichten. Sie sollten mir auch sagen, wie schade sie es auf dem Hof finden, dass ich nun doch nicht bei ihnen anfangen kann und dass sie hoffen, bald wieder alles hinzubekommen, damit es vielleicht nächstes Jahr mit dem FÖJ klappt. Ich habe Mutti gesagt, dass ich sie nochmal selber anrufen will, aber sie hat gesagt, dass ich das nicht machen soll. Sie hätten jetzt ganz andere Sorgen und ich könne nun einmal nichts für sie tun. Fanny hat nur noch gesagt, dass sie in dieser Woche irgendwelche Unterlagen fertig machen will, für den Fall, dass ich mich jetzt erst mal arbeitslos melden muss oder irgendwie so. Das Büro hat nichts abbekommen, weil es in dem Haus mit dem Hofladen ist."

Laura begann zu weinen. „Das ist so ungerecht! Ich habe mich so darauf gefreut und jetzt geht es plötzlich nicht mehr."

Katharina legte die Hand auf ihre Schulter. „Das tut mir leid."

„Mutti hat gesagt, dass ich nicht traurig sein soll. Fannys Familie ist jetzt viel schlimmer dran. Sie hat ja auch recht, aber ich muss trotzdem heulen! Erst die Sache mit Erich und jetzt das."

„Ja. So ist es oft im Leben. Meistens kommt immer alles auf einmal." Eine Weile ließ sie ihre Freundin einfach nur weinen. „Man glaubt, dass plötzlich alles zusammenbricht und nichts mehr funktioniert. Aber es geht trotzdem weiter. Es gibt immer irgendeinen Fels in der Brandung, an dem man sich festhalten kann." Sie setzte ein tröstliches Lächeln auf die Lippen. „Einen Plan B hast du nicht, oder?"

Laura schüttelte den Kopf. „Um mich in der Uni einzuschreiben ist es zu spät. Ich weiß ja auch gar nicht, in welcher und für was genau. Das alles wollte ich ja erst im kommenden Jahr herausfinden. Wahrscheinlich werde ich erst mal wieder in die Fabrik gehen und Pappen falten." Sie schniefte. „So ein Scheiß! Jetzt will ich erst recht nicht in Vacha ankommen. Ich hab schon überlegt, ob ich gleich hier frage, ob ich nicht hier einspringen kann. Aber Claudia hat ja gesagt, dass hier keiner seinen Platz abgibt, und wenn doch, es immer noch lange Wartelisten gibt. Jetzt muss ich wirklich ganz von vorn anfangen."

„Nein, nicht ganz", widersprach Katharina. „Du musst dich nur für deinen beruflichen Werdegang neu orientieren."

„So wie du dich für deine neue Familiensituation?"

„Ja. So könnte man es sagen."

Laura hörte auf zu weinen. Sie versuchte zu lächeln. „Du wirst nicht lange allein bleiben. Ganz bestimmt nicht. Und dass du niemals eigene Kinder haben wirst, kann ich mir auch nicht vorstellen. Weißt du, was unsere Theaterleiterin immer gesagt hat? Diejenigen, die niemals Kinder haben wollen, bekommen am Ende die meisten."

„Hoffentlich nicht!" Katharina lachte. „Du wirst bestimmt nicht lange Pappen falten. So wie ich dich kenne, wirst du von einem Praktikum ins nächste gehen. Und so wie ich deine Eltern kennengelernt habe, werden sie sehr froh sein, dich noch ein Jahr in ihrem Nest behüten zu dürfen. Stell dir vor, du kannst allen Pilgern, die zu euch kommen, bis in die Nacht von deinen eigenen Pilgerabenteuern erzählen. Klingt doch gar nicht so übel."

„Ich will aber nicht mehr im Nest meiner Eltern hocken. Ich will mein eigenes Ding machen. Und im Herbst ist die Pilgersaison zu Ende. Aber du hast recht, ich sollte wirklich nicht länger Trübsal blasen." Laura richtete sich auf. „Noch habe ich ja ein paar Tage Zeit, um zu überlegen, wie es weitergehen soll."

„So ist es richtig. Nur nicht aufgeben."

„Nein, auf keinen Fall." Sie lief zum Waschbecken, um ihre Augen mit kaltem Wasser zu kühlen. Anschließend gingen sie in den Speisesaal. Nach dem Abwasch spielten sie eine Stunde Kniffel, bis die jungen Mitarbeiter eine gute Nacht wünschten. Am nächsten Morgen mussten sie zeitig aufstehen und auch die Pilgerinnen hatten etwas vor. Das Gewitter entlud sich mehrere Kilometer von Neufrankenroda entfernt, sodass zwar regelmäßig Blitze zu sehen waren, der Donner jedoch nur schwach hallte. Dafür regnete es stark. Katharina löschte das Licht und öffnete das Fenster. Frische und angenehm kühle Luft strömte ins Zimmer. Mit wachen Augen lauschte Laura in die Dunkelheit. Nach einer Weile stand sie auf, lief zum Fenster, setzte sich auf das Fensterbrett und schaute in den Regen.

„Kann ich noch etwas für dich tun?", fragte Katharina leise.

„Nein, danke", antwortete Laura, ihren Blick nicht vom Himmel abgewandt. Wenige Minuten später vernahm sie ihr gleichmäßiges Atmen. Sie sah zu ihrem Bett und erkannte, dass sie tatsächlich schlief. Ihr langes Haar lag weich auf ihrer Matratze. Sie drehte sich wieder um. Das Gewitter und der Regen schienen noch lange zu dauern. Eine schöne Nacht nach so einem langen, heißen Pilgertag.

Laufen musst du sowieso

Am Morgen regnete es weiterhin. Dicke graue Wolken verdeckten den Himmel und die Sonne.

„Kein schönes Wetter", seufzte Katharina. „Andererseits muss ich zugeben, dass wir auf unserer Reise die meiste Zeit Glück mit dem Wetter hatten."

Laura stimmte ihr zu. Sie rollte ihren Schlafsack zusammen und grinste. „Aber motz mich nicht wieder an, wenn ich dir helfen will, aus den nassen Klamotten zu kommen. Wollen wir heute versuchen, im Diakonissenmutterhaus unterzukommen? Um neun würde ich dort mal anrufen. Wenn es nicht klappt, melde ich mich bei dir, okay?"

„Heißt das, du möchtest allein laufen?"

„Ja."

„Gut. Dann machen wir es so."

Nach dem gemeinsamen Frühstück brach Laura auf. Der Regen ließ sie in der annähernd gleichen Geschwindigkeit laufen, weshalb Katharina sie später nicht überholte. Der Weg führte eine weite Strecke über die Felder, bis sie in einem Dorf einen überdachten Unterschlupf fand, wo sie in Ruhe etwas trinken konnte. Das Wetter machte ihr nichts aus. Es goss nicht in Strömen. Vielmehr fielen die Tropfen leicht und beständig. Nach so vielen heißen Tagen fühlte sich der Niederschlag regelrecht gut an. Außerdem passte er zu ihren Gedanken. Eine weitere Ortschaft folgte, bevor der Pilgerweg steil bergauf zum Gipfel der Hörselberge führte. Die Gaststätte auf dem Großen Hörselberg hatte noch nicht für Gäste geöffnet. Dennoch erlaubte der Wirt Laura, sich für eine halbe Stunde ins Trockene zu setzen. Er hatte Mitleid mit „dem jungen Mädel", darum spendierte er ihr eine heiße Schokolade und drückte einen Stempel in den Pilgerausweis. Nach vielen Dankesworten und ein wenig Plauderei organisierte sie zwei Schlafplätze für die kommende Nacht.

Am späten Vormittag ließ der Regen nach. Das Laufen war nun noch angenehmer und Laura machte viele Fotos vom Kammweg über das kleine Gebirge. Um sich unterwegs für eine Weile zu setzen und auszuruhen, war es jedoch zu nass. Beim Abstieg ins Tal rutschte sie auf dem steilen und matschigen Weg beinahe aus, konnte sich aber fangen. Der Rest der Strecke führte parallel zu den Bahnschienen und der Hörsel entlang. Sitzgelegenheiten fanden sich an diesem Wegstück nicht, sodass sie bereits am frühen Nachmittag die Herberge im Zentrum Eisenachs erreichte.

Eine freundliche Schwester führte sie nach oben. „Da haben Sie ja ein Wetter mitgebracht. Aber bis morgen soll der Regen aufgehört haben. Ihre Gefährtin ist schon angekommen. Sie wird Ihnen alles zeigen. Möchten Sie morgen mit uns frühstücken?"

„Ja, sehr gern."

„Ab 8 Uhr steht in unserem Speiseraum alles für Sie bereit. Vorher laden wir Sie ganz herzlich zu unserer Morgenandacht um 7.30 Uhr in unserer Hauskapelle ein. Wir würden uns freuen, wenn Sie dort ein bisschen von sich erzählen könnten. Unsere Schwestern interessiert es immer sehr, woher die Pilger kommen und was sie bewegt, so eine lange Reise zu unternehmen."

„Klar kann ich das. So etwas macht mir immer Spaß."

Die Schwester klopfte an die Tür zum Pilgerzimmer.

„Hallo!", rief Laura fröhlich, nachdem Katharina sie zum Eintreten aufgefordert hatte. „Hier kommt der zweite begossene Pudel. Wuff-wuff!" Der kleine Raum verfügte über zwei einfache Doppelstockbetten, einen Tisch mit drei Stühlen und ein Waschbecken. In der Mitte des Bodens lag ein bunt gemusterter Läufer. Sie entledigte sich ihrer nassen Sachen. „Wo hast du deine Klamotten aufgehängt?"

„Gegenüber im Badezimmer."

Sie tat es ihr gleich. „Hattest du einen guten Weg? Ich hätte gedacht, du bist noch hinter mir. Aber ich glaube, du hast mich überholt, als ich in der Gaststätte auf dem Hörselberg war."

„Die hatte doch gar nicht geöffnet."

„Für so ein junges Mädel wie mich schon." Laura erzählte, wie sie zu ihrer heißen Schokolade gekommen war.

Katharina berichtete von ihrer nassen und recht eintönigen Etappe. „An so einem Wandertag freue ich mich gleich doppelt auf zu Hause."

„Tja, in zwei Tagen hast du es geschafft. Hast du heute Nachmittag schon etwas vor?"

„Eigentlich wollte ich mir ein wenig die Stadt ansehen. Aber bei dem Wetter habe ich gerade keine Lust dazu."

„Hast du aber vielleicht Lust, mit mir in ein Café zu gehen? Auf der anderen Straßenseite habe ich ein nettes gesehen. Ich lade dich ein."

„Gern. Jetzt gleich? Oder möchtest du erst noch ein Stündchen Tagebuch schreiben?"

„Nö. Zum Tagebuchschreiben habe ich später noch genug Zeit."

Sie fanden einen gemütlichen Platz im hinteren Teil des Cafés und bestellten Apfelstrudel mit Vanilleeis und Schlagsahne. Dazu nahm Katharina einen Cappucchino, während sich Laura erneut für eine heiße Schokolade entschied.

„Du wirkst so zufrieden. Die Nachricht von gestern Abend scheinst du gut überwunden zu haben."

„Na ja, noch nicht ganz, aber fast. Jetzt weiß ich nämlich, was ich tun werde."

„Ach ja?"

Laura machte geheimnisvolle Augen. Dann rückte sie mit ihrem Vorhaben heraus. „Ich gehe nach Santiago."

Für einen Moment war Katharina sprachlos. „Du willst nach Santiago de Compostela?"

„Ja!" Sie strahlte von einem Ohr zum anderen. „Ich fahre nicht nach Hause, wenn wir in Vacha angekommen sind. Ich laufe einfach weiter. Ein-Vach. Ha ha!" Sie lachte über ihren eigenen Witz.

„Bist du dir da auch wirklich sicher?"

„Absolut. Ich gehe nach Santiago."

„Na dann, viel Spaß! Hast du es schon deinen Eltern erzählt?"

„Nein, das hebe ich mir für heute Abend auf. Oh Mann, ich glaube, die werden echt geschockt sein und mit allen Mitteln versuchen, mich von meinem Plan abzubringen."

„Ja, das glaube ich auch."

„Nachher muss ich unbedingt in den Buchladen. Der Ökumenische Pilgerweg hört ja in Vacha auf, aber ich weiß, dass dort gleich ein Weg nach Fulda anschließt. Wenn ich hier keinen Pilgerführer oder etwas anderes in der Art finde, rufe ich in der Buchhandlung in Vacha an. Bestimmt können die mir weiterhelfen. Bis ich nach Frankreich komme, wird es wahrscheinlich sehr einsam werden. Aber ich habe ja eine Menge Erinnerungen im Gepäck und mit anderen Leuten komme ich auch immer schnell ins Gespräch. Das wird ein richtiges Abenteuer. Auf diesem Weg war ja alles super einfach, immer bestens ausgeschildert und mit Herbergen ausgestattet, wie so eine Vorbereitung oder ein Training. Aber die eigentliche Herausforderung beginnt erst jetzt."

„Du bist wirklich mutig", meinte Katharina.

„Na ja, mal sehen, ob ich es überhaupt schaffe."

„Du schaffst es. Da bin ich mir sicher."

Ihre Anerkennung schmeichelte Laura. „Soll ich dir erzählen, wie ich zu dieser Entscheidung gekommen bin? Es war gestern Nacht, als ich auf dem Fensterbrett gesessen und das Gewitter beobachtet habe. Weißt du, was ich mir gesagt habe? Ich habe mir gesagt: Laufen musst du sowieso, also kannst du auch gleich nach Santiago gehen. Wo ich doch eh schon fast einen Monat unterwegs und eingepilgert bin. Jetzt habe ich massig Zeit dazu, so viel Zeit, wie ich sie vielleicht nie wieder bekomme. Und außerdem ..." Sie hielt inne. „Außerdem habe ich Erich etwas versprochen."

Sie griff in ihre Tasche und legte einen Stein auf den Tisch. „Den hat er mir im Krankenhaus gegeben. Eigentlich wollte er ihn am Cruz de Ferro ablegen, aber das geht ja nun nicht mehr. Darum hat er mich gebeten, es für ihn zu tun. Ich habe es ihm versprochen. Und nun muss er gar nicht so lange warten, bis ich mein Versprechen einlöse."

„Nein. Das muss Erich wirklich nicht." Katharina sah sie lange und eingehend an. „Gibst du mir auch ein Versprechen?"

„Was denn für eins?", fragte Laura neugierig.

„Pass auf dich auf. Und melde dich ab und zu mal bei mir. Okay?"

„Okay. Ich verspreche es."

Charlotte und Matthias waren eben mit dem Abendessen fertig geworden und räumten den Tisch ab, als das Telefon klingelte. Eine unbekannte Nummer stand auf dem Display. Matthias nahm ab. „Wildner."

„Hallo Papa", meldete sich eine fröhliche Stimme. „Ich bin's."

„Laura? Warum rufst du nicht von deinem Handy an?"

„Katharina hat mir ihres geliehen. Sie hat einen Vertrag, mit dem man günstig ins Festnetz telefonieren kann."

„Das ist nett von ihr. Grüße sie bitte ganz lieb von uns, ja?"

„Mach ich! Sie steht gleich neben mir. Und sie sagt, ich soll euch auch ganz lieb von ihr grüßen."

„Danke." Matthias drückte die Lautsprechertaste, sodass Charlotte mithören konnte. „Wirklich nett, dass du mal anrufst. Wie geht es dir? Wo seid ihr gerade? Müsstet ihr nicht so langsam mal angekommen sein?"

„Wir sind in Eisenach."

„Dann seid ihr in zwei Tagen ja schon in Vacha. Schön!"

„Ja. Katharina freut sich schon total. Hattet ihr inzwischen wieder Pilger da?"

„Vorgestern war eine Frau mit dem Fahrrad hier. Sie wollte bis nach Vacha. Ich habe ihr von euch erzählt. Vielleicht holt sie euch noch ein."

„Ja, vielleicht. Du, Papa, ist Mutti auch da?"

„Natürlich. Sie hört die ganze Zeit schon zu."

„Oh. Prima. Hallo Mutti."

„Hallo Laura. Geht es dir gut? Habt ihr Regen? Für euer Gebiet haben sie starken Regen angesagt."

„Ja, wir hatten heute den ganzen Tag Regen. Aber das war nicht so schlimm. Und morgen soll es schon wieder besser werden." Für einen Moment verstummte Laura. „Ich muss euch was erzählen."

„Na dann erzähl mal", sagte ihr Vater. „Wir halten schon gespannt die Ohren offen."

„Also gut. Es ist so: Weil das mit dem Ziegenhof ja nun nicht klappt..."

„Ja", unterbrach sie Matthias mit bedauerlicher Stimme. „Aber da darfst du wirklich nicht enttäuscht sein. Weißt du..."

„Nein, nein", sprach jetzt wiederum Laura dazwischen. „Ich bin nicht enttäuscht. Zumindest nicht so sehr. Nur habe ich mir jetzt überlegt..."

„Ja?"

„Ich komme am Freitag noch nicht nach Hause. Ich will noch weiter. Ich gehe nach Santiago."

„WAS?"

„Ich gehe nach Santiago. Santiago de Compostela, die Stadt in Spanien."

„Ich weiß sehr wohl, wo Santiago de Compostela liegt", sagte ihr Vater scharf.

„Na dann ist ja alles klar."

„Alles klar? Hier ist gar nichts klar, Fräulein. Jetzt hör mir mal zu, Laura. Dass es mit dem Ziegenhof nichts wird, tut mir leid, aber deswegen musst du noch lange nicht gleich den Kopf verlieren und so einen Blödsinn machen. Nach Santiago de Compostela! Weißt du eigentlich, wie lange du bis dahin noch unterwegs sein wirst? Willst du erst Heiligabend wieder nach Hause kommen, oder was?" Sein Gesicht wurde immer röter. Charlotte dagegen erblasste.

„Tja, Santiago liegt eben nicht gleich um die Ecke."

„Jetzt werd' bloß nicht frech!"

„Sorry. Du musst dich aber auch mal ein bisschen beruhigen, Papa. Das ist doch nichts Schlimmes, wenn ich nach Santiago pilgern will."

„Und was ist mit dem Wetter? Willst du wirklich allen Ernstes im November und Dezember noch wandern?"

„Ach, es wird schon nicht jeden Tag regnen oder schneien. Außerdem sind die Massenpilger um diese Zeit schon durch. Da brauche ich mir keine Gedanken um einen Platz in der Herberge machen."

„Und wie willst du das alles bezahlen? Hast du dir mal durchgerechnet, was das alles kosten wird? Wenn du durch die Schweiz kommst, selbst wenn du eine Route nimmst, die nur durch Frankreich geht – das sind keine billigen Länder."

„Ich weiß. Aber das, was ich noch auf dem Konto habe, wird schon reichen. Und wenn nicht, können wir vielleicht die Weihnachtsgeschenke ein bisschen vorverlegen. Für den Rückflug oder so …", fügte Laura ein wenig kleinlaut hinzu.

„Das Geld war für den Führerschein bestimmt."

„Ja. Aber jetzt habe ich es mir anders überlegt. Sobald ich zurück bin, kann ich doch arbeiten gehen und dann kommt das Geld ganz schnell wieder rein. Was will ich denn jetzt mit einem Führerschein? Ich fahre doch sowieso nirgendwo hin."

„Aber wenn du einmal die Fahrerlaubnis hast, was denkst du, wie schön es für dich sein wird, flexibel überall hinfahren zu können."

„Also für mich ist es gerade am schönsten, flexibel einfach mal laufen zu können."

„Dann geh meinetwegen noch bis nach Fulda. Oder häng' den Elisabethpfad ran, wenn du dich noch nicht ausgetobt hast. Aber bleib hier in Deutschland. Durch Spanien kannst du später immer noch pilgern. Du sprichst ja nicht einmal Spanisch."

„Ist doch kein Problem. Ich kann mich bestimmt auch mit Englisch und Französisch verständigen. Und die wichtigsten Floskeln lerne ich einfach unterwegs. Was soll ich denn das ganze Jahr machen? Zu Hause in meinem Zimmer finde ich bestimmt nicht heraus, was ich eigentlich im Leben will."

„Unsinn. Wir finden schon etwas für dich. Einen kleinen Nebenjob, ein paar Praktika. Wolltest du nicht auch Katharina in Vechta besuchen?"

„Das kann ich nächstes Jahr genauso gut, Papa. Komm schon, jetzt hab dich nicht so. Denkst du etwa, dass ich mich in einen hübschen Spanier verknalle und dann gar nicht mehr nach Hause komme?"

„Ja, vielleicht denke ich das tatsächlich! Ich mache mir Sorgen, wenn du so lange und vor allem so weit weg bist. Die vier Wochen haben wirklich gereicht."

„Jetzt übertreibst du aber, Papa. Andere machen Auslandsjahre auf der anderen Seite der Welt und sind ein ganzes Jahr weg."

„Die haben dort aber eine Arbeit und eine Familie, die ein bisschen auf sie aufpasst. Nein, Laura, du bist zu jung für so eine lange Wanderung. Komm wieder nach Hause."

„Nein. Das werde ich nicht tun", sagte Laura ganz ruhig.

Matthias sah aus, als ob er im nächsten Augenblick platzen würde. „Du Dickschädel! Du starrsinniges Kind! Du bist verrückt, Laura, du bist ganz und gar übergeschnappt."

„Bin ich das?"

„Ja, das bist du. Jetzt gib mir Katharina ans Telefon!"

„Mit größtem Vergnügen."

„Hallo Matthias", meldete sich die Pilgerin.

„Katharina? Katharina, du musst Laura wieder zur Vernunft bringen. Wenn sie schon nicht auf ihren Vater hört, dann vielleicht wenigstens auf dich. Treib ihr diesen albernen Floh aus dem Kopf. Das ist doch wahnsinnig, was sie sich da vorgenommen hat."

„Ja, ein bisschen verrückt ist das schon."

„Heißt das, du bist auf unserer Seite?"

„Matthias, beruhige dich. Laura kommt doch wieder. Ich finde es gut, was sie vorhat. So viel Mut hat nicht jeder."

„Mut? So was nennt man Leichtsinn! Du weißt doch selber, wie naiv Laura sein kann."

„Umso besser. Ich glaube nicht, dass es ihr schadet, wenn sie von Zeit zu Zeit auf die Nase fällt. Dadurch kann sie nur lernen und erwachsener werden."

„Na, besten Dank", brummte Laura.

„Macht euch keine Sorgen. Seid vielmehr stolz auf sie, dass sie so ein Abenteuer wagt. Ich würde so etwas niemals tun."

„Das wäre ja noch schöner, wenn du jetzt auch noch anfängst, so unvernünftig zu sein."

„Es kommt doch aber nicht immer darauf an, vernünftig zu sein. Manchmal muss man einfach das tun, was einem das Herz sagt. Mich haben damals auch alle für verrückt erklärt, als ich ihnen von meinem Pilgervorhaben erzählt habe. Und jetzt denke ich, dass es das Beste war, was mir in diesem Sommer passieren konnte. Lasst Laura ziehen. Lasst sie ihren Weg gehen. Sie tut ja doch, was sie will."

„Ja. Das hat sie meistens getan." Matthias seufzte. Er wechselte einen Blick mit seiner Frau.

„Sie wird euch schon nicht vergessen", sagte Katharina aufmunternd. „Ich gebe sie dir jetzt noch einmal, in Ordnung."

„Ja. Tu das."

„Macht's gut, ihr zwei. Und alles Liebe."

„Danke, für dich auch."

Erneut wurde das Telefon weitergereicht. „Papa?"

„Ja?"

„Ich melde mich, ja? Und aller paar Wochen schicke ich einen Brief. Spätestens dann, wenn die SD-Karte voll ist."

„Du bist verrückt, Laura."

„Ich weiß. Und ich find's echt klasse. Habt noch einen schönen Abend, ja? Ich hab euch lieb!"

„Wir lieben dich auch. Komm uns bloß heil zurück, verstanden?"

„Ja, ja, mach ich schon. Tschüss!"

„Tschüss."

Laura gab Katharina das Handy zurück. „Du hast dich durch das Pilgern ganz schön verändert. Weißt du noch, wie du mir auf dem Weg nach St. Marienstern nicht glauben wolltest, dass der Weg etwas Gutes in dir bewirkt?"

„Ja, daran erinnere ich mich."

„Und? Stimmst du mir jetzt zu?"

Katharina zuckte die Schultern. „Mir bleibt wohl nichts anderes übrig."

Durch den Wald

Laura hatte sich den Wecker gestellt, um pünktlich zur Morgenandacht zu kommen. Sie war ein wenig aufgeregt, obwohl es ihr nie schwer gefallen war, vor anderen etwas zu erzählen. „Kommst du heute wenigstens mit?", bat sie Katharina. „Ist doch blöd, wenn du die halbe Stunde bis zum Frühstück nur hier rum sitzt."

„Na gut. Das eine Mal wird es schon gehen. Solange *ich* nicht da vorne stehen muss." Sie setzte sich in die hinterste Reihe. Um sie nicht allein zu lassen, nahm Laura neben ihr Platz, obwohl sie sich gern ein wenig weiter nach vorn gesetzt hätte. Die Schwestern sahen sie freundlich und neugierig an. Die Andacht gefiel ihr. Die Lieder, die sie gemeinsam sangen, waren ihr vertraut und auch die kurze Predigt tat ihr gut.

Still hörte Katharina zu. Sie hatte eine aufmerksame Haltung eingenommen, die gut verbarg, dass sie sich in der Gruppe fremd und unwohl fühlte. Schließlich nahte das Ende der Andacht. Laura wurde nach vorn gebeten. Keineswegs schüchtern stand sie sogleich auf und stellte sich neben die kleine Kanzel.

„Guten Morgen", sagte sie laut und deutlich. „Ich heiße Laura Wildner, bin 18 Jahre alt und wohne in Naumburg. Meine Eltern haben seit vier Jahren eine Pilgerherberge. Ich fand es immer toll, wenn Pilger bei uns im Haus waren. Sie waren so nett und haben so viel von dem Weg erzählt und was sie alles erlebt hatten. Manchmal waren sogar richtig wundersame Geschichten dabei. Geschichten, bei denen sofort klar war, dass nur Gott dahinter stecken konnte. Ich wollte auch pilgern, aber meine Eltern haben es mir bis zu meinem 18. Geburtstag einfach nicht erlaubt. Sie machen sich immer so viele Sorgen, wissen Sie? Na ja, wie wahrscheinlich alle Eltern, was? Aber nun bin ich ja 18 und endlich auch mit der Schule fertig, also bin ich vor fast einem Monat nach Görlitz gefahren und habe die gelbe Muschel gesucht. Und nun bin ich in Eisenach. Das ist schon irgendwie verrückt. Aber echt toll. Ich finde es großartig, zu pilgern. Gleich am ersten Tag, also ich meine, am ersten richtigen Wandertag, die Anreise und die erste Übernachtung zähle ich jetzt mal nicht mit – also jedenfalls kurz hinter Görlitz habe ich Katharina getroffen. Sie sitzt da hinten in der letzten Reihe."

Sie zeigte mit dem Finger auf sie. Die Pilgerin wurde ein wenig rot, als sich die Schwestern nach ihr umdrehten. „Am Anfang haben wir uns nicht so gut verstanden. Wir hatten ziemlich verschiedene Ansichten über das Pilgern und auch über andere Sachen. Aber dann haben wir uns immer besser kennengelernt und sind richtig gute Freundinnen geworden. Wir haben echt viel Spaß miteinander gehabt. Manchmal haben wir uns natürlich auch gestritten, aber vor allem haben wir voneinander gelernt. Ich zum Beispiel habe gelernt, dass ich nicht immer alles so locker sehen darf." Ihr Blick wanderte zu Katharina, die zufrieden lächelte.

„Wir haben auch andere Pilger unterwegs getroffen. Ein ganz nettes Ehepaar aus Cottbus und zwei Studenten aus Dresden. Und dann haben wir Erich kennengelernt." Für einen Augenblick hielt Laura inne. „Erich ist schon ein bisschen älter. Er war Mathematikprofessor und ist dieses Jahr in Rente gegangen. Es war immer sein Traum gewesen, eines Tages pilgern zu gehen. Und nicht nur von Görlitz nach Vacha wie wir, sondern bis nach Santiago. In den Gästebüchern haben wir oft seine Einträge gelesen. Er war immer genau einen Tag vor uns. Hinter Naumburg haben wir ihn endlich eingeholt. Von da an sind wir zu dritt weitergepilgert. Wir haben uns verstanden, als ob wir uns schon ewig kennen würden, und so tolle Gespräche miteinander geführt und zusammen gelacht. Es waren so schöne Tage mit ihm und ich wünschte, er könnte heute auch hier sitzen und nachher mit uns weitergehen. Aber leider kann er das nicht.

Erich ist kurz vor Erfurt zusammengebrochen und musste ins Krankenhaus. Er wird sich wieder erholen, aber auf den Pilgerweg wird er nicht mehr zurückkehren. Bevor wir weiter nach Gotha gegangen sind, hat er mich aber noch um etwas gebeten: Wenn ich eines Tages nach Santiago gehen würde, sollte ich am Cruz de Ferro für ihn einen Stein ablegen, den er von zu Hause mitgenommen hatte. Sie kennen vielleicht die Tradition, dass Pilger auf dem Jakobsweg am Cruz de Ferro einen Stein ablegen als Symbol für eine Last, die sie ihn ihrem Leben tragen und von der sie sich auf dem Weg befreien wollen. Seitdem trage ich den Stein in meinem Rucksack."

Eine Träne rollte über Lauras Wange. Betroffen blickten die Schwestern sie an.

„In zwei Tagen werden wir in Vacha ankommen. Dann ist unsere Wanderung auf dem Ökumenischen Pilgerweg zu Ende. Katharina wird wieder nach Hause fahren und ihrer Arbeit nachgehen. Sie ist Ärztin. Mein Plan war, nach dem Pilgern ein Freiwilliges Ökologisches Jahr auf einem Ziegenhof zu machen. Ich hatte mich schon wahnsinnig darauf gefreut und konnte es kaum erwarten, dass es endlich losgeht, obwohl mir das Pilgern echt riesigen Spaß gemacht hat. Vor ein paar Tagen hat es auf dem Hof aber einen schweren Wasserrohrbruch gegeben. Er war so schlimm, dass mir die Chefin das Jahr wieder absagen musste. Sie können sich bestimmt vorstellen, wie traurig ich deswegen war. Besonders nach der Sache mit Erich. Aber dann war gerade er es, der mir wieder Mut gemacht hat. Ich hatte ihm ja ein Versprechen gegeben. Und darum werde ich meine Reise in Vacha noch nicht beenden. Ich werde weitergehen. Bis nach Santiago."

In den Reihen ertönten leise erstaunte Ausrufe. Laura lächelte darüber. „Ja, so ist es. Aber jetzt habe ich ehrlich gesagt ganz schön Hunger." Sie machte ein entschuldigendes Gesicht.

Gelächter erklang. Die Schwester, die die Andacht geleitet hatte, stand auf und ging zu ihr. „Dann wollen wir Sie nicht länger nötigen, uns mit leerem Bauch Rede und Antwort zu stehen. Es war sehr bewegend, was Sie uns soeben erzählt haben und wir möchten uns ganz herzlich bei Ihnen dafür bedanken! Wir wünschen Ihnen auf dem langen Weg, der Ihnen noch bevorsteht, Gottes Segen und alles, alles Gute." Sie legte Laura einen Tontaler mit einer blauen Kordel in die Hand. Darauf stand ein Spruch aus dem Psalm 23. „*Der Herr ist mein Hirte* ist auch der Spruch unseres Hauses. Er soll Sie auf all Ihren Lebens- und Pilgerwegen begleiten."

Laura freute sich sehr. „Vielen lieben Dank!" Sie lief zurück zu Katharina. Die Schwester folgte ihr, denn das gleiche Geschenk hatte sie auch für die zweite Pilgerin.

„Ihnen, Frau Lihser, möchten wir ebenfalls die Worte aus dem Psalm 23 mitgeben und den Segen unseres Herrn wünschen. Kommen Sie gut nach Hause, nachdem Sie Ihr Ziel erreicht haben."

An der Wartburg legten sie eine längere Pause ein. Laura machte ein paar Fotos, hatte aber wie Katharina kein großes Interesse, die Burg von innen zu besichtigen. „Wir sind schon zwei Banausen", sagte Katharina, während sie ihre Rucksäcke schulterten.

„Ist mir egal. Man kann sich ja nicht für alles interessieren. Außerdem ist der Tintenfleck aus dem Glas, das Luther damals an die Wand geworfen hat, gar nicht mehr echt. Der wird aller paar Jahre nachgemalt."

Die Pilgerinnen erlebten ein angenehmes Wandern durch den Thüringer Wald. „Eigentlich komisch, dass uns niemand eingeholt hat, als wir in Erfurt einen Tag Pause gemacht haben. Um diese Zeit sind eigentlich jeden Tag Pilger unterwegs."

„Vielleicht sehen wir ja noch die Radpilgerin, die bei deinen Eltern war", meinte Katharina.

„Ja, vielleicht. Aber wenn nicht, ist es auch nicht schlimm."

Die Luft war klar und frisch. Nach einigen Kilometern erreichten sie den Rennsteig.

„Jetzt musst du das Lied singen. Du kennst es doch, oder?"

„Na klar! *Ich wandre ja so gerne am Rennsteig durch das Land, den Beutel auf dem Rücken, die Klampfe in der Hand* ..." Folgsam trällerte Laura alle drei Strophen mit Refrain. „Zufrieden?"

„Zufrieden."

„Ich kenne auch noch andere Wanderlieder. *Das Wandern ist des Müllers Lust...*" Auch dieses Lied sang Laura komplett und fehlerfrei. „Und kennst du das? So singen die Franzosen, wenn sie pilgern: *Tous les matins nous prenons le chemin, tous les matins nous allons plus loin...*"

Katharina wartete, bis sie zu Ende gesungen hatte. Danach schlug sie vor, wieder getrennt zu gehen. „Nicht, dass mir dein Gesang nicht gefällt", erklärte sie, „aber ich möchte gern ein paar Schritte schneller gehen."

„Klar. Wollen wir uns irgendwo zum Mittagessen treffen?"

„Wenn du magst."

„Hol gleich mal meinen Pilgerführer raus. Er steckt im Fach ganz oben."

Gemeinsam schauten sie in das Buch. „Hier." Laura tippte mit ihrem Finger auf die Seite. „In diesem Hütschhof finden wir bestimmt ein nettes Plätzchen."

„Soll das ein Dorf sein?"

„Sieht eher aus wie ein Bauernhof von der Größe her."

„Schauen wir mal. Vielleicht finde ich ja auch schon vorher eine Bank für uns. Ansonsten treffen wir uns spätestens in Hütschhof."

„In Hübschhof, alles klar."

Katharina rollte die Augen. „Bis später."

„See you later, alligator!", sang Laura vergnügt.

Der Rennsteig schien aus zwei Wegen zu bestehen, die einander immer wieder kreuzten. Der eine war breit und eben, der andere schmal und abwechslungsreich. Das Muschelzeichen wies auf den schmalen Weg. Ka-

tharina folgte ihm. Als sie zum zweiten Mal den breiten Weg kreuzte und einen älteren Herrn erblickte, den sie zuvor schon gemütlich hatte spazieren sehen, überkamen sie Zweifel. Der breitere Weg sah wesentlich angenehmer aus als der schmale, der schon wieder steil nach oben führte. Sie überlegte noch einmal kurz, dann zuckte sie mit den Schultern und verließ den Pilgerweg. Bereits wenige Zeit später stellte sie zufrieden fest, dass sie nicht nur die Richtung behalten, sondern auch wesentlich Kräfte gespart hatte. Sie erreichte eine viel befahrene Straße, überquerte sie und sah an einer Lichtung eine Bank mit einem schönen Blick über das Tal. Sie setzte sich, trank etwas und beschloss, an dieser Stelle auf Laura zu warten. Sie kam eine knappe halbe Stunde später an, schnaufend und mit rotem Kopf.
„Hallo", grüßte Katharina ausgeruht.

„Hi." Laura ließ sich auf die Bank fallen. „Oh Mann, war das vielleicht eine Tour jetzt!"

„Bist du den Pilgerweg gelaufen?"

„Was ist denn das für eine Frage? Natürlich bin ich den Pilgerweg gelaufen. Ich tue seit mehr als drei Wochen nichts anderes."

„Ich meine, ob du den schmalen Weg gelaufen bist oder den breiten."

„Den schmalen natürlich. Den, den mir die Muschel gezeigt hat. Du etwa nicht?"

„Nein. Ich habe den anderen genommen. Was im Übrigen sehr angenehm war."

Laura sah sie wortlos an.

„Du solltest etwas trinken", meinte Katharina.

Sie zog ihre Flasche aus dem Rucksack. „Du hast echt keine Lust mehr, was?"

„Nein, nicht wirklich. Ich bin lange genug gepilgert. Eigentlich müsste ich gleich nochmal eine Woche richtigen Urlaub dranhängen. Was soll's. Das Wochenende muss zum Ankommen genügen. Es gibt deutlich weniger Wäsche zu waschen als nach den Urlauben zuvor. Für das darauf folgende Wochenende habe ich auch noch nichts geplant. Die erste Arbeitswoche wird schnell vorbeigehen."

„Du musst echt gleich am Montag wieder am Start sein?"

„So ist es. Um acht beginnt die Akutsprechstunde. Aber ich freue mich auf meine Arbeit. Ich habe lange genug nur etwas für mich getan. Jetzt möchte ich wieder etwas für andere tun."

„Das hast du schön gesagt", fand Laura.

Am frühen Nachmittag kamen sie in der Herberge von Oberellen an. Sie glich einer Mansardenwohnung, allerdings ohne Bad und auch nur mit einem Wasserkocher und einem kleinen Geschirrschrank. Eine Dusche und zwei Toiletten befanden sich neben der Garage. Katharina duschte zuerst. Nach ihr ging Laura mit ihren Waschsachen hinunter. Doch schon nach wenigen Minuten kehrte sie zurück. Ihre Zimmergenossin lag auf einer Matratze und döste.

„Katharina?"

„Ja?"

„Kannst du mir mal bitte helfen? Ich hab eine Zecke. Hinten am Steiß. Ich komm da nicht so gut ran."

Sie richtete sich auf. „Zeig mal."

Laura ging zu ihr und schob das Top nach oben.

„Jawohl. Da sitzt eine." Katharina holte ihre Erste-Hilfe-Tasche aus dem Rucksack.

„Und da ist sie wieder, meine Freundin, die Pinzette."

„Halt still." In wenigen Sekunden zog sie die Zecke heraus und setzte ihrem Leben ein Ende. „Zufällig entdeckt oder abgesucht?"

Laura errötete. „Abgesucht", gab sie zu. „Aber sag's nicht, Katharina, okay? Am Ende bildet sie sich noch irgendwas darauf ein."

„Schon gut. Ich werde es ihr nicht verraten."

Den Nachmittag verbrachte Laura im Freibad am Ortseingang von Oberellen. Sie schwamm, schrieb Tagebuch und aß Eis, bis sie am Abend wieder zurück zur Herberge lief. Katharina, die ein wenig durch den Ort spaziert war, erzählte ihr, dass sie eine Radfahrerin gesehen hatte, die wie eine Pilgerin aussah. „Vielleicht war es die Frau, die bei deinen Eltern in der Herberge war. Ich habe sie nur nicht darauf ansprechen können, weil ich zu weit weg war." In Vacha wollte sie Laura als Abschiedsgeschenk noch einmal zum Essen einladen. Darum aßen sie an diesem Abend nur die Reste ihres Proviants: Brot, Käse, Bananen und eine halbe Gurke. Außerdem schenkte der Herbergsvater ihnen eine kleine Honigmelone. Danach saßen sie noch lange draußen, bis es dunkelte und die Mücken nicht mehr auszuhalten waren.

„Morgen", sagte Laura, als sie sich in ihren Schlafsack wickelte.

„Ja. Morgen", erwiderte Katharina.

Die letzte Etappe

Es war ein sonniger, warmer Vormittag. Der Weg nach Vacha führte an einer Wiese und später am Rand eines Waldes bergauf. Anschließend ging es nach Wünschensuhl wieder ins Tal hinunter.

Für eine kurze Weile trennten sie sich, um nach Wasser zu fragen. „Wir können nicht einen einzigen bitten, uns mit vier Litern Wasser zu versorgen", meinte Katharina. Anhand des Pilgerführers hatten sie festgestellt, dass es in den nächsten fünfzehn Kilometern keine Möglichkeit gab, die Trinkflaschen auffüllen zu lassen.

Es war gut, dass der Weg wenigstens durch den schattigen Wald führte und nicht über trockene Felder. Die Gegend schien ein beliebtes Wanderziel zu sein. An jeder Kreuzung standen neue, frisch und mit strahlenden Farben bemalte Wegweiser. Auch der Pilgerweg war mit weißer Schrift auf grünen Schildern ausgewiesen, mit dem bekannten Muschelzeichen und einer Kilometerangabe. Zuerst blieben bis Vacha neunzehn Kilometer, später sechzehn und schließlich nur noch fünf. Bei jedem Schild blieben sie eine kurze Weile stehen und schauten sich an. Laura machte ein Foto, dann fragte eine von ihnen: „Weiter?" und die andere antwortete: „Ja."

Als sich der Wald lichtete, verlief der Weg zwischen einer Wiese und einem Bach und gab einen herrlichen Blick auf die Vorderrhön frei. Sie erreichten Oberzella, an welches sich gleich das Dorf Unterzella anschloss, überquerten eine Bundesstraße und sahen das gelbe Schild, das die Entfernung nach Vacha mit zwei Kilometern auswies. Ihr Ziel konnten die Pilgerinnen bereits sehen. Sie erkannten eine Kirche, einen Turm und zahlreiche Fachwerkhäuser. Auf einem gemeinsamen Fuß- und Radweg liefen sie parallel zur Straße. Die Autos rasten an ihnen vorbei, manchmal überholte sie auch ein Radfahrer.

Je näher sie Vacha kamen, desto näher kamen sie auch der Werra. Sie erblickten die lange Einheitsbrücke und das Denkmalschild über die Teilung Deutschlands. Schließlich standen sie davor.

„Wir sind da", flüsterte Laura nach einer langen Zeit des Schweigens.

„Noch nicht ganz", widersprach Katharina. „Bist du bereit?"

„Nein. Bist du bereit?"

„Ja. Ich bin bereit."

„Na dann." Laura seufzte. „Auf nach Vacha."

Gemeinsam schritten sie über die Brücke. Sie hatten ihr Ziel erreicht. Erneut blieben sie stehen.

Katharina drehte sich zu Laura um, lächelte herzlich und breitete ihre Arme aus. „Herzlichen Glückwunsch, Laura."

„Herzlichen Glückwunsch, Katharina!" Sie umarmten sich, so gut es mit den großen Rucksäcken ging. Als sie sich wieder lösten, weinte Laura ein wenig.

„Na, willst du immer noch weiter nach Santiago?", fragte Katharina.

„Klar."

„Dann ist da dein nächstes Zeichen." Sie zeigte auf eine Straßenlaterne, an deren Stange die letzte gelbe und direkt darunter die erste weiße Muschel klebten. „Von jetzt an weist dir der Rhönclub den Weg."

„Ja", stimmte Laura ihr zu. „Ich bin noch nicht angekommen. Ein ziemlich komisches Gefühl irgendwie. Ich glaub, ich brauch jetzt erst mal ein Eis. Aber vorher will ich noch ein Foto, wie wir beide auf der Brücke stehen." Sie bat einen Passanten, sie zu fotografieren.

Jede gönnte sich einen großen Eisbecher mit Sahne. Danach liefen sie zu ihrer Herberge. Laura duschte als erste. Im Gegensatz zu Katharina, die am nächsten Tag heimfahren wollte, hatte sie schließlich noch ihre Kleider zu waschen.

Als auch Katharina frisch geduscht und angezogen aus dem Bad kam, machten sie sich auf den Weg zum Buchhandel. Der Inhaber hatte sie bereits erwartet. Er drückte ihnen einen Stempel in den Pilgerausweis und überreichte jeder feierlich eine kleine Urkunde mit einem Anstecker, auf welchem die Muschel und die Einheitsbrücke abgebildet waren.

„Aber eine von Ihnen will ja noch weiter nach Santiago", sagte er zu Laura. „Kommen Sie mal mit. Ein paar Bücher habe ich schon für Sie herausgesucht."

Mit einem neuen Wanderführer und weiterem Material für den Weg nach Fulda, außerdem noch zwei Ansichtskarten und Briefmarken, verließen die Pilgerinnen den Laden. Der Buchhändler hatte ihnen einen Tipp gegeben, wo sie gut essen konnten und sie beschlossen, seiner Empfehlung zu folgen.

Es wurde ein langer und gemütlicher Abend. Und obwohl sie erst spät in der Herberge ankamen und den ganzen Tag gewandert waren, konnten sie lange nicht einschlafen.

„Ich bin so aufgeregt wie vor meinem ersten Tag. Dabei bin ich doch schon lange eingepilgert und mache morgen nichts anderes, als ich ohnehin schon gemacht habe. Ich kenne den Weg nicht, weiß noch nicht, wo ich schlafen werde..."

„Aber von Morgen an wirst du wieder auf dich allein gestellt sein. Mutti fährt wieder nach Hause und geht arbeiten."

„Ja. Leider. Aber man muss ja auch mal auf eigenen Beinen stehen, was?"

„So ist es. Nun schlaf gut, Laura."

„Gute Nacht, Katharina."

Abschied

Sie hatten ausgemacht, sich gleich vor der Herberge zu verabschieden. Danach würde Katharina zum Busbahnhof gehen und Laura weiter den Pilgerweg. Ihre Rucksäcke hatten sie extra noch nicht aufgesetzt, weil sie wussten, wie schlecht es sich damit umarmen ließ.

„Laura." Katharina trat einen Schritt auf sie zu und fasste ihre Hände. „Es hat mich sehr gefreut, dich kennenzulernen und mit dir zu pilgern. Ich wünsche dir alles, alles Gute auf deinem Weg nach Santiago. Vergiss nicht, was du mir versprochen hast und schick mir eine Postkarte, wenn du angekommen bist. Mach's gut. Wir sehen uns wieder."

Laura erzitterte. Im nächsten Moment fiel sie Katharina schluchzend in die Arme. „Ich werd' dich so vermissen! Es war so schön mit dir."

Katharina streichelte ihr liebevoll den Rücken und küsste ihr die Wange. Als Laura wieder aufblickte, sah sie, dass auch ihre Freundin weinte. Sie lächelten sich an.

„Nun ist aber Schluss mit dem Geheule." Katharina wischte sich die Tränen aus dem Gesicht. Laura nickte tapfer und schnäuzte sich. Die Freundin half ihr, sich den Rucksack aufzusetzen. „Du gehst zuerst. Einmal darfst du mir noch winken, aber danach drehst du dich nicht noch einmal um. Dein Blick geht nach Santiago, alles klar?"

„Ja."

Und so trennten sich ihre Wege.

Epilog

Am vierten Dezember erreichte Laura die Kathedrale von Santiago de Compostela.

Ich bin da, las ihr Vater, der an seinem Schreibtisch saß und seit Juli das Handy immer griffbereit hatte. „Gott sei Dank!", schallte sein Ruf durch das Haus, bevor er die Dienstnummer seiner Frau wählte.

Ich bin da, las Katharina, die soeben den Tag zum Feierabend erklärt hatte. Sofort tippte sie ihre Antwort: *Meinen herzlichsten Glückwunsch, Laura!!! Ich wusste, dass du es schaffst.*

Ich bin da, las Erich, der eine große Runde spazieren gewesen war, und sich zu Hause bei einer Tasse Kaffee wieder aufwärmte. *Ich bin da*, las er, und Tränen stiegen ihm in die Augen.

Drei Tage später kam Laura zum Kap Finisterre. Sie setzte sich auf einen Stein und blickte über das Meer mit seinen rauschenden Wellen. Kühl wehte der Wind. Es nieselte. Aber Laura fror nicht.

Lange saß sie so da. Sie lachte und sie weinte. Schließlich stand Laura auf. „Jetzt will ich aber nach Hause."

FSC
www.fsc.org

MIX

Papier aus ver-
antwortungsvollen
Quellen
Paper from
responsible sources

FSC® C105338